Não somos melhores amigas

VANESSA AIRALLIS

Não somos melhores amigas

1ª edição
Rio de Janeiro-RJ / São Paulo-SP, 2024

VERUS EDITORA

ILUSTRAÇÃO DE CAPA
Fernanda Fernandez

DESIGN DE CAPA
Renata Vidal

ISBN: 978-65-5924-308-2

Copyright © Verus Editora, 2024
Todos os direitos reservados.

Direitos reservados em língua portuguesa, no Brasil, por Verus Editora. Nenhuma parte desta obra pode ser reproduzida ou transmitida por qualquer forma e/ou quaisquer meios (eletrônico ou mecânico, incluindo fotocópia e gravação) ou arquivada em qualquer sistema ou banco de dados sem permissão escrita da editora.

Verus Editora Ltda.
Rua Argentina, 171, São Cristóvão, Rio de Janeiro/RJ, 20921-380
www.veruseditora.com.br

CIP-BRASIL. CATALOGAÇÃO NA PUBLICAÇÃO
SINDICATO NACIONAL DOS EDITORES DE LIVROS, RJ

A254n

Airallis, Vanessa
    Não somos melhores amigas / Vanessa Airallis. – 1. ed. – Rio de Janeiro : Verus, 2024.

    ISBN 978-65-5924-308-2

    1. Romance brasileiro. I. Título.

24-92102   CDD: 869.3
                            CDU: 82-31(81)

Gabriela Faray Ferreira Lopes – Bibliotecária – CRB-7/6643

Revisado segundo o Acordo Ortográfico da Língua Portuguesa de 1990.

Seja um leitor preferencial Record.
Cadastre-se no site www.record.com.br e receba informações sobre nossos lançamentos e nossas promoções.

Atendimento e venda direta ao leitor:
sac@record.com.br

*A todas as pessoas que tinham
certeza de que elas morreriam no final*

Aconteceu uma noite cair a conversa em assunto de literatura nacional. Fato raro. Entre nós há moda para tudo nos salões; menos para as letras pátrias, que ficam à porta, quando muito vão para o fumatório servir de tema a dois ou três incorrigíveis.

— José de Alencar, *Senhora* (1875)

1

Baile de Carnaval

Caminhava o casal Almeida por entre as pedras íngremes do calçadão paulistano. Famílias, moças e rapazes da alta burguesia adentravam o palacete onde era dado o baile de máscaras em comemoração a um dos últimos Carnavais do século XIX. A grande virada de século era aguardada com muita esperança de um novo mundo, após a abolição da escravatura e guerras internacionais.

As damas destacavam-se com seus vestidos cintilantes e penteados aprumados, além das joias pesadas, a fim de revelar quantos contos de réis possuíam em sua conta bancária. Os Almeida chamavam a devida atenção pelo evidente capricho que tiveram em aparecer no baile com vestes quase tão valiosas quanto as de Cristo — brilhavam até os fios de cabelo.

O salão de festas estava cheio de luz e boa música para os ouvidos da burguesia. Era a imitação de um samba, em uma versão considerada mais requintada. Diante de tanta animação, os que iam chegando se esforçavam para encontrar os parentes e amigos espalhados, escondidos atrás de máscaras bem cortadas e refulgentes.

Isis d'Ávila Almeida enroupava-se com um vestido longo vermelho de alças transpassadas nas costas, que enfatizava o colo farto. Rendas e brilhantes enfeitavam a saia da mais nova obra de arte da costureira Cecília Sacilotto. A cor do tecido era boa o suficiente para transmitir a sensualidade que a tal madame paulistana refletia mesmo depois de casada — e talvez ainda mais, segundo os cavalheiros da cidade. Sua máscara deixava metade do nariz e a boca livres, tampando apenas a região dos olhos. Era também vermelha, com purpurina dourada, combinando com os berloques que ganhara do marido no mesmo dia.

Apesar de presos, Isis tinha os cabelos longuíssimos, ondulados e escuros. O nariz reto e os lábios fartos a embelezavam ainda mais, além dos cílios naturalmente grandes e os encantadores olhos castanhos.

Seu marido, o sr. Diogo Almeida, era um homem riquíssimo — editor-chefe do *Jornal da Cidade de São Paulo* —, mas tamanha fortuna que lhe caía dos bolsos não fora conquistada apenas com o emprego que a faculdade de jornalismo e o sobrenome famoso lhe deram. A herança de seus pais permitia que nem ele, nem seus filhos, nem os filhos de seus filhos precisassem trabalhar por toda a vida. Apesar disso, gostava de ocupar-se e exibir sua inteligência à sociedade. Não tinha muito com que tratar a não ser o jornal, o charuto e a esposa.

Não tinham filhos. Nem ao menos um. Mas ele e a sogra fiavam-se de que um dia Deus mostraria sua bondade.

O casal, de braços dados, conversava com os conhecidos do periódico da cidade. Os senhores de trinta a cinquenta anos, acompanhados de suas esposas, pareciam ter muito a criticar o atual governo. Os Almeida eram as pessoas mais jovens — apesar de influentes — da roda de conversa.

Minutos mais tarde, Isis conseguiu tirar o marido de lugar tão desconfortável.

— O que está fazendo? — questionou Diogo, estranhando que ela o puxasse pelo braço.

— Estamos num Carnaval ou num congresso, por Deus?

O homem de sobrancelhas grossas, cabelos e olhos escuros gargalhou. Ajeitou a máscara preta no rosto e deslizou as unhas pela barba por fazer.

— Veio para dançar, por acaso?

Ela ergueu as sobrancelhas e fingiu desprezar a ideia.

— Poderia ser. De qualquer forma, vamos deixar a aristocracia para os jantares em nossa casa, o que acha?

— Como quiser, querida. — Apertou sua cintura para beijá-la no canto dos lábios. — Além disso, realmente não queria deixar minha esposa tão perto de todos aqueles depravados.

— Meu amor, eles estão acompanhados, você sabe.

— Isso jamais os impediu de coisa alguma. Acredite.

— Nunca duvidaria do meu marido — respondeu a fidalga, tentando mantê-lo calmo.

Não era segredo para ninguém que Diogo era dono de um ciúme estrondoso e possessivo. Muitas das damas achavam-no o melhor dos príncipes justamente por isso, além da atração pelo tronco largo e o semblante fechado, que o tornavam ainda mais irresistível na visão delas. Era o tipo de homem que protegia sua mulher de todos os perigos e a mantinha embaixo do braço o tempo inteiro. A esposa, em seu íntimo, discordava de todas elas. Sabia bem como era difícil quando a desconfiança de Diogo era cutucada. Presenciou muitos de seus surtos e curou muitas vezes as juntas de seus dedos feridos ao dar socos na parede ou no rosto de outro homem. Tudo para manter a dignidade de sua mulher, ele justificava.

— Ora, se não são meus filhos do peito! — disse o sr. Henrique Cardoso d'Ávila, de braços abertos, achegando-se ao casal.

— Pai! — Isis o abraçou.

— Há quanto tempo, sogro. Achei que havia se esquecido de nós — comentou o jornalista. — Há séculos que não nos visita para um café.

— *Há séculos* não o encontro em casa. Anda deixando minha filha muito sozinha.

— Pois o senhor não se preocupe, afinal, não importa aonde eu vá, estou de olho nela, protegendo-a sempre.

— E isso muito me agrada, fique sabendo — disse o sr. Henrique e tirou a máscara azul-escura para limpar a testa. — E tenho certeza de que agrada igualmente ao meu maior tesouro.

— Não poderia estar mais de acordo — contou Isis. — Meu marido é um homem muito protetor. Deus o desenhou para mim.

Diogo, sorrindo, aproveitou a deixa para depositar-lhe um beijo na bochecha e a puxou pela cintura outra vez, quase fazendo a morena tropeçar.

— E o senhor? Não estou vendo a minha mãe — comentou ela.

— Ah, Marisa está bem ali — apontou para uma roda de senhoras —, conversando com a esposa do americano que chegou recentemente.

— Vocês não perdem tempo, não é? — perguntou Isis em tom de zombaria.

— Filha querida. Meu genro valoroso... Vocês não fazem ideia dos contos de réis que aquela família guarda no banco.

— Com certeza não mais do que nós — contrapôs Diogo.

— Pode ser, mas, se pudesse apostar, diria que têm ainda mais. Precisam vê-los de perto! — Olhou outra vez para sua companheira e a flagrou observando-os de volta. Utilizou-se do momento para chamá-la com um gesto.

Dona Marisa da Silva d'Ávila pediu licença às amigas e caminhou em direção aos parentes. Vestia-se com elegância em sua indumentária roxa, forrada e coberta de cetim. As pedras, finas como as da filha, enchiam a saia, mas desapareciam aos poucos ao aproximarem-se da cintura, até não ter mais nenhuma na altura dos seios. A máscara era prateada, como as joias primorosas que enfeitavam a roupa.

— Se não são os meus amores! — Beijou os dois jovens na bochecha com uma intimidade afável. — Estava preocupada pensando que não viriam mais.

— Na verdade, chegamos já há algum tempo. É que encontramos uns colegas do Diogo e aparentemente eles têm muito a reclamar em dias de festa.

— Isis! — O marido a repreendeu por falar de tal forma e apertou-lhe a cintura outra vez, sempre mantendo-a colada a si.

— Oh, querida, não há problema nisso. É bom que vocês dois arrumam jeito de crescer cada dia mais. Deus está cuidando de seu casamento e lhes dará o galardão muito em breve! — comemorou e tocou na barriga da filha por um instante.

A mais nova abaixou a cabeça e engoliu em seco, pensando que era óbvio que não conseguiria escapar daquela noite sem ouvir comentários como aquele. Às vezes pedia ao Senhor: se fosse para fazer dela uma esposa sem filhos, que a levasse logo para os céus. Preferia desfrutar sozinha do paraíso a em terra viver o inferno.

— Marisa, nos fale sobre os estrangeiros! — pediu o sr. Henrique, animado. Colocou a máscara de volta e ofereceu o braço à esposa.

— Ah, os estrangeiros! — Suspirou. — Vocês precisam conhecê-los. Quer dizer, até agora só tive mais contato com a senhora.

— Me contaram que ela é da Europa — disse Isis.

— Sim, ela e o filho caçula são de Portugal — respondeu dona Marisa, imitando o sotaque português. — Apenas o marido e a primogênita são dos Estados Unidos. Ainda não os vi de perto, mas me parece que a menina é um mel, tamanha doçura.

— É criança? — perguntou Diogo à sogra.

— Imagine! Já é moça! Vinte anos, dona Berenice me contou. Disseram também que ela é tão boazinha, bonita e simpática... Não sei como ainda não se casou.

— Meu amor, os negócios! Perguntou sobre os negócios? — O velho segurou o braço da esposa.

— Ora essa, Henrique! Acalme-se que já vou chegar lá!

Os d'Ávila certa vez foram tão ricos quanto os Almeida, mas sempre espalhafatosos. Tal costume passou de geração a geração, e infelizmente o dinheiro começou a fazer falta quando chegou a vez de Henrique gastá-lo com a própria família. O que os salvara foram os grandiosos casamentos que haviam arranjado para suas meninas.

Amélia, Isis e Laura d'Ávila eram as filhas do casal falido. Amélia casara-se com um senador de Pernambuco, o sr. Fernando Rezende, e visitava a família duas vezes ao ano. Isis dera a sorte de conquistar o editor-chefe do periódico paulistano, dono de uma fortuna. Por outro lado, a mais nova, a menina Laura, decepcionara os pais e não arranjara ninguém que pudesse amar, mas corrigiu-se logo depois. Naqueles dias, tornara-se noiva de Cristo num convento no Rio de Janeiro.

— O prédio do centro da cidade realmente é deles! Compraram-no mês passado — contou dona Marisa.

— Então não era somente boato.

— Vão morar lá mesmo e trabalhar no andar de baixo. A joalheria Ouro Bell abre logo após o Carnaval!

Isis, não muito interessada no assunto, começou a olhar ao redor, procurando alguma amiga da missa para conversar e sair de perto da alma interesseira dos pais. Além disso, a mão de Diogo em sua cintura já a estava machucando.

— As joias que aquela mulher carrega no pescoço... Ah, meu amor, prometa-me que comprará iguais para mim assim que esta época ruim passar!

— Se Deus tiver compaixão de nós, meu bem, antes da virada do século terá ainda mais riquezas que ela.

A mulher só faltou saltar, tamanha felicidade. Apertou o braço do esposo e deitou a cabeça em seu ombro, com um sorriso que devia estar lhe doendo as bochechas.

Os d'Ávila eram fazendeiros, mas, dada a má administração financeira, tornara-se impossível conseguir sobreviver apenas do cultivo do café. Por mais dinheiro que adentrasse seus bolsos ao atuar nessa área, era necessário saber medir ações — o que todas as gerações passadas, inclusive aquela, não souberam fazer.

Isis ergueu um pouco a máscara que caía do rosto.

— Amor, vamos dançar um pouquinho? — perguntou, fazendo cara de piedade ao marido.

— Você poderia apenas fingir que se importa com a situação dos seus pais — Diogo murmurou ao ouvido dela.

A fidalga bufou e esquivou-se da mão pesada. Já estava cheia de ouvi-los falar sobre suas dificuldades financeiras e, ao mesmo tempo, negarem receber ajuda.

— O que está fazendo?!

— Vou dar uma volta — respondeu, revoltada.

— Sozinha?

— Este salão parece vazio para você?

Seu tom sarcástico causou ira na alma do homem. Ele fechou o punho e respirou fundo, sem entender como ela podia ficar tão desobediente de uma hora para a outra. Quis segui-la e puxá-la de volta quando a viu virar as costas e sair andando, mas não podia fazer uma cena na frente dos sogros.

— Vê, dona Marisa? — perguntou. — Deus disse aos maridos que amassem suas esposas como Cristo amou a Igreja, e lhe garanto que o meu papel eu faço muito bem.

— Ah, querido...

— Também disse que as esposas deveriam ser submissas — acrescentou, apontando para a direção em que Isis havia ido. — Esse tipo de coisa muito me entristece.

— Vou falar com a minha filha, não se preocupe. Ela foi bem ensinada. Não sei o que está acontecendo.

Enquanto isso, a senhora do editor-chefe caminhava sem rumo pelos pisos de madeira do casarão onde a festa era dada. O coração apertou ao lembrar-se de que o Carnaval costumava ser muito mais divertido quando suas irmãs e amigas estavam com ela. Depois de casada, não tinha com quem conversar. Sua vida tornara-se confortável como as das madames da gazeta que lia, mas, por vezes, sentia que havia se metido numa prisão. Só não estava pior que sua irmã Laura, já que a pobre moça agora morava num convento.

Isis costumava ser uma jovem feliz, radiante e agitada. Era muitas vezes repreendida pelos pais por pregar peças e fazer piadas em demasia — repreensões essas sempre ignoradas assim que via Laura gargalhando ou os amigos da família engasgando-se com o copo de cerveja ao tentar segurar a risada. Gostava de quem era, mas, quando a vida adulta chegou e precisou se tornar uma madame, a alma de alegria não pôde mais divertir os outros. Se Diogo estivesse por perto e ouvisse, longa seria a briga quando ficassem sozinhos.

Juntou-se à mesa de ponche e pediu que enchessem seu copo. Ao menos o mínimo de paz teria, nem que fosse pelo tempo de uma única música, ainda que não pudesse dançá-la. Bebendo daquele líquido de que há tempos nem sentia cheiro, observou o salão, assistindo à felicidade alheia. Fechou os olhos para sentir nos pés a batida do samba moderno e o ritmo que a fazia desejar sacudir a alma pelo resto da madrugada. Infelizmente a aliança em seu dedo a impedia de ser tão livre quanto gostaria.

Um barulho estranho a obrigou a erguer as pálpebras de repente. Ao olhar na direção dos músicos carnavalescos, notou a presença do sr. Antônio Peixoto, prefeito da cidade de São Paulo. Alegre e provavelmente alterado, o homem tomou a palavra e a atenção de todos.

— Queridos cidadãos — iniciou —, gostaria de agradecê-los pela ilustre presença e mais uma vez pela oportunidade de os liderar. Este e os próximos anos serão de muita prosperidade e alegria. Conto com a ajuda dos senhores.

Isis revirou os olhos e encheu o copo de ponche outra vez. O prefeito falava e falava, mas a única coisa com que a fidalga esquentava a cabeça era o fato de seus quadris estarem loucos para dançar e não poder fazer isso.

— Por fim, gostaria de oficialmente desejar as boas-vindas aos meus amigos Charles e Berenice Bell Air, que partiram de Portugal junto de seus dois filhos para expandir um mercado de muita bonança na cidade de São Paulo, o grande centro da República Brasileira!

Ah, os estrangeiros de novo. Isis franziu o cenho e sentiu pena da família novata por todos que passavam ao seu lado e enxergavam apenas e somente mais uma forma de conquistar milhares de contos de réis.

— Peço-lhes uma salva de palmas à família Bell Air e à joalheria Ouro Bell!

Gritos e uma explosão de palmas abriram-se para os novos cidadãos. Ao girar o rosto para a esquerda, a morena pôde ver sua mãe num estado de completa emoção ao aplaudir e colocar os empresários num pedestal. Tomou mais um gole do ponche e flagrou o prefeito chamando alguém para se juntar a ele na frente do salão. E lá estavam todos: a mulher que anteriormente papeava com dona Marisa, dona Berenice Capela Bell Air, e um homem de postura muito ereta e costas quase tão largas quanto as de seu marido, de cabelos louros que contrastavam com as madeixas pretas da esposa. Os dois tinham a pele branca e vestiam indumentária escura, incluindo as máscaras, que se destacavam. Mais adiante, um menino baixinho emburrado. Estreitando os olhos, Isis pôde enxergar a boca toda suja. Parecia ter no máximo onze anos. Atrás do casal, uma moça loura e delicada. A fidalga não conseguia vê-la bem, pois o tal americano não saía da frente. Esticou um pouco o pescoço, tentando pelo menos desvendar a cor de sua máscara, mas, ao sair do lugar, sentiu uma mão grande demais puxando seu braço.

— Ai!

— Não me desrespeite outra vez na frente de seus pais — sussurrou Diogo de forma ameaçadora. — Não estamos em casa.

Não lhe fora dado tempo para pensar, mas Isis, que já estava calejada o suficiente dos absurdos do marido, sabia exatamente o que dizer, mesmo que fosse o total oposto do que de fato sentia.

— Peço perdão, meu bem.

— Perdão? Com esse ponche? Ora, não me dê mais vergonhas. — Tirou o copo da mão da mulher e bebeu o restante do líquido, logo colocando-o vazio sobre a mesa. Soltou o braço dela e ajeitou o terno.

— Não vamos demorar para ir para casa.

— Mas mal chegamos!

— Você sabe como fico quando me tira dos eixos.

— Ah, amorzinho... — Abraçou-o com paixão. — Já pedi que me desculpasse. Não faço mais, prometo. Diante do Senhor!

— Não use o nome de Deus em vão, Isis.

— Jamais! Se o digo é porque é verdade.

O homem bufou e abraçou-a de volta.

— Quer mesmo ficar?

— Quero. Quero muito.

— Pois ficamos, então — decidiu.

— E dançar, nós vamos?

— Se quiser dançar, dance em casa, onde só eu posso ver.

A esposa abriu a boca para discutir, mas sabia que pioraria tudo se o fizesse. Soltou-o devagar, sorrindo e disfarçando sua amargura. Deram os braços e voltaram a olhar adiante. A música já havia voltado e o prefeito não parava de conversar com o sr. Charles, o joalheiro estadunidense. Não estava mais na frente da filha, então os olhos de Isis logo puderam flagrá-la.

Era uma moça linda, vestida de seda brilhante e com notória formosura. O colo coberto não tirava o esplendor do corpo juvenil. O pescoço liso de tudo, até mesmo de joias pesadas, carregava somente uma correntinha de diamante, claro como sua pele. Os lábios pequenos eram pintados com um tom passional de pêssego vivo, e se destacavam ainda mais diante do sorriso que lhe surgia ao ouvir a conversa do pai com o prefeito. As bochechas coradas revelavam a falta de familiaridade com o clima tropical brasileiro. Os olhos, porém, Isis não podia ver. A máscara, branca como as nuvens, hipnotizava os solitários de amor e os comprometidos também. Uma fada havia chegado à cidade de São Paulo.

— Aquela é a moça? — perguntou Isis ao marido.

— A filha dos estrangeiros? É ela. Sua mãe nos apresentou há dois minutos.

Isis engoliu em seco e percebeu estar vidrada demais nos detalhes angelicais da senhorita. Era bonita, sim. Parecia que havia sido esculpida, ou talvez tivesse brotado de um jardim de flores. O sorriso e o andar refletiam a graciosidade que faltava nas donzelas da Corte que, já desesperadas, buscavam um casamento.

A família Bell Air afastou-se do governante e misturou-se outra vez aos nativos daquela terra. Isis seguiu-os com os olhos, ignorando a nova música que começava a tocar.

— O que está olhando? — indagou Diogo.

— Sabe o nome dela?

— Da moça? Para quê?

A fidalga desviou os olhos dos estrangeiros e envolveu o pescoço do marido com os braços.

— Nada em especial. Ela só me faz lembrar de mim quando ainda estava à procura do grande amor da minha vida — falou, sorrindo.

Conquistado, o jornalista não teve forças para conter o júbilo que o inundava ao ouvir tamanha declaração. Não hesitou em beijá-la. E, ao fim do ato da mais pura paixão, respondeu à pergunta:

— É Alice. Chama-se Alice Capela Bell Air.

Alice. A nova donzela que caminharia pela Avenida Paulista e deixaria todos de queixo caído. Tanto os homens quanto as mulheres.

2

Um marido para Alice

— Ave Maria, cheia de graça, o Senhor é convosco, bendita sois vós entre as mulheres, bendito é o fruto do vosso ventre, Jesus. Santa Maria, mãe de Deus, rogai por nós, pecadores, agora e na hora da nossa morte. Amém.

A Igreja Nossa Senhora das Dores era a mais próxima do casarão dos Almeida, o que de forma alguma significava que conseguiam chegar com rapidez. A mansão do casal ficava numa chácara belíssima, com campos verdes, árvores podadas e uma fonte nos fundos. Diogo ficara em casa para descansar naquela manhã de domingo, mas, como em todos os últimos seis anos, Isis saíra e fora à missa com a mãe implorar que Deus ouvisse suas preces.

— *Ave Maria, cheia de graça...* — rezava, apertando o terço com tamanha força que só faltava quebrá-lo. — *O Senhor é convosco...* — Os olhos fechados impediam que as lágrimas de desespero caíssem e revelassem seu desalento. Necessitava de um milagre. — *Bendita sois vós entre as mulheres, bendito é o fruto do vosso ventre, Jesus.* — Colocou a mão sobre a barriga e desejou sentir ali seu próprio Jesus. Seu filho. Seu fruto bendito. — *Santa Maria, mãe de Deus, rogai por nós, pecadores, agora e na hora da nossa morte.* — Abriu os olhos, exausta da angústia. — *Amém.*

O padre permanecia com a mão levantada e Isis tinha certeza de que algum dia a força daquela mão santa a curaria e traria uma criança. Um dia.

— *Pai nosso que estais nos céus...*

A missa seguiu-se e acabou na hora de costume, em tempo de as senhoras conseguirem ir para casa providenciar o almoço. Isis e dona Marisa saíram da igreja e começaram a caminhar vagarosamente em direção à carruagem.

— Abrirão as portas amanhã cedo! — disse a mãe, referindo-se à única coisa e às únicas pessoas em quem pensava nos últimos dias.

— É mesmo? — perguntou, bocejando. Ao fim, tirou o véu azul de cima dos cabelos e começou a dobrá-lo.

— Nós duas seremos as primeiras clientes deles. Você vai comigo.

— Vou? — Riu-se.

— Claro que vai. Precisa sair um pouco daquela casa.

Isis pensou por um instante, lamentando-se da vida monótona que levava e de como sentia falta de se sentir livre.

— Talvez esteja certa.

Seguiram caminho para a mansão dos Almeida e em minutos estavam lá. O cocheiro as ajudou a descer e dona Marisa pediu que ele fosse aos fundos dar de beber ao cavalo.

— Sabe, deveria pedir ao Diogo que escrevesse sobre eles.

— Sobre quem?

— Os Bell Air, Isis!

— Ah. — Começou a andar lentamente pela grama recém-cortada.

— Não sei como consegue não pensar nisso tanto quanto eu.

— Já faz uma semana desde a primeira e única vez que os vi. Não consigo me lembrar ao certo — respondeu.

— Isso é porque não anda sofrendo como eu e seu pai. E agradeça a Deus por isso!

— Mãe, diga logo. — Interrompeu a caminhada. — De quanto precisa? Eu poderia pedir ao...

— Não! De jeito nenhum. Seu pai já está muito envergonhado com toda essa situação.

— Ora, mas não foi para isso que esse casamento me serviu?

— Já pedimos dinheiro demais a ele, meu amor. Fizemos dívidas que jamais seremos capazes de pagar. Mas... se uma boa influência nos ajudasse... se os estrangeiros investissem na fazenda, eu...

— Ah, mãe, está divagando.

— Não importa. Peça a ele, Isis, peça a ele que escreva uma matéria falando muito bem dos Bell Air. Mas que seja com as próprias mãos, sem mandar outro jornalista fazê-lo! Diogo escreve melhor que os mais reconhecidos poetas deste país! Sabe usar o cérebro e os dedos como ninguém. Ah, como o admiro...

Isis riu disfarçadamente, não podendo deixar de encontrar malícia na fala da mãe.

— Hum... posso saber quando foi que provou dos dedos dele?

Dona Marisa voltou-se com o semblante injuriado e bateu forte na mão da filha.

— Ai!

— Você sempre foi assim! Linguaruda! Mesmo depois de mulher feita, não aprendeu a ter educação. — Apontava-lhe um dedo.

— Foi uma brincadeira, se a senhora não notou.

— De todas as suas irmãs, você foi a que sempre me preocupou mais. Não tem jeito.

— Jura? Achei que tivesse sido a Laura.

— Ela também, mas pelo menos corrigiu-se na vida antes que fosse muito tarde. Já você... não para de ser petulante! É por isso que Diogo se revolta com frequência.

Isis bufou e voltou a andar, reprovando a fala e sentindo-se levemente ofendida.

— Eu me revolto com ele também.

— Acha que isso é motivo para se gabar? Está completamente enganada.

— Não gosto quando ele tenta me controlar.

— Não se trata de controle, é proteção!

A risada alta e sarcástica que veio em resposta podia ser ouvida a metros de distância.

— De fato não conhece seu genro — afirmou Isis.

Aproximavam-se já da entrada do casarão. Diogo poderia estar em qualquer lugar, inclusive atrás da porta, aguardando-as.

— Este assunto morre aqui. Vamos entrar — exigiu dona Marisa.

O almoço foi agradável como de costume, porém mais curto que o normal. Logo após a sobremesa, Marisa teve uma ideia — novamente relacionada à sua mais nova obsessão. Insistiu que a filha desse um passeio no centro da cidade com ela, e Isis não teve como negar. Passaram defronte à Ouro Bell, claro, mas a madame jurava que não havia sido proposital. As portas estavam fechadas, mas viram dona Berenice recostada na sacada. O flagra foi suficiente para que a empresária descesse e as convidasse para um chá. Assim que adentraram a sala da portuguesa, engataram num assunto depois do outro.

Desinteressada naquela mulher e em qualquer coisa que tivesse a oferecer, Isis lucubrava, pensando no que mandaria a criada cozinhar para o jantar. Precisava ser algo especial, afinal de contas era domingo.

— Você não acha, querida? — perguntou dona Marisa, tocando sua mão.

— Claro. Concordo muitíssimo — respondeu e tomou outro gole, mesmo que não fizesse ideia de qual fosse o assunto.

— A educação é primordial nesses momentos, dona Berenice. É ela quem define o futuro dos jovens — acrescentou Marisa, apontando para o corredor que dava no quarto da donzela, filha da nova amiga.

— Ah, eu bem sei. Alice, por exemplo, é fluente em inglês, português e espanhol. Voltou a estudar francês na semana passada com uma professora do seminário — revelou Berenice com seu sotaque português carregado.

Era essa a língua que Alice treinava em seu quarto desde que haviam chegado. Ainda não saíra de lá para cumprimentar as visitas, o que, pela visão de dona Marisa, era de muita má educação.

— As minhas meninas foram criadas em casa a vida toda também. Eu mesma fiz questão de lhes dar a melhor educação que pudesse, junto de algumas freiras mais especializadas em certos assuntos. Entretanto, as artes de cozinhar, costurar e servir ficaram total e completamente sob minha responsabilidade.

— Nota-se de longe que fez um ótimo trabalho — informou dona Berenice. — Isis é muito educada.

— Eu agradeço, senhora. Tenho certeza de que não fez diferente com a sua filha — disse a mais nova.

— Ah, minha Alice é um doce. Logo terminará a aula de francês e poderão conhecê-la.

— Quantos anos tem mesmo? — questionou Marisa e abandonou a xícara de chá na mesa de centro.

— Fez vinte recentemente — respondeu, um pouco sem jeito.

— Oh, sim. Já está apaixonada por algum rapaz da cidade?

Dona Berenice engoliu em seco, pois aquele era um assunto que a envergonhava. A própria havia se casado muito cedo, assim como a maioria das mulheres que conhecia.

— Andou sendo bem cortejada no baile da semana passada, mas meu marido e eu queremos escolher com atenção o homem que a acompanhará. — Mordeu o lábio inferior, preocupada. — Isis, você estava no Carnaval também, não estava?

— Estive por lá, sim. Contudo, meu marido e eu não ficamos por muito tempo.

— Acho que os vi de longe. Falaram-me muito bem de vocês dois.
— Sorriu.
— Falaram?
— Sim! Diogo Almeida, não é? Disseram que são um casal de muito prestígio aqui em São Paulo.

Isis riu baixo e abandonou a xícara também. Refletiu um pouco antes de responder.

— Meu marido é editor-chefe do *Jornal da Cidade*. Isso nos torna populares de alguma forma.

— Devem conhecer muitas pessoas — dona Berenice pensou alto.

Isis movimentou a cabeça, como quem calcula de quantos rostos conseguia se lembrar.

— Diria que sim. Sempre há visitas novas em nossa casa. Os senhores, aliás, estão convidados para um almoço especial!

— Ah, querida, fico muito grata. Vamos marcar, com certeza. Mas... hum... das pessoas que conhecem, há muitos rapazes?

Não demorou até que a fidalga entendesse aonde ela queria chegar. Confirmou com a cabeça e já trabalhou mentalmente para pensar em alguns jovens ricos que ainda se encontravam solteiros.

— Sim, é claro.

Dona Berenice não disse nada, mas permaneceu encarando-a, como quem via ali o fim do arco-íris, a porta do céu. Era a chance de que precisava. Levantou-se devagar da poltrona bege e sentou-se adjacente à sua visita no sofá maior. Olhando no fundo de seus olhos, segurou-lhe as mãos e baixou o tom de voz, deixando o sotaque ainda mais notável.

— Ah, Isis, preciso pedir uma coisa.
— Pois peça. Farei o que estiver ao meu alcance.

A senhora sorriu e umedeceu os lábios para continuar.

— A minha Alice será para sempre minha menina, mas não posso ignorar a realidade que nos bate à porta. Já é uma mulher. Tem corpo e mente de mulher. E vinte anos, por Deus! Charles e eu adiamos apresentá-la formalmente à sociedade para que não se apaixonasse por nenhum jovem de Portugal ou dos Estados Unidos, pois há anos sabemos que mais cedo ou mais tarde nos mudaríamos para cá e, por uma atitude talvez egoísta, não queríamos correr o risco de ficar longe dela. Sei que não estaria de fato só, teria um marido, filhos, sogros e... Ah, mesmo assim. Nunca quisemos que as coisas fossem levadas dessa maneira.

— Eu entendo, dona Berenice. Continue, por favor.

— Essa é a hora de preparar Alice para o casamento, mas como farei isso se não conheço uma família sequer nesta cidade? Não conheço os melhores nomes nem a reputação das linhagens. Como confiarei minha preciosa a qualquer desconhecido que me apareça por aqui?

Isis suspirou. Até onde sabia, os Bell Air cuidavam da Ouro Bell em Portugal e decidiram abrir a loja em São Paulo, que tanto crescia.

— Quer ajuda para encontrar o rapaz certo, não é?

— Veja bem, Isis, você é uma mulher muito fina e conhecida. Tenho certeza de que conhece pessoas boas para nos apresentar. Não temos muitas exigências, entende? Apenas que não passe dos trinta anos, tenha cursado a universidade e não seja como esses crápulas que tratam mulheres como propriedade. Minha Alice está estudando muito para manter os negócios quando o pai dela e eu formos embora. Ela vai trabalhar. Precisa de um marido com a mente aberta em relação a isso.

Menos de trinta anos, erudito e mente aberta. A quantidade de candidatos em potencial diminuía justamente pelo último tópico, mas não seria impossível.

— Depois dessas, as exigências ficam por conta da minha filha. Ela deve escolher o moço que mais a agradar.

Ao olhar para a mãe no sofá logo à sua frente, Isis viu uma Marisa vermelha, que quase não se controlava. Parecia querer pular mil vezes e rir e agradecer a Deus. Os Bell Air estavam depositando todas as fichas em sua família. Nada poderia ser mais positivo para que em breve eles — talvez — investissem em sua fazenda quebrada e salvassem seus bolsos da pobreza.

— É claro, dona Berenice. Farei o que estiver ao meu alcance para ajudá-los. Ela casa-se ainda este ano.

— Este ano? Oh, Deus, eu não poderia desejar algo melhor. Na saída lhe darei um presente de agradecimento, querida.

— Presente? Imagine! Não precisa!

— Precisa, sim! Nossa joalheria está pronta lá embaixo. Poderá escolher a joia que quiser. — Olhou para a mãe de Isis e estranhou vê-la tão vermelha. — Dona Marisa? A senhora está bem?

— Sim, sim, querida, não se preocupe. Este vestido me dá tanto calor que nem imagina. Ainda mais neste verão, que parece pior que os outros. — Abanou o próprio rosto, disfarçando.

— Verdade. Aqui é muito quente. O que eu ia dizer era que gostaria que escolhesse uma joia para você também.

— Estamos dando muito prejuízo, a senhora não acha? — perguntou Isis, antes que a mãe aceitasse.

— Prejuízo eu terei se essa menina não se casar logo. O que estou fazendo agora se chama investimento. — Soltou as mãos de sua visita. — E olhem só quem está chegando.

As duas visitantes fitaram o corredor. Lá estava a moça de quem tanto falavam. Alice vestia-se de um crepe rosa-bebê e rendas laterais. As mangas a cobriam até os cotovelos, e os fios louros, ondulados e longos tampavam o colo.

— Boa tarde, senhoras — disse, docemente. — Peço perdão pela demora.

— Não há problema algum, querida — dona Marisa a tranquilizou, fingindo não ter considerado o ato pura falta de educação. — Sente-se conosco.

A professora de francês da loura saiu também e despediu-se das madames, logo partindo para casa.

— Acho que ainda não conhece minha filha, Alice. — A sra. d'Ávila apontou para a fidalga. — Isis Almeida.

— É um prazer conhecê-la — disse a morena, curvando um pouco o rosto.

— Igualmente para mim, dona Isis — respondeu a moça.

Dona Berenice sorria, pensando no que o futuro guardava para sua doce filhinha.

Enquanto isso, Isis a fitava com interesse, agora podendo ver o rosto sem máscara. Ela era formosa, o que com certeza atrairia mil rapazes de uma vez, isso se já não tivessem sido atraídos e rondassem o centro da cidade a fim de cortejá-la. Alice, por sua vez, estava impressionada com a postura de suas visitas. As duas mulheres lhe pareceram muito bem-educadas, mas reparou que a filha tinha um certo fervor no olhar. Pensou que talvez fosse por ela ser muito poderosa na cidade.

— Querida, temos novidades — disse dona Berenice, batendo palminhas. — A dona Isis nos ajudará a arrumar-lhe um noivo!

— Noivo, mamãe? — perguntou, deixando que sua decepção transparecesse. Assim que notou isso, tratou de sorrir outra vez.

— Sim! Ela conhece bons rapazes por toda São Paulo, e um deles logo será seu.

Alice e Isis cruzaram olhares outra vez e a loura umedeceu os lábios antes de perguntar, temendo que a madame a achasse muito inconveniente.

— Desculpe perguntar, dona Isis, mas como isso será feito?

Isis sorriu sem mostrar os dentes.

— Não há problema algum, querida. Nestes últimos minutos pensei que eu e você poderíamos nos conhecer melhor, assim eu entenderia suas preferências quanto a rapazes. O que acha? Quando encontrarmos algum que supra tanto as necessidades de sua família quanto as suas, marcamos a data.

— Perfeito! — exclamou dona Berenice.

A donzela deixou a postura ereta vacilar por um momento.

— Pode ser — disse e limpou a garganta, sabendo que não tinha escolha.

3

Uma grande amiga

Isis lia um romance dramático na varanda de seu quarto, enlevada a alma pelo puro silêncio que Deus concedera no início da manhã. O clima fresco a tranquilizava. Para não dizer que desfrutava de silêncio absoluto, ouvia o canto dos pardais entre as folhas das árvores enormes ao longe.

Ela suspirava com o conto pátrio que fora recomendado por sua irmã mais velha na última carta que enviara. Amélia d'Ávila Rezende morava longe, no Recife, e faltava muito para que voltasse a fazer visitas.

No entanto, como tudo chega ao fim, a paz da fidalga não funcionaria de desigual forma. A voz grave de Diogo a fez pular da cadeira de balanço e arrepiar-se inteira.

— Que é isto aqui? — esbravejou o marido, vestindo apenas uma toalha que tampava o quadril, já que havia acabado de se banhar.

— Não posso ver, então eu que pergunto — disse Isis e levantou-se para se aproximar do que havia nas mãos dele: o motivo de seu ódio matinal.

— Não consegue ver o presente do seu amante?! — questionou, exagerado como todos os dias.

— Ah, tenho um? — perguntou a mulher, de sobrancelhas erguidas, fazendo charme com a voz, que no fundo carregava um tom sarcástico. — Pois diga-me... — Aproximou-se dele. — Esse meu amante... é bonito?

Diogo cerrou os dentes e quase urrou em resposta. Sempre fora um ogro em todas as situações, e sua desconfiança vivia passando dos limites.

— Se é bonito não posso saber, mas o que acha do meu par de chifres? Está brilhando o suficiente?

Isis gargalhou, sem deixar que a loucura do marido a abalasse.

— Este é o colar que a estrangeira me deu, amorzinho — respondeu, desistindo de levar a brincadeira adiante. O dia amanhecera bonito demais para já acordar criando problemas.

— A estrangeira?

— Sim, dona Berenice. Eu contei a você no jantar de domingo.

O marido voltou no tempo e recordou que de fato, dois dias antes, sua esposa havia contado sobre a conversa na casa dos Bell Air.

— Então o trato está feito mesmo? — Diogo saiu da varanda e dirigiu-se para o quarto, a fim de vestir-se.

— Está, sim. O que eu poderia dizer? Se negasse, seria muita falta de educação.

— Concordo. E logo achará um rapaz para a moça.

— Preciso conhecê-la antes — ponderou e voltou a deitar-se sobre a cama desordenada, observando-o vestir-se.

— E como planeja fazer isso?

— Hoje mesmo sairemos para um passeio. Vamos conversar sobre as preferências dela — comentou, mordendo o canto da unha.

Diogo apertou o cinto da calça olhando para seu peito cabeludo refletido no espelho. Sua próxima fala foi proferida ainda de costas para a esposa, observando-a apenas pelo reflexo do vidro enorme.

— Sozinhas?

— O irmão dela irá conosco.

Diogo parou um instante e pensou safadezas outra vez.

— Quantos anos tem esse irmão?

— Dez, eu creio.

— Ah, é mesmo. É um homenzinho. Tudo bem, então.

Isis apoiou-se nos braços para vê-lo melhor.

— Por quê? Pensou que fosse ele o meu amante?

— Se fosse, já estaria morto.

Isis revirou os olhos e caiu sobre os lençóis outra vez, observando o teto. Aquele seria um dia interessante. Não costumava fazer passeios com amigas à tarde, já que o jornalista nunca permitia que ela saísse, mas, como se tratava de um favor aos d'Ávila, seus adorados sogros, não haveria como negar.

Diogo acabou de vestir-se elegantemente, faltando apenas pentear os cabelos, mas antes subiu na cama, tentado ao ver a esposa deitada ali. Alcançando-a, acariciou seu rosto de leve, admirado com tamanha formosura. Sentia-se orgulhoso por possuir uma mulher de tanta beleza.

— O que acha de irmos ao teatro amanhã? — propôs.

Isis sorriu imediatamente.

— Acho perfeito! Vamos mesmo? E o jornal?

— Sairei mais cedo, se preciso for. — Abaixou o corpo e a beijou nos lábios polpudos, demorando para deixá-la livre.

Isis ainda era a moça bela e formosa por quem ele se apaixonara. Mesmo depois de alguns anos, ela não perdera o resplendor. Uma mulher cujos pretendentes de quando solteira não haviam conseguido superar até os dias atuais.

Ela tinha apenas um defeito aos olhos do marido e da sociedade: não podia gerar uma vida. Quando ele pensava seriamente sobre o assunto, desesperava-se. Como poderia terminar a vivência sem um único filho? Quando morresse, para quem deixaria sua fortuna? Para os filhos da cunhada Amélia? Para a irmã, que já era muito rica? Para os empregados?

Para um hospital? Mas nem um centavo para o fruto de sua paixão pela esposa? Não parecia certo.

— Já vou indo — disse, após desgrudar-se dela.

— Tenha um ótimo dia, querido. Carregue meu coração com você.

Diogo sorriu e se levantou da cama.

— Sempre.

O sol forte e brilhante só não causava mais desconforto e irritação nas mulheres por conta das sombrinhas que as protegiam. As carroças faziam barulho demais daqui para lá nas avenidas paulistanas. Cachorros de rua caçavam em busca de comida, um pipoqueiro bradava para vender seu milho estourado, e outras moças e rapazes caminhavam na praça, assim como as duas novas conhecidas.

Alice vestia-se de cor-de-rosa outra vez, revelando que aquele era seu tom favorito. Isis usava um vestido em tons de azul, cheio de babados na saia, que se arrastava pelo chão de pedra. Já João Pedro Capela Bell Air — o Pedrinho — berrava como um animal em desespero ao bater um galho longo em todas as árvores que via pelo caminho. Era um pestinha, Isis pensou. Fingia ser um herói, guerreiro de qualquer lugar, então salvava a cidade. O menino chutava a árvore, dizia que ela não ia vencer e logo pulava para a próxima, batendo o galho com toda a força e acreditando derrotá-la.

— Então, Alice, vamos falar sobre o seu futuro — sugeriu a fidalga.

Até aquele instante, não tinham conversado sobre outra coisa que não fosse o primeiro dia da Ouro Bell na cidade. Haviam acabado de sair do prédio dos Bell Air, então de qualquer forma não houvera tempo para muitos assuntos.

— Sua mãe me pediu que fosse um rapaz com menos de trinta anos, com diploma de ensino superior e que tivesse a mente aberta. Vou confessar que isso será um tanto difícil.

— Ah, eu sei — concordou a moça, sem olhar para a nova amiga. As palavras reduziram-se desde que Isis iniciara aquele assunto.

— Não parece muito animada — replicou Isis, estudando suas feições.

Alice parecia ser realmente o tal poço de doçura que a mãe tanto falara, e talvez doce demais para dizer a verdade sobre o que sentia em relação ao que estava acontecendo, ao que estava sendo obrigada a fazer.

— Estou feliz, muito feliz. Apenas um tanto insegura quanto aos futuros pretendentes.

Ela não tinha um sotaque tão carregado quanto o da mãe. A família vivia viajando de Portugal para os Estados Unidos, então ela precisou aprender os dois idiomas ao mesmo tempo. Quando começou a apresentar mais dificuldade com o português do que com o inglês, dona Berenice contratou o primeiro professor qualificado que encontrou. E, por acaso, era brasileiro. As lições ajudaram a menina a disfarçar o sotaque e a acostumar-se com outros jeitos de falar.

— Você pode me contar o que a aflige — disse a morena, segurando a sombrinha com mais força. — A sua opinião vale muito, Alice. É sobre o seu marido que estamos falando. Sobre o seu futuro.

Pensando melhor, a fidalga notou que, mesmo que a moça tivesse mil objeções ao desejar um príncipe perfeito, fazendo com que o processo para o encontrar se tornasse milhares de vezes mais difícil, não importava. Começava a perceber que resolver aquele problema pelas próximas semanas seria muito mais divertido do que ficar em casa decorando e redecorando os cômodos, escrevendo cartas às irmãs e tomando café com a mãe.

— São alguns medos que tenho em relação a mim — a loura contou. — Não sei explicar. — Chutou uma pedrinha em seu caminho e voltou a observar o irmão, que havia outra vez subido em uma árvore e agora saltava para o chão. O rosto do moleque quase bateu no solo, mas o susto não o impediria de tentar derrotar seus inimigos.

Isis parou de andar, obrigando a jovem a fazer o mesmo. Segurou seu ombro e a olhou no profundo das íris castanhas.

— Alice, querida, uma moça tão linda quanto você não deveria ter insegurança alguma.

A loura ergueu os olhos e fitou a madame, que a observava com sinceridade e afeto. Seu sorriso a contagiou de maneira intensa o bastante para que a jovem sorrisse também, agora acanhada, apesar de, no fundo do peito, sentir o coração se aquecer diante do elogio.

— A senhora acha? — perguntou.

— Deveras que sim. Eu mesma fiquei impressionada quando a vi no baile. Acho que esta cidade jamais recebeu uma moça tão bela — disse, tentando animá-la em relação ao seu futuro inevitável, e tocou o queixo da jovem para examiná-la mais atentamente.

Alice tinha a pele aveludada, macia, como a fidalga teve a chance de sentir. O olhar virginal refletia alegria singela e timidez constante. Suas bochechas sustentavam um tom rosado e sua aparência imaculada tomou ainda mais forma. Era o próprio retrato de um anjo.

— Seus elogios muito me encantam, dona Isis. Estou verdadeiramente grata.

Isis poderia engrandecê-la com o uso de alguns versos, mas tinham coisas mais importantes a fazer. Além disso, tinha medo de que uma outra parte de si voltasse à tona, já que desde o primeiro instante, desde a primeira vez que seus olhos pousaram sobre aquela menina-mulher, Isis sentiu algo que há muito tempo não sentia. Tinha medo de que a moça percebesse quem ela era e sentisse medo, quisesse fugir, perdesse o respeito e, como se não bastasse, espalhasse para toda São Paulo. Sua vida e seu casamento seriam destruídos.

— Não há por onde — respondeu, então.

— Posso fazer algumas perguntas, dona Isis? Talvez, se tirar minhas dúvidas, eu me sinta mais tranquila.

— Faça-as, por favor.

As mulheres voltaram a andar vagarosamente e ouviram um urro de Pedrinho, que havia acabado de quebrar o galho que usava como arma contra a flora na praça daquele bairro.

— Quando a senhora se casou com o sr. Diogo?

Isis pensou por um momento.

— Eu tinha dezenove anos, então... seis. Faz seis anos.

— E estava apaixonada? — indagou a jovem ansiosamente.

Isis riu de leve e observou a rua por um instante, os casarões contrastando com as árvores não tão bem cuidadas da praça. Havia rumores de que em breve tudo aquilo seria demolido.

— É com isso que está preocupada, então? Com o amor?

Alice mordeu o lábio inferior, e quem visse sua expressão diria que estava sentindo algum tipo de dor. Balançou a cabeça em afirmação e respirou fundo.

— Você amava algum rapaz em Portugal?

— Não. E é isso que me preocupa — disse, decidindo falar a verdade de uma vez por todas.

Alice começara a se preocupar com tal assunto aos catorze anos, encontrando naquele fato um enorme problema, sem jamais ser capaz de resolvê-lo.

— Nenhum? Nunca se apaixonou por nenhum rapaz? Nem nos Estados Unidos?

A loura mordeu o lábio pela segunda vez, sem querer confessar, mas era verdade. Além de deixá-la preocupada, aquilo a assustava. Talvez fosse absolutamente fria de alma e coração.

— Nenhum, dona Isis. Nenhum rapaz. Há algo errado comigo? O que posso fazer para resolver? — questionou, juntando as mãos como numa prece.

Isis umedeceu os lábios, e sua mente dissoluta logo a guiou até seu maior e mais profundo segredo. Achava a moça a mais bela que já tinha visto naquela cidade, e um pouco do seu perigoso interior havia começado a despertar ao perceber isso. Para piorar a situação, acabara de descobrir que a jovem jamais se sentira atraída ou apaixonada por rapaz algum.

Mas isso devia ser normal, pensou um segundo depois, ela ainda era muito nova. Além disso, estudava demais, não havia conhecido tantos homens assim na vida. Logo decidiu que seria aquilo que iria dizer à jovem.

— Você é tão nova, querida. Quando a pessoa certa chegar, sentirá as tais borboletas no estômago.

— A senhora tem certeza? Ah, minhas amigas de Portugal já viveram certas histórias e... bom, algumas das quais elas não se orgulham, mas viveram, sentiram, entende? Quanto a mim... às vezes penso que serei obrigada a morar num convento.

Isis riu alto e voltou a olhar para a frente.

— Morar num convento não é tão ruim — disse, tentando provocá-la com uma de suas brincadeiras.

Alice arregalou os olhos e abriu a boca, pronta para rebater aquela fala com dezenas de tópicos que provariam o contrário.

— Dona Isis, permita-me discordar, afinal...

— Foi uma piada, mocinha, não fique tão injuriada.

Alice murchou como uma planta, seus ombros encolheram e abaixou a cabeça.

— Perdão. Eu só... Ah, eu quero muito dar continuidade ao trabalho dos meus pais com a *Bell's Gold*.

— Com o quê?

— Com a *Bell*... Oh, desculpe outra vez. Com a Ouro Bell.

A loura estava mais familiarizada com o nome da empresa nos Estados Unidos, mas agora via-se obrigada a se acostumar com a versão em português. Na Europa ainda utilizavam o nome em inglês, a pedido de seu falecido avô, o pai de Charles. Entretanto, uma vez que tinham se mudado para outro país cuja língua nativa era a lusíada, não fazia sentido conservar tal denominação.

— Meus pais me prepararam para isso a vida toda. É claro que sei que meu irmão também faria um ótimo trabalho, mas...

As duas voltaram a observar o menino. Sua camisa branca estava toda para fora da calça, e a parte das costas exibia fortes marcas de sujeira, terra e grama.

— Por Deus, João Pedro! — exclamou Alice, temendo levar uma boa bronca quando chegasse em casa.

O moleque riu e colocou a mão na barriga. Quando a loura apertou o passo para alcançá-lo, ele pôs os dois polegares em cada uma das bochechas, sacudiu as mãos, colocou a língua para fora e soprou, jorrando saliva para todo lado. Antes que a irmã o alcançasse, ele saiu correndo e voltou a rir.

— Enfim, quando crescesse, entende? Quando crescesse, ele faria um bom trabalho — Alice voltou a falar.

— A veracidade de sua sentença é notável — respondeu Isis, escarnicando.

Alice sentiu as palavras fugirem da boca. Diante do vexame que Pedrinho a fazia passar, seria impossível defender aquela tese.

— Dona Isis, minha mãe ficará realmente chateada com a situação do meu irmão. Acho que precisamos voltar para casa.

A mulher a observou, sem saber o que replicar. E o combinado que haviam feito? Nem haviam começado a discutir seus gostos quanto a homens. Como poderiam se despedir sem avançar um degrau sequer? Além disso, prometera a dona Berenice que sua filha estaria casada ainda em 1899.

— Ele precisa de um banho — acrescentou Alice. — O que as pessoas vão pensar se o virem desse jeito?

— Tem razão — respondeu a fidalga, e uma nova ideia lhe iluminou a mente. — Eu poderia ir com vocês até sua casa, assim continuaríamos o assunto. Isso, é claro, se não for atrapalhar.

— Seria ótimo! — exclamou a donzela com uma voz mais aguda. — Quem sabe sua presença também não seja capaz de mortificar o sermão que minha mãe vai me dar ao ver João Pedro desse jeito.

Isis riu baixo e assentiu, logo voltando a procurar o pestinha imundo com os olhos.

— Ali está ele. — Apontou para detrás de uma árvore quase seca.

Ao perceber que o menino continuaria zombando e fugindo, deixando a moça ainda mais nervosa e envergonhada, a mais velha teve uma ideia. Aproximou-se de Alice e colocou uma das mãos em seu ombro, juntando seus rostos para que ele não conseguisse ouvir o que ela iria dizer. Alice piscou algumas vezes, estranhando a aproximação, mas logo se lembrou de quando seu pai disse que brasileiros eram calorosos e costumavam agir daquela forma, com toques e afabilidade.

— Vamos voltando. Ele logo ficará com medo e nos seguirá.

— Hum... não sei. O Pedrinho pode se perder.

Isis sorriu e a estrangeira observou seus lábios, que refletiam indisciplina e coragem.

— Estamos a duas quadras da sua casa. Ele não vai se perder — garantiu.

A loura, mesmo um tanto insegura, decidiu confiar nela. Afinal, se sua mãe a achava boa o bastante para arranjar-lhe um noivo, era porque sabia de sua índole. Aceitou. As mulheres viraram as costas e começaram a andar na direção oposta, quietas, apenas esperando. Em segundos, ouviram o menino as chamando repetidamente. Alice começou a rir e a andar mais rápido com sua mais nova companhia. Ouviram os passos de João Pedro batendo no chão enquanto ele corria até as duas.

— Ei! — gritou ao alcançá-las. Era baixinho e estava semelhante a um leitão que houvesse acabado de brincar no chiqueiro. — Eu vou contar para a mamãe que você ia me abandonar aqui!

— Oh, desculpe, Pedrinho — respondeu Isis, antes que a loura tivesse chance. — Você está tão sujo que pensamos que fosse um menino de rua. Que confusão! — Balançou a cabeça em negativa.

Alice deixou a risada escapar, mas lutou para segurá-la outra vez.

— Eu não sou um mendigo! — exclamou o pivete, com os punhos cerrados.

Isis apoiou as mãos nas coxas, ficando quase da altura dele. Com a aproximação, percebeu gotas de suor escorrendo pela testa do menino e um cheirinho desagradável se fazendo notar. Mesmo assim, baixou o tom de voz e continuou com seu plano.

— Correndo daquele jeito, quase fez as pessoas pensarem que era um ladrãozinho, sabia? Eu vi uma senhora conversando com um policial e apontando para você. Ele parecia ser realmente bravo.

Os olhos do garoto se arregalaram feito duas jabuticabas e ele puxou o ar com força, assustado, sentindo como se quase tivesse jogado a vida fora. Uma parte de si acreditava veementemente que, se o oficial o tivesse pegado, passaria o resto da vida na prisão. Olhou para trás, assombrado, procurando a viatura, e algo lhe disse que estava escondida, com vários homens prontos para capturá-lo.

— Alice, vamos embora? — perguntou à irmã.

Oferecendo a mão a ele, a moça respondeu:

— Como quiser, ladrãozinho.

※

— Qual foi a única coisa que eu pedi que fizessem quando saíssem de casa?! — exclamou Berenice, apontando um dedo para o caçula, mas revezando-o com a filha mais velha. — Qual foi a *única* coisa?! Responda, João Pedro!

— Não sei — murmurou o menino, olhando para os sapatos sujos.

— Como é?! — rebateu sua mãe um pouco mais alto. — Eu disse para vocês se comportarem, João! Foi isso que eu disse! Como a sua irmã vai arrumar um marido se estiver acompanhada por um porquinho de smoking? Diga, como ela vai fazer isso?

Estavam no meio da sala de estar, e, enquanto os Bell Air passavam pelo drama da vez, Isis permanecia próxima à porta, um tanto constrangida. Tentava não olhar diretamente para eles, mas era quase impossível.

— Não sei — o pequeno voltou a murmurar e coçou a bochecha melecada de terra e suor.

— Eu não tenho um pingo de compreensão da parte de vocês dois. É impressionante.

O sotaque português de Berenice provocava em Isis um desejo genuíno de soltar uma risada. Era engraçado ver sua língua sendo reproduzida de forma tão fresca e exótica.

— Desculpe por isso, dona Isis — pediu ela, agora mais calma. — Ah, ele deve ter matado a senhora de vergonha!

Dona Berenice estava realmente confiante de que Isis arranjaria um ótimo marido para sua menina. Era uma mulher tão elegante e influente, conhecida por toda a cidade. A portuguesa não queria correr o risco de fazer com que se afastasse, principalmente se o motivo fosse por se sentir envergonhada.

— Não se preocupe, querida. Crianças são assim mesmo — replicou Isis.

— Ah, sim, mas João Pedro não é mais criança. — Voltou a observar o caçula. — E sabe muito bem disso. Para o banho! Já!

O pestinha não esperou que a ordem se repetisse. Saiu correndo, adentrando o corredor e indo até a sala de banho.

— E você... — disse a mãe, apontando um dedo para Alice. — Vá preparar um chá para dona Isis.

— Ah, não. Não se preocupem comigo — pediu a morena. — Só gostaria de retomar meu assunto com Alice, dona Berenice. Estávamos conversando sobre as expectativas dela quanto ao futuro casamento.

A mais velha balançou a cabeça em concordância e respirou fundo, tentando se manter calma.

— Se desejar alguma coisa, não hesite em pedir, sim? — disse.

— Não vou me esquecer disso.

— Pois bem. Agora preciso dar um banho no Pedrinho. Fiquem à vontade para continuar. — Indicou o sofá e saiu logo depois.

A pupila e a fidalga se entreolharam e ficaram em silêncio por alguns segundos. As bochechas de Alice foram outra vez tingidas pelo rubor que a inspirava sempre que a timidez atacava. Era inacreditável que João Pedro a tivesse feito passar tamanha vergonha. Isis, por sua vez, observava-a com ternura e atenção, reparando em sua meiguice e acanho notáveis. Sorriu, divertindo-se.

— Não se preocupe, está bem? Essas coisas acontecem — afirmou em tom baixo.

Alice ergueu os olhos e forçou um sorriso.

— Podemos retomar o assunto de antes, então? — questionou, desejando fazer com que a fidalga apenas esquecesse o ocorrido.

— Claro! — Começou a andar até o sofá.

— Dona Isis, eu preferiria que conversássemos em outro lugar. Meu pai pode chegar a qualquer instante, e eu não gostaria que me ouvisse falando sobre rapazes, entende? Ele também quer que eu me case logo, mas o assunto me constrangeria caso o tivéssemos como ouvinte. A senhora compreende?

Isis sorriu.

— *A senhora compreende* — respondeu, sem nunca desviar os olhos dos dela.

— Que tal irmos para o meu quarto, então?

— Perfeito.

As duas caminharam até o corredor, passando pela porta do banheiro e ouvindo dona Berenice ainda brigar com João Pedro. O quarto de Alice era o último. Ao alcançarem-no, a loura abriu a porta e permitiu a passagem de sua visita. As paredes tinham um tom de rosa claro, o chão era amadeirado e uma janela grande fazia o cômodo ser regiamente iluminado. Os móveis, diferentes dos que havia no restante da casa, eram pintados com cores claras, como branco e bege. A cama estreita estava coberta por um acolchoado de babados e linhas douradas, e Alice sentou-se ali.

— Eu não sei. Eu simplesmente não sei o que espero do meu futuro marido.

Isis fechou a porta e acomodou-se ao lado dela.

— Quer dizer, eu realmente concordo com o que a minha mãe pediu, mas não sei o que mais me agradaria, entende? Não tenho nenhuma experiência. Hum... Ah! Já sei! Eu gostaria que ele não fedesse.

Isis riu e passou as mãos pelo vestido.

— O que você pensa sobre charutos? Não sei se se incomoda com o cheiro, mas eu odeio. Meu marido é viciado nisso, e tenho vontade de vomitar todas as vezes que sinto o fedor.

Alice fez uma expressão enojada e refletiu por um instante.

— É, eu agradeceria se ele também não fumasse.

— Tudo bem. Então até agora precisamos de alguém com menos de trinta anos, erudito, mente aberta, cheiroso e não fumante. O que mais? — Umedeceu os lábios.

A loura abaixou os olhos e começou a observar seus móveis, procurando neles uma resposta. Lembrou-se de suas antigas amigas de Portugal e das histórias que as ouvia recitar, os sentimentos que contavam perceber, os beijos, o carinho...

— Eu gostaria que fosse amoroso também.

— Ah, Alice, isso se conquista com o tempo, quando ele se apaixonar por você.

Voltando a se preocupar, a jovem enrijeceu as costas, quase deixando transparecer que um ataque de ansiedade a consumia.

— E se ele não se apaixonar? E se eu for infeliz, dona Isis?

Sorrindo, a fidalga sentiu pena da loura, que parecia nunca ter se olhado no espelho, parecia nunca ter ouvido a própria voz ou observado os próprios gestos. Respirou fundo e se aproximou ainda mais, fazendo com que seus joelhos se chocassem. Isis a tocou no queixo, como mais cedo havia feito na praça da cidade. Sorriu para ela e não voltou a falar até que a visse sorrindo também.

— Quem não se apaixonaria por você, Alice?

A pergunta pegou a moça desprevenida. Estava longe de ter uma autoestima tão elevada a ponto de se sentir como a morena havia dito. A voz rouca de Isis a deixou presa por um momento, como se tivesse sido engolida para dentro de um mundo completamente novo, como se tivesse sido engolida para dentro dos pensamentos da própria madame. Que bela pergunta havia feito, pensou. Que boa pessoa era aquela mulher, e como estava se mostrando uma *amiga* realmente carinhosa.

— Obrigada, dona Isis — respondeu baixo, ainda se sentindo atingida pela intensidade da questão.

— Pelo quê? — indagou Isis com um murmúrio, e seu polegar acariciou a pele da jovem sutilmente.

— Bom, a senhora claramente enxerga em mim coisas mais agradáveis do que eu mesma poderia.

— Não entendo como você não consegue ver.

Isis podia sentir o aroma adocicado da moça, com certeza aquele era um perfume importado. Sua pele estava quente e permanecia corada. Seria pelo sol que tomaram antes, ou estaria envergonhada outra vez?

De repente, a loura sorriu de orelha a orelha, como se estivesse recebendo a melhor notícia de todas. A atitude aqueceu o coração de sua visita, e foi a vez dela de se sentir engolida pelo olhar da mais nova. Entretanto, antes que qualquer outra coisa pudesse ser feita, Isis se assustou ao ser abraçada de repente. Era como se fosse sonâmbula e tivesse sido acordada de súbito, despertando de um delicioso e utópico devaneio.

— Ah, dona Isis, a senhora tem sido uma grande amiga! — exclamou.

Isis sentiu a animação despencar como água da chuva. Engoliu em seco e envergonhou-se. Envergonhou-se tanto a ponto de não fazer ideia de como olharia para a jovem em seguida. *Amigas*, claro, era o que se tornariam. Logicamente. Como uma pessoa normal saberia.

Há tempos não se sentia daquela forma em relação a outra mulher. Há muito tempo, poderia dizer. Desde o dia em que se casara, só tivera **olhos e ouvidos para Diogo. Do contrário, a casa cairia e se tornaria cinzas.** Abraçou Alice também, segurando seu corpo delicado como sua voz de princesa. Sentiu o aroma das madeixas amarelas com mais intensidade, mas evitou se permitir recair.

Alice a soltou segundos depois, tão animada que parecia estar numa festa.

— Não acredito que não ficarei mais sozinha neste país! Eu estava morrendo de medo depois de perder minhas antigas amizades, sabia? Será ótimo ter você por perto!

Isis suspirou e se convenceu de que sentir-se feliz era a melhor coisa que poderia fazer. Seria ótimo, sim, tornar-se amiga de Alice Bell Air, visto que, após o casamento, perdera todas as suas amizades. Além disso, era uma moça que tinha muito a conquistar e aprender, e Isis não hesitaria em ajudar no que pudesse.

Isso, é claro, se seu desejo não continuasse atrapalhando.

4

O melhor aroma

Verde ou laranja?, Isis questionava-se. *Com penas ou sem?* Deslizou os dedos pelo tecido que revestia os dois chapéus dispostos na penteadeira de seu quarto, tentando refletir sobre qual usaria para passear pelo centro da cidade no dia seguinte. Vivia mais uma de suas tardes entediantes, arrumando qualquer coisa para fazer. Já estava no fim dela, no entanto. Em breve seu marido chegaria em casa e finalmente teria algo com que se ocupar. Porém, antes disso, teria o prazer de se encontrar com sua nova amiga.

A família Bell Air já se fazia conhecida na cidade de São Paulo. A joalheria recebia cada vez mais clientes, mesmo tendo se passado poucos dias desde a inauguração. Entretanto, o desassossego estava longe apenas dos negócios. Alice precisava urgentemente se casar, então, como uma forma de colocar um pouco mais de pressão na fidalga, Berenice mandou que a filha fosse visitar Isis.

— Licença, dona Isis — pediu Cassandra após bater três vezes na porta.

— Entre, querida, e me ajude aqui.

A criada baixa, de trinta e seis anos, aproximou-se depois de limpar um pouco a testa. Tinha os cabelos crespos presos na nuca e um lenço branco o tampava em grande parte.

— Sim, senhora.

— Qual você acha mais bonito? — Segurou os dois acessórios diante do rosto, sorridente e radiante.

— Hum... — ponderou, cerrando os olhos e fazendo uma pausa dramática para pensar. — O laranja. Com certeza o laranja.

— Excelente, Cassandra! Eu estava pensando o mesmo. Você ia me contar alguma coisa? — perguntou, indo guardar o chapéu verde no guarda-roupa de madeira.

— A srta. Alice acabou de chegar.

— Ah, sim. Peça que suba até aqui, por favor.

A maioria das casas ricas tinha governantas que cuidavam do trabalho das moradias. Todavia, Isis passava seus dias num tédio absoluto, e decidira tomar conta de tudo sozinha. Cassandra era uma das empregadas que a ajudavam quando mais precisava. De cozinheira, ela passara a ser uma das protegidas de Isis. Cassandra saiu rapidamente do quarto e desceu a escada, flagrando a jovem visita mexendo nos livros da estante. Aproximando-se com discrição, avisou que a madame a receberia em seus aposentos e que a levaria até lá. Alice sorriu com doçura e a seguiu, pensando que a mansão dos Almeida era muito bonita e espaçosa. Diferentemente de sua casa sobre a Ouro Bell, aquela parecia um verdadeiro sonho. Apesar de muito ricos, os Bell Air não tinham escolhido um casarão tão grande quanto aquele em que moravam em Portugal, e o segundo andar do prédio era suficiente para que tivessem uma boa vida.

— Boa tarde, dona Isis! — exclamou a moça, sorrindo contente ao vê-la.

Após o carinho antes demonstrado, Alice agora a enxergava com outros olhos — olhos muito mais afetuosos.

— Olá, querida, como vai? — perguntou Isis cordialmente, andando até a moça. Ao alcançá-la, segurou sua mão e a levou mais para dentro do quarto.

— Ah, muito bem. E, preciso dizer, sua casa é extraordinária. A senhora nitidamente tem muito bom gosto.

A morena riu baixo e indicou a cama para que Alice se sentasse, mas não a acompanhou. Certamente, quando se possui muito dinheiro, mas não se tem para onde ir, é preciso inventar algum tipo de atividade, nem que seja decorar e redecorar cada um dos cômodos três vezes ao ano. Isis caminhou até a penteadeira e começou a guardar a bagunça de maquiagens e perfumes franceses.

— E obrigada por me receber hoje. Desculpe não ter avisado com mais antecedência — pediu Alice.

— Imagine. Você é muito bem-vinda na minha casa. — Sorriu, fitando-a pelo reflexo no espelho. — Mas aconteceu alguma coisa?

— Hum, já que somos amigas, dona Isis, eu...

— Espere! Antes de continuarmos, por favor, me chame pelo nome. "Dona" me faz sentir com quarenta e todos! Ainda estou na flor da idade, Alice, por favor...

A loura riu leve, feliz por se aproximarem.

— Isis. Certo. Nesse caso, acho que posso lhe contar a verdade, não posso?

Isis se virou segurando um frasco dourado com o líquido já pela metade. Usava muito aquela fragrância.

— Sempre, por favor.

Alice respirou fundo e torceu os lábios, insegura quanto ao futuro daquela temática.

— Minha mãe está particularmente ansiosa com a ideia do casamento... — Ela não terminou a sentença, esperando que a madame compreendesse por si só.

Isis franziu o cenho.

— Eu disse que você estaria casada até o fim do ano, não disse?

— Sim, sim! Claro! Não fique brava com ela. — Andou até a dona da casa, parando ao seu lado.

O cabelo da moça esvoaçava ao se mover de um lado para o outro, deixando-a com um ar ainda mais terno, diferente da fidalga, que, apesar de naquele dia também estar com o cabelo solto, geralmente tinha as madeixas presas num coque elegante. *Cabelo de mulher casada*, como dizia dona Marisa.

— Não se preocupe. Você não falou nada errado.

Alice sorriu sem mostrar os dentes, ainda um tanto envergonhada. Não queria que Isis se revoltasse contra sua família e desmanchasse a amizade que estavam construindo.

— Isso me preocupa tanto, entende? Essa pressa dela para que eu me case. E... E se eu não gostar da pessoa?

Isis não queria ser tão direta e destruir as expectativas da moça sobre amor, casamento, paixão e tudo o que a envolvia, mas precisava alertá-la para que não permanecesse iludida com a ideia de um romance saído dos manuscritos líricos.

— Alice, você provavelmente vai aprender a gostar do seu noivo depois que estiverem casados.

— E se isso não acontecer? E se eu continuar sem sentir nada para sempre? Ah, prefiro a morte!

A fidalga revirou os olhos e riu baixo. Colocou o frasco dourado que segurava sobre a penteadeira e procurou espaço dentro da gaveta para guardá-lo.

— Que perfume é esse? — perguntou Alice e tomou-o para analisar.

— É francês. Quer sentir?

A jovem mostrou o pulso e aguardou ansiosa o próximo passo. Isis segurou o frasco e, enquanto o apontava para a pele alva e lisa, apertou duas vezes a bombinha borrifadora, esguichando o líquido transparente e gelado. Alice sacudiu o pulso três vezes e aproximou-o do nariz. Ao mesmo tempo, Isis a observava com um sorriso sutil, imaginando se a estrangeira haveria de gostar das mesmas fragrâncias que ela.

— Hum... — murmurou a loura, de olhos fechados. — É uma delícia!

— Não é? — Guardou-o numa caixa com outros de seus aromas, muitos deles presentes do pai ou do marido.

— E este aqui? Ainda está cheio.

— Não gosto muito dele. Dê-me seu outro pulso.

O processo se repetiu e Alice pôde sentir o cheiro do segundo perfume. Diferente do último, aquele era forte demais, fazendo com que sentisse uma dor aguda em suas narinas.

— É... um tanto intenso.

Isis riu alto.

— Ótima e muito educada forma de dizer "ruim".

Já que a própria dona do líquido não gostava do cheiro, a loura permitiu que a verdade escapasse e riu também. Era, sim, desagradável.

— Foi presente da minha sogra — acrescentou Isis e colocou o vidro ao lado do que Alice havia provado anteriormente.

— Sua sogra? Acho que ainda não a conheci. Ela mora aqui em São Paulo também?

— Oh, sim, num lugar um tanto distante daqui. Costumamos chamá-lo de cemitério.

Os olhos da jovem arregalaram-se no mesmo instante e sentiu as bochechas queimarem, tamanho o embaraço por descobrir daquela forma que a mãe de Diogo estava morta.

— Isis, eu sinto muito. — Segurou uma das mãos dela.

— Não sinta. Minha vida ficou muito melhor depois que aquela velha morreu. — Mirou o teto e pressionou os olhos por um instante. — Obrigada mais uma vez por esse milagre, Senhor.

Alice ficou boquiaberta, sem acreditar no que estava ouvindo. Soltou a mão da madame e tombou um pouco a cabeça antes de indagar:

— Vocês não se davam bem?

— Tão bem quanto cão e gato.

— Ai, Deus, e se eu também não tiver uma boa relação com a minha sogra? — perguntou, nervosa.

— Se não tiver, coloque veneno no café da manhã dela, como eu fiz.

Alice ficou ainda mais atônita. Um silêncio perpetuou-se entre as duas, e a pupila não sabia se saía correndo ou se permanecia parada, com o queixo caído e as mãos suando. Quando menos esperava, ouviu outra risada alta. Isis não demorou para colocar a mão na barriga e inclinar um pouco o rosto.

— Devia ver a sua cara!

Estava se comportando como quando era mais nova: cheia de vida e brincadeiras, tirando sarro dos outros e zombando de coisas sérias, sempre dando dor de cabeça aos pais.

— Você matou a sua sogra?

— Não, Alice! Por Deus! — Riu mais um pouco.

— Bom, que alívio.

— Quer dizer, não que eu não tenha tentado... Estou brincando outra vez! Brincadeira! — Voltou a rir quando percebeu que a jovem ainda a levava a sério.

Não demorou muito para Alice notar que talvez sua mãe não estivesse assim tão certa sobre a tal dona Isis d'Ávila Almeida, a madame fina e culta, esposa do senhor editor-chefe do *Jornal da Cidade de São Paulo*. Pensava que, por ser cinco anos mais velha, casada e rodeada pelo mundo do intelecto e da galantaria, Isis teria uma personalidade um pouco mais crítica e taciturna. Nada obstante, tudo o que conseguia ver era uma mulher que transbordava humor, e dos piores.

— Eu realmente espero que não a tenha matado.

— Alice, desculpe, eu sou assim mesmo. — Aproximou-se e segurou seus ombros, a fim de observar o fundo dos olhos e fazê-la crer que não era uma louca. — Esqueci que não nos conhecemos há tempo suficiente para que eu permita que esse meu lado mal proporcionado comece a se fazer notar. Desculpe. E, não, eu não matei minha sogra.

Alice piscou algumas vezes e mostrou um sorriso singelo. Com certeza a madame tinha um humor infame, mas saber que se sentira confortável o bastante para o expor à sua nova amiga fez Alice ficar ainda mais confortável e orgulhosa. Todos os sinais apontavam que elas teriam uma verdadeira amizade, então que mal haveria em aproveitá-la e permitir que a diversão se achegasse?

A aproximação da amiga, no entanto, fez Alice sentir um aroma diferente dos anteriores. Era doce, leve. Inspirou para senti-lo melhor.

— Você usa um diferente.
— O quê? — perguntou Isis, franzindo o cenho.
— O perfume. Você usa um diferente. Posso sentir?
— Claro. Eu vou...

E, antes que Isis terminasse a frase para ir procurar o frasco daquele aroma, a jovem inclinou o corpo e aproximou o nariz do pescoço da madame, presumindo que era de lá que o cheiro saía.

Isis abriu a boca, surpreendida, e observou as madeixas louras escorregarem e caírem sobre o decote. Ouviu-a inspirar duas vezes próximo de seu ouvido e engoliu em seco. Aquilo devia ser Deus castigando-a pela piada com a morte da sogra, permitindo que o diabo a tentasse com seus pensamentos e desejos impuros outra vez.

— Hum... — murmurou Alice, o que surtiu um péssimo efeito em Isis, que trancou a respiração sem perceber e se viu paralisada, sem saída, com o cérebro congelado. — Uau, esse é o melhor de todos, com certeza — disse e se afastou, sorrindo. Não demorou para perceber a expressão de choque no rosto da nova amiga e, como se não bastasse, viu a mão dela dentro da gaveta, tocando outro vidro. — Oh, não! Oh, Deus, você ia me mostrar o cheiro como fez das outras vezes, não é? Desculpe, Isis, eu não quis... eu não quis invadir seu espaço pessoal...

Isis umedeceu os lábios e desejou poder fazer com que ela voltasse a aproximar o rosto de seu colo.

— Não se preocupe... não foi nada. Além do mais, onde eu colocaria o perfume para que sentisse, não é? — Indicou os dois pulsos, cada um tomado por uma fragrância.

— Estou tão envergonhada. Ah, é que eu ouvi algumas coisas sobre este país e nunca sei se estou lidando do jeito certo.

— Como assim? Que coisas?

— Antes de viajar, me contaram que o povo brasileiro tem uma personalidade calorosa e… se tocam, se abraçam e tudo o mais. São atitudes com as quais não estou muito habituada. Ao mesmo tempo, não quero ser diferente de vocês, estranha, e ficar evitando isso, o que me faz nunca saber se estou perto o suficiente, se estou animada o suficiente, se estou agindo certo para não ser considerada esquisita… Mas acho que fui longe demais dessa vez.

Ainda um pouco abalada com a aproximação repentina de sua visita, Isis refletiu por um instante e se viu presa no labirinto da imoralidade outra vez. Alice havia despertado a Isis d'Ávila de anos atrás. Não se segurou, deu um passo à frente e a saia de seu vestido e a da jovem se tocaram. Segurou uma mecha de cada lado de seu cabelo claro e deslizou os dedos entre elas, reparando em sua expressão curiosa, com ouvidos que aguardavam uma resposta.

— Aja como for mais confortável para você — disse Isis em voz baixa. — Não precisa tentar se enquadrar. Você já é perfeita assim, do seu jeitinho.

Alice abriu a boca, mas não sabia exatamente o que falar. A aproximação da madame a deixara um tanto apreensiva. Não demorou até que sua respiração saísse por entre os lábios. Sentindo-a, Isis engoliu em seco outra vez, fissurada no respiro da moça, enlevada pelo hálito puro e os lábios virgens entreabertos, como se a convidasse para entrar.

— Obrigada… Isis — respondeu num murmúrio quase inaudível.

— Esses estrangeiros podem estar certos. — Voltou a acariciar uma mecha de Alice. — Eu gosto desse tipo de aproximação.

As palavras da mulher demoraram alguns segundos até serem completamente processadas pelo cérebro da loura, que permanecia receosa e arquejante. Não sabia bem o que estava sentindo. Era um misto de curiosidade e admiração, pensava. Isis tinha uma personalidade marcante, julgou, além de uma… uma ótima pele, um olhar intenso.

— Nossa… — murmurou, pensando alto.

— O que foi, querida?

— A senhora é... Você é muito bonita.

Isis sorriu morosamente e piscou algumas vezes.

— Você acha? — questionou, desejando ouvi-la falar outra vez.

— Sim. É... muito bonita.

Os lábios da fidalga curvaram-se um pouco mais e, sem conseguir segurar por mais tempo, suspirou.

— Você também é muito bonita, Alice.

A moça abriu um sorriso genuíno, pensando em quanto admirava aquela mulher, mesmo em tão pouco tempo de amizade. Levemente constrangida com o olhar contínuo, ela olhou para baixo um instante e engoliu em seco, dando a Isis um motivo para acordar e se afastar.

— Eu agradeço — disse Alice. — Posso ver o frasco do perfume?

— Como? — perguntou Isis, sequer se lembrando do que faziam anteriormente.

— O perfume que está usando agora. E que... eu senti... — Apontou para o pescoço.

— Ah, sim! Claro.

Remexeu os produtos que estavam à sua frente e pegou um vidro menor, azul, cujo líquido se encontrava quase na metade.

— É este aqui. — Isis o colocou nas mãos da loura.

Alice aproximou do nariz o orifício por onde saía o perfume e inspirou, desejando senti-lo outra vez. Não tinha o calor da pele de sua nova amiga, mas o cheiro era idêntico.

— Vou encomendá-lo, certamente — afirmou e devolveu-o à madame.

— Quer para você?

— Para mim? — indagou. — Isis, eu não abriria mão de tal aroma tão facilmente.

A madame riu-se outra vez.

— Eu sei. Acho que combina com você. Além disso, demanda tempo demais a chegada de um novo. Até lá, você terá este.

Alice observou o frasco e vagarosamente deslizou os olhos aos da morena.

— Tem certeza? É um perfume de fato valioso.

— Tenho certeza, sim — assegurou. — É um presente.

— Sendo assim, só tenho a agradecê-la.

— Não tem de quê, querida.

Seguiram a tarde às conversas reles, sentadas uma na cama e a outra no banquinho da penteadeira. Vez ou outra, Isis fazia piada sobre alguma pessoa da sociedade que Alice já havia conhecido. O assunto "casamento" perdeu-se facilmente entre as palavras. Ao voar da cabeça, as duas não retornaram ao tema. Dona Berenice com certeza ficaria furiosa ao saber disso, mas permanecia no recôndito do seu lar, crendo que a filha já estava escolhendo o rapaz certo.

Uma hora se passou e estavam as duas mulheres discutindo os costumes portugueses.

— Me disseram que vocês não tomam banho — comentou Isis, segurando uma risada.

— Isso é absolutamente mentiroso.

A dona da casa estava deitada de barriga para baixo sobre o colchão, observando a moça logo à frente.

— Disseram que ficam um ano sem tocar numa gota d'água! — exclamou e colocou as mãos no rosto, deixando o riso se fazer notar, mesmo que involuntariamente.

— É evidente que quem disse isso jamais foi a Portugal.

— Um ano, Alice, por Deus! — Riu mais alto.

— Deveras que não nos banhamos tanto quanto vocês, brasileiros, mas...

— Oh, que horror!

— Isis! — exclamou, fingindo ofensa, apesar de levemente envergonhada. — Não nos banhávamos com tanta frequência pois é um país bastante frio, mas aqui... ah, aqui as coisas são bem diferentes. Meu pai passou mal nos primeiros dias por conta da quentura. Então nós tomamos muito mais banhos.

— Não sei, vocês não têm mesmo cara de quem gosta muito de água.

Alice tombou o rosto e cerrou os olhos, sem acreditar no que estava ouvindo.

— Você não está dizendo isso.

Isis riu outra vez e balançou os pés, quase se cansando de ficar naquela posição.

— Antes de usar o perfume com o qual a presenteei, por favor, querida, uma aguinha morna certamente não fará mal e...

— *Isis!* — repetiu ainda mais alto, causando mais risadas.

Antes que o diálogo provocativo continuasse, a porta do aposento abriu-se rápido como um raio. As duas calaram-se no mesmo instante, assustadas ao observar a entrada. Diogo havia chegado, e as encarou com seriedade antes de adentrar o cômodo de uma vez.

— Ora, ora — proferiu, afrouxando a gola da camisa. — Temos visitas.

Isis levantou-se para sentar-se direito. Alice decidiu fazer o mesmo. Pôs-se de pé e juntou as mãos na frente do corpo, de coluna ereta.

— Boa tarde, seu Diogo — falou e abaixou o queixo brevemente.

— Chegou cedo, queri...

Antes que Isis pudesse terminar, o homem achegou-se mais perto de sua esposa e puxou-a pela cintura, como costumava fazer, silenciando-a com um beijo que não demorou a constranger a visita. Quando finalizou, soltou-a e caminhou até a donzela. Segurou-lhe a mão e beijou-a, fazendo a jovem sorrir, um tanto melindrosa.

— É um prazer encontrá-la, senhorita — disse.

— O prazer é todo meu — replicou a loura, por mais que soubesse como era errado mentir.

— Eu não sabia que receberíamos visitas hoje — disse o editor-chefe depois de virar o corpo e retornar os olhos à mulher, que curiosamente havia perdido toda a alegria das piadas anteriores. — Se soubesse, certamente teria pedido que algo especial fosse preparado.

— Não se preocupe comigo, por favor — respondeu Alice, voltando a chamar sua atenção. — Além do mais, eu apareci sem avisar.

— Entendi. — Diogo sorriu sem mostrar os dentes. — Vai ficar para jantar conosco?

— Ah, não, de forma alguma. Mas muito obrigada. Preciso voltar para casa em breve.

— Mas acabou de chegar — Isis lembrou e deu dois passos à frente. — Ela chegou há tão pouco tempo, meu bem, não seria ótimo se ficasse?

— Eu agradeço, dona Isis, mas não avisei que ficaria até tão tarde.

— Tenho certeza de que seus pais não se importariam, senhorita — afirmou Diogo. — Ainda mais sabendo que está sob nossos cuidados.

Pigarreando, a moça refletiu mais e mais, fazendo as sobrancelhas do jornalista franzirem. No fundo, ela sabia que queria ficar. Queria continuar sentada conversando com sua amiga durante a tarde e a noite toda, sem pausa. Queria continuar ouvindo suas infindáveis gargalhadas e de maneira alguma se importava de ser alvo de uma ou outra piadinha. De todas as amigas que já havia arranjado, jamais tinha se apegado a alguma tão rapidamente como a Isis. Ela era interessantíssima, espontânea, maravilhosa.

— Bom, sendo assim... eu acho que...

— Ótimo — disse Diogo. — E já vão adiantando os preparativos do casamento.

O casamento, claro. Foi só aí que se lembraram do objetivo que as unira, e sequer haviam falado dele durante todo o período de conversas e risadas.

— Com certeza — respondeu a morena, e deslizou a ponta dos dedos pelo colo.

— Falando nisso, como vai o processo de escolha? Já tem seus favoritos? — questionou o dono da casa, tentando parecer simpático.

— Hum... bom, ainda não, na verdade. Ainda estamos pensando sobre isso.

Diogo refletiu por um instante.

— Claro. Imagino que ainda seja cedo para escolher o marido ideal, não é? — indagou e viu a donzela assentir. — Contudo, essas coisas precisam ser feitas com um pouco de pressa, dependendo da... bom, da idade e outras coisas.

— Diogo — disse Isis, quase em tom repreendedor. — Alice acabou de chegar à cidade. Além disso, é uma moça muito inteligente, dona de um intelecto impressionante. Quão leviano seria entregar isso nas mãos de qualquer um?

— Sem dúvida. Ainda assim, escolher demais só traz prejuízo.

— Certo. Alice e eu vamos até a cozinha ver em que pé estão os preparativos para o jantar. Com licença.

Isis ofereceu a mão à moça, que a segurou sem demora, e as duas saíram do quarto apressadamente.

— Seu marido tem razão — comentou a loura quando estavam fora do cômodo. — Eu preciso de um pouco mais de pressa.

— Não ligue para o que Diogo diz. Do que ele sabe? — respondeu de forma ríspida, exibindo sua irritação.

— Bom, é um homem muito influente, não é? Creio que saiba de muita coisa.

Isis colocou o braço de Alice embaixo do dela e o acariciou com a outra mão. Começaram a caminhar em direção à escada.

— Diogo é um estúpido para muitos assuntos. Aliás, muitos homens são.

— O que quer dizer?

— Quero dizer que muitas vezes eles vão reproduzir ideias tolas. Não lhes dê ouvidos.

Começaram a pisar nos degraus e a se dirigirem calmamente até o andar de baixo. Estava vazio e silencioso. Ao alcançarem o chão seguro, Alice soltou sua nova amiga e a observou com atenção.

— Você aprendeu a gostar do seu marido? — questionou.

— Por que está perguntando isso?

— Quando cheguei, disse que eu provavelmente aprenderia a gostar do meu marido só depois do casamento. Mas e você? Aprendeu a gostar do seu?

Isis se surpreendeu com a questão e não soube o que responder de início. Observou o rosto da loura e em seguida a parede lhe pareceu mais interessante, ou, pelo menos, não tão perigosa.

— É uma... ótima pergunta — disse, antes de encontrar palavras para explicar. — Veja bem, Alice, Diogo é... muito protetor e...

— E isso é bom, não é?

— Claro. É... é ótimo. A questão é que isso acaba nos trazendo um punhado de problemas.

— Por quê? — Alice franziu o cenho.

Isis respirou fundo, sentindo o desconforto se aproximar e fazê-la questionar se realmente poderia confiar na moça para desabafar os problemas de seu casamento.

— Apenas traz, entende? Você vai entender quando se casar. — Puxou-a levemente para que começassem a atravessar a sala enorme, que já havia sido redecorada inúmeras vezes desde o dia em que a madame ganhara o sobrenome do editor-chefe.

— Acho que poderia me explicar mais sobre casamento também, além de apenas me arranjar um marido.

— Sua mãe fará isso por você.

— Ah, ela certamente fará — replicou Alice. — Contudo estou curiosa em relação a diferentes cenários. Quer dizer, o que mais existe além do amor dos meus pais? Tantas coisas, imagino.

Passaram por um quadro enorme retratando a falecida sogra da dona da casa, que Alice espiou como pôde, pois sua amiga não parava de andar.

— Quais são as suas grandes dúvidas? Se eu souber responder, com certeza o farei.

Alice sorriu alegremente, mesmo que a outra não pudesse ver.

— Bom, creio que já fiz minha primeira pergunta. E você não respondeu.

— Qual era mesmo? — questionou Isis e parou diante da enorme mesa de jantar, que comportaria pelo menos trinta pessoas. A próxima porta as levaria até a cozinha.

— Você aprendeu a gostar do seu marido? — indagou Alice. — Você *ama* o seu marido?

Era um assunto delicado demais. No início de seu matrimônio, certamente sentira coisas mais positivas, mas, com o tempo, isso foi se desgastando — o que era normal, certo? Era normal não se sentir como se fosse a primeira vez. Entretanto, não era apenas aquilo, não era somente uma paixão que esfriou. Foram vários os dias de brigas e diversões podadas que faziam Isis se sentir cada vez mais presa, cada vez menos ela mesma, cada vez mais perdida no mundo de outra pessoa.

Ainda assim, por que estava cogitando responder qualquer coisa que não fosse "sim"? Primeiro, a jovem estava apenas começando a entrar naquele mundo; não podia assustá-la e fazer dela medrosa e insegura. Em segundo lugar, conheciam-se fazia tão pouco tempo... E se desabafasse de verdade e Alice revelasse suas confissões a todas as outras damas da sociedade, assim que se familiarizasse com elas? Sua reputação seria severamente manchada. E em terceiro, bom, estava sendo estúpida, pensava. O que era o amor, no fim das contas? Havia momentos felizes em seu casamento, sim, claro que havia. Além disso, tinham dinheiro, tinham empregados, tinham... Bom, nada disso tinha muita ligação com a pergunta: "Você ama o seu marido?" Sua reflexão tornara-se estranhamente confusa, mas não importava. Não havia outra resposta a ser dada.

— É claro que amo o meu marido — respondeu. — Ele é tudo para mim. É o amor da minha vida.

Alice piscou algumas vezes, digerindo tal resposta e sentindo-se levemente enciumada. Mas... por quê? Só porque ainda não havia encontrado o amor de sua vida também? Ou outra coisa?

— Parece bem apaixonada.

Isis sentiu-se ainda mais esquisita naquela situação, como se tivesse dado a resposta errada.

— Ah, Alice... você vai aprender sobre essas coisas com o tempo. Um casamento não é fácil, nunca é.

— Mas você o ama. É isso que eu quero.

— Amor podem ser muitas coisas, não apenas o que lemos em livros de romance.

A mais nova soltou a mão da outra e a observou com curiosidade renovada, mas o fundo de seu olhar revelava certo desafio.

— Para mim, o amor é uma coisa só.

Isis respirou fundo, sem entender o motivo de se sentir como um peixe fora d'água em relação àquele assunto.

— Bom, quando estiver casada há seis anos, me conte se permanece com a mesma opinião.

— Espero que sejamos amigas até lá.

— Claro que seremos. Não pretendo deixá-la escapar tão facilmente. — Em menos de um segundo, Isis percebeu como tal frase poderia soar se fosse ouvida por alguém com um pouco mais de malícia.

— Espero que não deixe mesmo.

Depois disso, as duas mulheres adentraram a cozinha e certificaram-se dos pratos que seriam preparados para o jantar. Tal tarefa não tomou muito tempo, livrando-as logo e permitindo que fossem caminhar no jardim dos fundos.

Em seu casarão rural, Isis dispunha de lindas flores e algumas árvores, que proporcionavam ótimas sombras para uma conversa entre amigas. No meio do campo havia uma fonte grande e bela, com torres de água corrente. As duas se aproximaram do monumento e se sentaram na borda, tomando todo o cuidado para não molhar os vestidos. Aproveitaram o pôr do sol para dialogar um pouco mais. Alice contou algumas experiências de infância e descreveu como era a vida de uma criança e logo depois adolescente que precisava viajar o tempo todo de Portugal para os Estados Unidos. Apesar de cansativo, tinha se acostumado às viagens de navio, tanto que já nem se sentia enjoada. Morou por alguns meses na França também, para estudar, mas logo voltou para casa, pois seu irmão havia nascido e a mãe precisava de ajuda — além de ser uma ótima oportunidade para aprender a cuidar de um bebê, assim teria menos dificuldades quando chegasse sua hora.

Não demorou para anoitecer e as duas voltaram para dentro. A conversa se estendeu na sala, até que ouviram cavalos do lado de fora e uma estranheza as acometeu. Segundos depois, viram dona Marisa e o sr. Henrique se aproximando do casarão.

— Um dia de muitas surpresas — disse Isis aos dois ao cumprimentá-los já na sala de estar, referindo-se ao fato de Alice ter vindo sem avisar, Diogo ter chegado mais cedo e seus pais terem aparecido de repente.

— Olá, querida, como vai? — perguntou dona Marisa à filha enquanto a abraçava e depositava um beijo em sua bochecha. — Boa noite, querida Alice! Nossa, como está linda! — Ela a envolveu também.

— Como vai, pai? — perguntou Isis ao mais velho depois de lhe dar um abraço rápido, mas, antes que conseguisse se desvencilhar, o homem segurou seus ombros, impedindo que se afastasse mais, e sussurrou em seu ouvido:

— Diogo nos mandou um criado para avisar que a lourinha estava aqui! — contou, feliz e ansioso, como se estivesse no meio de uma grande aventura. — Ah, meu bem, você está facilitando tanto as coisas para o papai e a mamãe. Obrigado, minha eterna princesinha.

Mais à frente, dona Marisa continuava a papear e a elogiar cada característica de Alice, sem ouvir os sussurros.

— Eu não a chamei aqui, e se tivesse chamado não teria sido para ajudá-los a dar o bote na família dela.

— Ora, Isis, quem está falando em dar o bote?! Santo Cristo! — O homem barrigudo bufou, ajeitando o casaco, que o fazia suar. — É chamado *investimento*, minha filha.

— Claro. Bom, tratem desse assunto com os pais dela, porque Alice já tem muito a se preocupar com as coisas do casamento — sussurrou de volta.

— Ah, sim. Mas, se ela gostar de nós, é provável que os pais também gostem, não é?

— Acho que já gostam de vocês. A minha mãe não perde a chance de ser um poço de simpatia tanto com ela quanto com dona Berenice. Vocês estão indo bem.

— Você acha?

— Acho, sim, mas também acho que o senhor deveria pedir umas dicas de administração ao tal Charles Bell Air. Se ganhar alguma coisa e perder tudo de novo, quando morrer sequer me darei o trabalho de levá-lo ao cemitério. Eu o enterrarei no quintal de casa.

— Faça isso que venho puxar seu pé todas as noites!

— Tenho água-benta o bastante para me proteger. Seu espírito ficará chorando lá fora, arrependido por não ter sido um pouquinho mais esperto.

Henrique cerrou os olhos e bufou uma segunda vez, divertindo-se com a malcriação da filha, por mais errado que fosse.

— Ah, Isis, eu deveria deserdá-la.

— Como se o senhor possuísse *algo* que eu pudesse herdar. — Sim, era apaixonada por fazer piadas com assuntos que não deveria.

O homem perdeu o bom humor assim que a ouviu tocar em sua ferida. Aproximou-se um pouco mais e, em tom tão provocador quanto, disse:

— Eu deveria ter feito o Diogo se casar com a Laura e ter deixado você solteirona. Dessa forma não falaria tantas asneiras.

— Ela teria fugido no dia do casamento e a culpa seria do papai da noiva, que não a educou direito — retrucou, sempre com a resposta na ponta da língua, que, não importava quantos anos passassem, permanecia extremamente afiada.

O fazendeiro se afastou um pouco, ainda com os olhos fixos nela, refletindo sobre o que deveria responder. Por fim, deu de ombros.

— É. Tem razão — confessou.

Os quatro juntaram-se em uma conversa de salão, cheia de formalidades e simpatias já repetidas centenas de outras vezes com outras pessoas. A boa educação era sua melhor companhia e a melhor forma de se manter falando, ativa e alegremente. Não demorou até que Diogo descesse as escadas e se juntasse ao grupo. Cumprimentou os sogros com a devoção de sempre, mantendo-os impressionados e felizes por terem um homem como ele na família.

Sentaram-se nos sofás e o dono da casa acendeu seu charuto novo, que Isis achava demasiadamente fedorento, ainda mais por precisar suportar o cheiro ao seu lado. Mas todos têm defeitos, pensou, o de seu marido era consumir um cigarro enorme com cocô embalado. Era o que parecia, pelo menos. Para sua infelicidade, o pai imediatamente decidiu acompanhá-lo e acendeu seu próprio. Antes de pensar que iria enlouquecer com o cheiro insuportável, Cassandra apareceu e anunciou que o jantar estava servido.

Com mais rapidez do que poderiam dizer, as famílias d'Ávila e Almeida, acompanhadas por Alice, estavam jantando seus pratos cheios de arroz, feijão, frango e diferentes verduras, legumes e grãos, além de um delicioso suco de amora. Os homens haviam apagado seus charutos e conversavam.

Alice os observava, quase se sentindo deslocada, mas dona Marisa fazia questão de sempre a chamar ao final de suas frases e perguntar a opinião dela. Mal tinha levado o garfo três vezes à boca, pois, sempre que ameaçava, a mãe de Isis aparecia com uma questão nova. Contudo, era tão simpática que Alice sentia que precisava agir de acordo e dar toda a sua atenção, por mais que estivesse morrendo de fome.

Diogo estava sentado à cabeceira. À sua direita, Isis, seguida de Alice; à sua esquerda, o sogro, e ao lado Marisa. Falavam agora de uma matéria que havia saído no *Jornal da Cidade de São Paulo*, sobre uma mulher que tinha uma doença misteriosa que acabou cegando-a, porém recentemente aparecera curada. Em seu relato, a cidadã declarou que rezara o terço milhares de vezes por dia, durante meses, e assim acabara sendo curada.

— Foi um milagre de Deus, certamente — apontou Marisa. — Você não acha, Alice?

— Ah, sim, com certeza — respondeu e enfiou um pedaço de tomate grande demais na boca.

— Os médicos entrevistados disseram que não conseguiam explicar como havia acontecido — Diogo continuou a descrever. — Eles também não têm respostas.

— O poder de Deus não tem respostas mesmo — afirmou sua sogra. — E isso prova a importância da fé, a importância de permanecer rezando. Talvez, se fizesse como ela, Isis, seu problema também pudesse ser resolvido.

A madame apertou os dentes e demorou alguns segundos para conseguir erguer os olhos e encarar a mãe, sem acreditar que tinha a capacidade de abordar aquele assunto diante de todos. E de novo. Alice, por sua vez, imaginou que doença sua nova amiga teria. Seria grave? Grave a ponto de cegá-la também?

— Que problema? — perguntou, tocando levemente o ombro da morena.

— Eu não tenho nada, Alice, não foi o que a minha mãe quis dizer — respondeu rapidamente, perdendo todo o brilho e a alegria de antes e começando a se sentir envergonhada por, mais uma vez, aquele assunto estar sendo abordado, e agora na frente de sua visita.

— *Eu não tenho nada* — Marisa a imitou em tom de zombaria. — Não adianta esconder, Isis. Alice certamente já se perguntou sobre isso.

A madame respirou fundo, mantendo a cabeça baixa e voltando a comer.

— Me perguntei o quê? — a loura questionou, confusa.

— Sobre o fato de Isis não ter engravidado ainda, é claro. Vinte e cinco anos de idade, seis de casamento, zero filhos. É claro que há algum problema.

— Mãe, podemos, por favor, mudar de assunto?

— Não precisa se envergonhar, querida, estamos em família e Alice é mulher, então...

— Eu realmente gostaria que parasse de falar sobre isso.

Dona Marisa franziu o cenho e pôs uma das mãos sobre o peito.

— Que falta de modos é essa? Não foi assim que eu criei você. Sou sua mãe e posso falar sobre o que eu quiser. Não acha, Alice?

Um silêncio constrangedor se instalou à mesa, e a loura desejou estar com um pedaço da coxa de frango na boca para ter mais tempo para pensar antes de responder. Aquele assunto não era uma questão para ela, mas já tinha sido abordado em sua casa. Antes que a própria pudesse pensar sobre isso, dona Berenice tocou no assunto na manhã seguinte ao dia em que decidira que Isis ajudaria Alice a arranjar um marido. "Estranho ela ainda não ter filhos, não é?", foi o que disse a mulher, visto que a própria havia se casado aos dezesseis anos e tido Alice no ano seguinte. Depois de algumas palavras do sr. Charles, os dois juntos concluíram que ou a madame ou Diogo devia ser estéril, depois não voltaram a tocar no assunto. A moça tomara tal pensamento para si e jamais voltara a ele. Não até aquele instante.

Contudo, o que deveria fazer? Concordar pela milésima vez com dona Marisa, por consideração, ou defender sua amiga, que estava claramente desconfortável? A resposta parecia óbvia.

— Na verdade, dona Marisa, acho que tudo acontece no momento que tem que acontecer. E, se não acontecer, é porque não é para ser. Quanto à sua pergunta, acho que tem o direito de falar o que quiser, sim, desde que não ofenda ou desconforte a sua filha.

Outra onda de constrangimento se instalou. Isis sorriu de leve e observou a loura. Grata, percebeu que realmente deveria se empenhar e encontrar alguém que fizesse de Alice uma mulher muito feliz, feliz a ponto de jamais precisar passar por uma humilhação como aquela.

As bochechas de dona Marisa não demoraram a adotar um tom de rosa que entregava como tinha ficado desconcertada. Engoliu em seco e forçou um sorriso.

— Hum, claro.

Quando achavam que o assunto havia terminado, Diogo esticou-se na cadeira e deixou clara sua opinião.

— Bom, cedo ou tarde, quando meu filho vier, espero que seja homem, para compensar essa demora.

Isis escondeu os lábios e mordeu a língua numa tentativa de se segurar e não responder. Por outro lado, pensou que seria bom se nascesse homem mesmo, dessa forma não padeceria tanto. Mulheres pareciam vir ao mundo para sofrer caladas e dizer sim a todas as coisas.

— Ah, virá — concordou o sr. Henrique. — Mas de qualquer forma meninas também trazem muita alegria. As minhas três são prova viva disso. Sabia que Isis tem duas irmãs, Alice?

— É mesmo?

— Sim. Amélia é a mais velha, e Laura a mais nova.

— Trouxeram tanta alegria — começou Diogo — que hoje o senhor quase não tem contato com Amélia, a única que lhe deu netos, nem com Laura, a que mais o preocupou e acabou indo para um convento. E a filha que permanece próxima ao senhor não reza o bastante para convencer Deus a me mandar um único filho que seja.

— Não acredito que está dizendo isso — proferiu Isis, tão ofendida e magoada que podia sentir o coração apertado. — Caso não se lembre, uma criança é feita por duas pessoas, não uma só.

— O que está insinuando? — questionou ele em tom ameaçador, como se silenciosamente ordenasse que ela medisse as palavras.

— Queridos, esse não é o ponto — o sr. Henrique os interrompeu. — Mesmo assim, Diogo, mesmo com Amélia morando com os meus únicos netos em Pernambuco, mesmo com Laura num convento no Rio de Janeiro e com Isis perto de mim e sem filhos, elas trouxeram muita felicidade para a minha vida, caso queira saber. E acho que, para ser pai, a sua cabecinha ainda precisa evoluir bastante. Talvez seja por isso que Deus ainda não o abençoou dessa maneira — replicou, deixando muito claro o descontentamento com as palavras do genro, que não demorou a notar o erro.

— Claro. Claro, seu Henrique. Me desculpe, não quis ofendê-lo ou coisa parecida. Não foi minha intenção.

A única coisa que Alice não entendia era por que o editor-chefe havia ofendido o sogro e pediu perdão, mas não fez o mesmo com a esposa. Isis estava obviamente muito mais constrangida e magoada com o posicionamento dele, mas o homem, ainda que a observasse e notasse sua tristeza, apenas a ignorou friamente, abriu o bolso de dentro do paletó, agarrou o charuto fedorento de minutos antes e pediu que Cassandra lhe trouxesse o isqueiro que esquecera na sala.

5

Rosas brancas

Parecia haver um inseto picando o pescoço de Alice, dadas as inúmeras vezes que o coçara no mesmo minuto. Mal conseguia se concentrar no que de fato deveria. A única coisa que passava por sua cabeça era o acentuado arrependimento de ter escolhido aquele véu em específico. Mesmo que ainda não precisasse usá-lo, por não ser uma mulher casada, achava elegante deixar coberta pelo menos a região da nuca, ainda mais na cor rosa, que era sua favorita.

— Tire esse negócio — sussurrou Isis, percebendo o desconforto da amiga.

Alice retirou o véu devagar, pensando que fora estupidez simplesmente não ter se vestido como alguém do seu estado civil.

Quando a madame viu o pescoço avermelhado por todas as passadas de unhas da pupila, mordeu o lábio.

— Esqueça — murmurou. — Tampe de novo.

A igreja estava cheia, a ponto de algumas pessoas precisarem ficar de pé ao fundo. As duas, no entanto, estavam bem no meio das cadeiras.

O padre ergueu o braço e disse algo a que a loura não se atentou, logo perdendo o sinal para o momento em que todos deveriam dizer "Deus seja convosco" em uníssono.

Dona Berenice havia pedido a Isis que levasse Alice às missas de domingo, para que a jovem se familiarizasse mais com a cidade, o estilo de vida paulistano e conhecesse algum homem de uma vez por todas. O último motivo não fora de fato proferido, mas as duas amigas não demoraram a perceber que essa era a verdadeira e mais forte razão.

Dona Marisa estava ao lado da filha, absorta nas palavras do homem de batina, vez ou outra apertando o crucifixo no pescoço.

— Que horas a missa acaba? — sussurrou Alice para a morena, com seu hálito quente, sem fazer a menor ideia de como aquilo a desestabilizava.

Isis riu de leve e negou com a cabeça.

— Já quer ir para casa?

— Estou faminta — respondeu e fez uma careta.

— Daqui a pouco. Quer almoçar na minha casa?

— Seria ótimo, mas tenho aula de francês depois do almoço.

— Ah, é. Você estuda francês aos domingos. Por que estuda francês aos domingos?

— É que já estudo coisas demais relacionadas a administração nos dias de semana. E, como minha professora é sabatista, resta-me apenas o domingo.

— Meninas! — repreendeu Marisa. — O padre está falando.

— Perdão, dona Marisa — a loura respondeu, mas Isis não.

Trinta minutos mais tarde, a missa chegou ao fim e as famílias começaram a sair. Isis tirou o véu azul da cabeça, e sua mãe o verde-escuro. Começaram a caminhar, notando o dia lindo e ensolarado que as cercava.

— Bom, vamos para casa — concluiu a mais velha.

— Na verdade, preciso passar na floricultura, lembra?

— Ah, é mesmo. Por um momento esqueci que viemos separadas. Enfim, tenha um bom domingo, querida. Bom domingo, Alice. Nos vemos em breve, sim?

— Com certeza, dona Marisa. Tenha um bom domingo também.

Depois que a mulher saiu andando, Alice se virou para Isis.

— Por que precisa ir à floricultura?

— Hoje faz um ano que minha sogra morreu — revelou e começou a dobrar o véu. — Preciso comprar algumas flores, que Diogo e eu vamos levar ao túmulo da velha mais tarde.

— Entendi. Sinto muito pela sua sogra. Ou não devo sentir?

— Não deve, definitivamente. Sinta-se feliz. Este dia para mim é um grande feriado. Algo me diz que deveria estar fazendo uma festa, e talvez eu faça mesmo. — Piscou para a loura, que riu em seguida, pois já estava se acostumando com o humor diferenciado da amiga. — Quer vir escolhê-las comigo antes de voltar para casa?

Alice observou as pessoas que ainda saíam da catedral e refletiu por um momento.

— Não posso demorar, na verdade.

— Será rápido, prometo. E depois deixarei você na porta de casa.

— Tudo bem, então. Vamos lá.

As duas saíram caminhando lado a lado, já que a loja não era distante. Permaneceram em silêncio até atravessarem as duas avenidas cheias de gente. Na segunda rua, um rapaz de bicicleta quase passou por cima da saia da mais nova, já que sua distração ao olhar para trás parecia mais interessante. Sem pensar duas vezes, Isis pôs a mão em sua cintura e a empurrou para a frente, salvando-a por muito pouco de ter a indumentária rasgada.

— Santo Deus — murmurou Alice, percebendo o que acabara de acontecer. — Que falta de educação da parte dele, não? Nem pediu desculpas.

A madame riu baixo outra vez, achando graça da surpresa e da opinião da loura. Com certeza o rapaz não quis ter quase atingido a moça. Isis permanecia com uma das mãos em suas costas, e por um segundo moveu o polegar para cima e para baixo, como se quisesse acariciá-la, mas não demorou para arrancar a mão de lá e se repreender com todas as forças por se permitir agir de tal forma.

Em segundos alcançaram a floricultura. Uma lojinha estreita, mas bem iluminada e colorida. Cumprimentaram o atendente, filho mais novo dos donos do comércio, e começaram a andar à procura do buquê perfeito.

— Já sabe qual vai comprar? — questionou a loura ao passo que aproximava o rosto de alguns lírios.

— Estava pensando em alguma flor que simbolize "obrigada por ter morrido", conhece uma assim?

Alice revirou os olhos e negou com a cabeça, desprezando a fala infeliz. Cheirou as flores mais de perto, de olhos fechados, por segundos que, para Isis, pareceram longos como uma viagem de navio. Por um momento a morena desejou ter a sorte de morrer e reencarnar como aquelas malditas flores sortudas.

Oh, o que estou pensando?, repreendeu-se.

— Deveria comprar lírios — sugeriu Alice depois de se endireitar.

— Por quê?

— Porque estão ligados à pureza, ao amor eterno, essas coisas. Têm um belo significado, e seria bom para mostrar o *óbvio respeito, admiração e carinho* que sente pela finada.

— *Pfff...* Aquele garoto de bicicleta deve ter feito você cair no chão e bater a cabeça, e eu não vi.

— Não consigo entender seu desprezo por ela — comentou, procurando outra flor interessante com os olhos.

— Ah, isso porque não conheceu dona Valquíria. — Estudou os lírios que Alice havia cheirado e deslizou a ponta do indicador por um deles, invejando-o. — Eu juro que às vezes podia ver o diabo rindo dentro dos olhos dela. — Observou o horizonte, como se lá pudesse assistir à lembrança de seu passado.

A donzela riu do drama e virou as costas para continuar a vislumbrar todas as cores e formas num lugar só. Isis andou rapidamente até Alice, parando atrás dela e movendo os olhos na mesma direção.

— Às vezes ela saía à meia-noite de casa e gargalhava no meio do jardim com uma voz grossa assustadora, olhando para a lua. Quando íamos tentar trazê-la para dentro, seus olhos estavam esbranquiçados, sabe? Sem as íris! E a língua estava enrolada, a pele vermelha, as mãos tremiam e...

— Isis?! — exclamou Alice e se voltou para ela, começando a se assustar. — Isso é verdade mesmo?

— Bom, não. Mas poderia ser.

Alice riu alto e segurou os ombros dela.

— Precisa parar de fazer isso.

A madame a observou ali, tão perto, sorrindo abertamente, e não conseguiu não a copiar. Era definitivamente a moça mais bonita que já tinha conhecido em toda a sua vida. Em resposta, deu de ombros.

— Eu sonhei com isso uma vez — contou. — Me pareceu uma ótima história.

Alice a soltou, ainda com os lábios curvados para cima, divagando um pouco mais, tentando aprofundar sua imaginação e chegar a uma boa justificativa para tudo aquilo.

— E então? Por que não gostava dela? O que a tal dona Valquíria fez?

— Ah, ela era demasiadamente intrometida, rabugenta, rancorosa, sarcástica...

— Sarcástica? Disso acho que você não pode reclamar.

Isis franziu o cenho e cruzou os braços.

— Alice, como minha grande amiga, é sua obrigação ficar do meu lado e odiá-la também.

A loura permitiu que uma risadinha leve se fizesse livre. A cada dia que passava, gostava mais da madame, apegava-se e queria ficar mais tempo conversando com ela sobre qualquer assunto que lhes ocorresse. Enquanto isso, Isis sentiu um certo vazio ao assisti-la se afastar de novo, e até uma pequena e estranha irritação consigo mesma, afinal estava se importando demais.

— Ela ficava me pressionando para ser alguém que eu não queria ser, entende? — disse, numa tentativa de contar a verdade e chamar a atenção da amiga mais uma vez.

A jovem a observou novamente, atenta.

— Queria que eu usasse um tipo de vestido muito mais pesado e quente do que os que eu já usava, para me mostrar menos. Queria que eu falasse mais baixo, que parasse de fazer tantas piadas, que jamais saísse de casa sem a companhia de Diogo. Quer dizer, nem com os meus pais. Vivia falando de bebê para cá e para lá e como estava triste por não ter um neto. *Ah, meu pobre filho não soube escolher a mulher certa.* Coisas desse tipo.

Alice assentiu devagar, tentando imaginar alguém que buscasse manter Isis d'Ávila Almeida sob controle e descobrisse logo que parecia irreal demais. Impossível.

— Acredito que conseguia se sair muito bem em defesa própria.

Isis refletiu, lembrando-se das costumeiras alfinetadas que as duas viviam dando uma na outra.

— Bom, eu sempre respondia, e isso acabava gerando brigas realmente longas. — Passou para o corredor adjacente, onde havia uma variedade ainda maior de flores. — Diogo não se importava muito porque dizia que era coisa de mulher. Só entrava no meio se eu ou a velha chorássemos.

Alice ergueu as sobrancelhas e apoiou a mão na bancada das gérberas.

— E o que acontecia?

— Se eu chorasse, ele brigava com a mãe; se a mãe chorasse, ele brigava comigo. O meu azar era que a nojenta tinha um talento nato para fingir que estava no mais completo pranto, você tinha que ver.

Concordando com a cabeça, Alice moveu os olhos para as flores, por mais que não as estivesse vendo de fato. Qualquer coisa que Isis dissesse sobre casamento a fazia refletir enormemente, e, até o atual instante, só tinha escutado coisas ruins.

Não demorou muito para que a madame percebesse que seu depoimento não havia sido bem recebido. Desde o último encontro, a mais velha precisava tranquilizá-la sobre o futuro.

— Não é porque aconteceu comigo que acontecerá com você. Só torça para que seu futuro noivo não seja filho único, isso piora tudo.

— Seu marido é?

— Sim. Bom, o único homem, pelo menos.

— Ah, então tem uma cunhada?

A mente de Isis viajou para anos antes, para um período muito, muito feliz, mas a consciência de que havia acabado a amargurava como nunca. Costumava se sentir muito mais livre e, por mais que a maior parte das coisas que fizesse fosse escondida, ao menos conseguia fazê-las.

— Tenho.

— E quem é? — indagou Alice. — Eu a conheci no Carnaval?

— Não, ela não mora aqui.

— Não? Onde mora, se me permite a pergunta?

Por mais que aquilo a fizesse relembrar tempos bons, também a fazia se sentir levemente embaraçada por tudo o que acontecera. Victoria Almeida nunca fora *apenas* sua cunhada.

— Em Porto Alegre, no Rio Grande do Sul. Casou-se com um fazendeiro há alguns anos e precisou se mudar para lá.

Alice assentiu e voltou a olhar para as flores, sentindo que já estavam ali há tempo demais e que precisava retornar para casa. No entanto, uma boa parte de si não queria ir, não queria se afastar da amiga. Sentia que ainda tinham tanto a conversar.

— Gérberas — disse Isis depois de um minuto observando as plantas. — Muitas cores. Seria perfeito para representar a alegria que senti com a morte dela. O que acha?

— Significa alegria da vida. Acho que não fará muito sentido — respondeu.

— Como você sabe disso? Digo, o significado.

— Tem uma plaquinha explicando atrás de cada uma.

Depois disso, a madame se atentou mais e começou a ler o significado de cada flor com calma e atenção. Leu o das margaridas e pensou que combinavam muito com sua amiga. *Flor das donzelas, juventude, sensibilidade e amor inocente*, uma bela forma de descrevê-la.

— Aqui diz que a astromélia também pode ser usada como um presente de saudade — comentou a loura, inclinada. — Acho que faz sentido.

Isis ouviu, considerou, mas não respondeu. Astromélia era a flor favorita de sua sogra, não daria esse gostinho de felicidade a ela. Continuou lendo e admirando as cores, enquanto isso.

— *As orquídeas representam a beleza feminina, o amor e a sensualidade. Além de refinamento, riqueza e bom gosto* — Alice leu em voz alta. — Essa a descreve perfeitamente. Se eu tivesse trazido algum dinheiro, compraria para você.

Isis piscou algumas vezes e se impressionou com a forma como a amiga a enxergava. Demorou um tempo até processar tudo. Sensualidade? Essa palavra também faria parte de sua descrição? Bom, ela disse que a descrevia perfeitamente, então...

Após mais alguns segundos, Isis alcançou as rosas.

— Alice, achei — disse e assistiu à moça aproximar-se rapidamente. — Rosas brancas simbolizam a paz, então vou levar essas para agradecer pela paz que se instalou na minha vida depois de a velha ter morrido.

— Jesus Cristo.

Isis chamou o atendente e pediu que montasse um buquê de rosas brancas. Enquanto esperavam o serviço ficar pronto, Alice aproximou o rosto da plaquinha dourada em que estava gravado o significado das rosas vermelhas.

— São tão lindas, não é? Quer dizer, essas representam o amor, a devoção à pessoa amada, a paixão, a intensidade. E são tão bonitas.

Isis se atentou à sua voz baixa falando sobre um sentimento tão forte e se perdeu nos olhos esperançosos, na respiração profunda e no quanto Alice combinava com a cor daquelas flores. Com cuidado para não machucar os dedos nos espinhos, puxou uma das rosas.

— Para você — disse, entregando a flor a Alice.

— Para mim? Mais um presente, Isis?

Sorrindo, a madame pediu ao atendente que incluísse aquela flor à conta.

— Você merece, querida.

Retornou aos sorrisos e à alegria de antes, a mais nova. Deu um pulinho quase imperceptível, desgrudando os calcanhares do chão, e aproximou as pétalas do rosto. Um instante depois, Alice se lembrou do significado da flor e estranhou um pouco a escolha de sua amiga. A planta representava amor e paixão. Bom, *certamente* havia lhe dado por outro motivo.

Isis deu dois passos à frente e as saias de ambas se esbarraram assim que a tocou na mão.

— Cuidado para não se machucar — pediu com calma.

Alice fitou seus olhos misteriosos, que pareciam querer dizer mais do que de fato estavam dizendo. Sorriu genuinamente, sem saber muito bem o que deveria responder. Um certo nervosismo a atingiu, mas não conseguia explicar por quê. Pensou, então, que talvez aquela fosse a amizade mais forte de sua vida, pois jamais se sentira tão curiosamente animada perto de qualquer uma de suas amigas portuguesas ou estadunidenses. Talvez morar no Brasil tivesse sido a melhor decisão que seus pais poderiam ter tomado por ela.

O filho dos donos da floricultura finalizou seu trabalho e embalou as flores com delicadeza, protegendo os caules e deixando as pétalas para fora. Isis o pagou rapidamente e envolveu seu pacote com o braço esquerdo. As duas retornaram à rua, notando o sol ainda mais quente que antes.

— Eu realmente gostaria de poder ir até sua casa — comentou Alice.

— Quer que eu peça permissão à sua mãe?

— Não, ela não aceitaria de forma alguma, porque a aula de francês só acontece uma única vez na semana, entende? — contou e bufou da forma menos graciosa possível. — Ah, é que gosto tanto das nossas conversas e... enfim, de você.

Isis a observou pelo canto do olho e tentou disfarçar o sorriso que já se abria. Mordeu o lábio, torcendo para parar de interpretar aquilo de maneira equivocada.

— Eu adoraria recebê-la na minha casa outra vez. Por que não vai amanhã, então? Vá cedo e poderemos passar o dia todo juntas, o que acha?

— De verdade? Não vou atrapalhar? — perguntou Alice, entusiasmada e ansiosa.

— Você jamais me atrapalharia.

A felicidade da donzela com o convite provocou calafrios na barriga de Isis. Aquela estrangeira definitivamente lhe despertava sensações há muito tempo esquecidas, sensações deliciosas das quais, por mais que tentasse, não conseguia fugir. Mal se recordava de que o único motivo pelo qual foram unidas era que ela se comprometera a arranjar-lhe um marido. Era como se tivesse se esquecido totalmente — ou apenas ignorasse.

Encontraram a carruagem da fidalga, um modelo moderno, confortável e todo aberto. Pouco tempo depois, estacionavam na porta da casa de Alice.

— Chegamos — disse Isis em tom decepcionado, pois só de pensar que teriam de se distanciar outra vez...

Alice suspirou, desanimada ao ver a própria casa.

— Nos veremos amanhã mesmo?

— Sem dúvida. E saiba que é sempre muito bem-vinda em casa. Pode ir quando quiser, quantas vezes quiser.

A euforia que atingiu a moça foi tanta que sua mão se fechou numa tentativa de extravasar, porém o que não esperava era fazer isso justamente com os dedos que seguravam a rosa.

— Ai! — exclamou quando o espinho a feriu.

— Ah, não, deixe-me ver. — Isis segurou a mão da jovem e a abriu. Ambas aproximaram o rosto para observar ao mesmo tempo.

— Não foi nada — disse Alice. — Viu? Só fez uma marquinha.

Isis deslizou o polegar sobre o vestígio avermelhado e, vendo que realmente não havia sido nada de mais, segurou-a, envolvendo e protegendo a área quase ferida com as duas mãos.

— Mais cuidado, está bem? Não quero que se machuque.

A mesma alegria de antes retornou e a loura apertou os dentes, acreditando que estes não iriam feri-la à toa. A forma com que sua amiga se importava com ela e queria protegê-la causava um calor no peito e a fazia lamentar ainda mais o fato de não poder desfrutar de todo o tempo do mundo ao lado dela.

— Também não quero que você se machuque — proferiu, achando importante que soubesse da reciprocidade.

— Não vou afundar o dedo no espinho de uma rosa, fique despreocupada — Isis falou e sorriu.

— Não... Eu quero dizer de modo geral. Cuide-se sempre, porque também não quero que se machuque.

O condutor, que já havia aberto a porta, deu a mão para ajudar a jovem a descer. Quando pisou na calçada de casa, ela olhou para trás, a fim de observar Isis pela última vez naquele dia.

— Já estou com saudade — revelou, nervosa, pois realmente sentia, não queria ter de se despedir.

As duas enfim se separaram e Alice correu para dentro da loja, para então subir a escada até alcançar a sala de estar. Enquanto isso, Isis permaneceu pelo menos dois minutos observando aquele prédio largo, pensando que nele morava alguém perigosa o bastante para se tornar sua perdição. Precisava se lembrar de que era casada, muito bem casada, de que era influente na cidade, de que tinha boa reputação, de que tinha uma vida tranquila e outras centenas de coisas. Não podia abrir mão de tudo por um sentimento platônico por uma estrangeira metida a empresária que estava à caça de um casamento.

E foi com tais pensamentos que pediu ao motorista que retomasse o trajeto. Deram a volta e adentraram o bairro das chácaras mais elegantes da cidade. Um dos amigos de Diogo dissera uma vez que em poucos anos tudo aquilo seria tomado por prédios grandes e altos e ruas cheias de gente passando por todo lado, mas muitos pensavam que ele estava exagerando um bocado.

O veículo estacionou e Isis adentrou a casa sem demora, encontrando o marido sentado no sofá, fumando o charuto fedorento. Vestia preto dos pés à cabeça, além de estar com uma péssima expressão.

— Bom dia, amorzinho. — A fidalga fez-se notar.
— *Bom* dia?

Isis colocou as rosas brancas sobre a mesinha de centro e jogou o véu ao lado delas. Em seguida, tirou o objeto grosso dos dedos de seu marido e o apagou, abandonando-o no cinzeiro. Antes que o homem tivesse chance de reclamar, sentou-se em seu colo e envolveu seu pescoço com os braços. Precisava que ele a fizesse se lembrar de quem realmente era. Com urgência.

— Desculpe — proferiu em tom baixo e manhoso. — Eu sinto muito pela sua mãe, meu bem. Era uma mulher tão boa e generosa. Eu a admirava tanto! — exclamou, sentindo-se demasiadamente maléfica.

— Mas vocês brigavam o tempo todo — relembrou o homem de expressão séria e sombria.

— Era tudo por ciúme de você, querido. Nunca percebeu?

Queria agradá-lo, para que ele a agradasse também e a fizesse se sentir feliz de novo exatamente onde estava, e assim parasse de ficar pensando em outro alguém.

— Depois você diz que eu que sou muito ciumento.

— Amor, você de fato é, mas o ponto não é esse. — Beijou-lhe o canto dos lábios e acariciou seu peito coberto pelo paletó preto. — Viu que comprei rosas para sua mãe? Elas simbolizam a paz. A paz que nós dois queremos que ela tenha durante toda a eternidade.

Diogo não fazia a menor ideia da angústia que Isis sentia ao precisar proferir em voz alta tal desejo. Queria tudo, menos que Valquíria tivesse paz.

— Muito obrigado, amor — disse ele. — A melhor esposa do mundo. Quem foi comprar com você? Minha sogra? — Porque obviamente Isis não teria ido sozinha, ou haveria mais brigas a enfrentar.

— Não, fui com Alice.

— Ah, a menina rica. Quando vamos nos livrar dela?

— Como assim?

— Essa menina vem aqui em casa e fica por horas, a mãe dela força você a levá-la à missa... Já não está exausta de tanta perseguição?

— Não... Não é perseguição. Eu gosto da Alice. Ela é minha amiga.

Diogo estranhou, sem entender muito bem como isso poderia ser verdade. Isis não tinha amigas, pois ele julgava que as amizades que ela tinha antes do matrimônio não eram a melhor companhia. Como de uma hora para outra ela havia arrumado alguém com quem tricotar?

— Mesmo?

— É, sim. E não acho que tenha problema ela vir aqui algumas vezes. Seus amigos vêm e eu sempre os recebo de bom grado.

Ele ergueu uma sobrancelha por um momento, enfiou uma das mãos embaixo das pernas da esposa e a tirou de seu colo, fazendo com que se sentasse no sofá. Inclinou o corpo e voltou a segurar o charuto.

— Isso é completamente diferente — argumentou ao passo que o acendia outra vez.

Isis torceu o nariz, já reclamando internamente por precisar voltar a sentir aquele cheiro ruim.

— Se ela não se tornar uma versão de Esther ou de Raquel, tudo bem — disse, relembrando algumas das antigas amigas da esposa.

A mente da mulher divagou brevemente quando ele citou o passado. Havia anos não tinha notícias de nenhuma das duas. A última vez que ouvira o nome delas foi quando sua costureira, Cecília, contou que Esther estava terminando a universidade na Espanha e Raquel havia usado todo o dinheiro do ex-marido para abrir um clube musical. Nunca mais desde então.

— Ela vai trabalhar na Ouro Bell, você sabe disso — respondeu.

— Isso também é algo que não considero nada agradável. Espero que tais planos mudem depois que ela se casar.

— A loja é dos pais dela, Diogo. É claro que vai continuar o trabalho deles.

— Isso ficará sob responsabilidade do marido. Mulher trabalhando é feio, Isis, pelo amor de Deus.

A fidalga se levantou com hostilidade, já perdendo a paciência.

— Muita gente já pensa o contrário, sabia?

— E todos eles ainda vão perceber como isso é ridículo.

— Então tudo no mundo precisa ser dirigido pelas mãos dos homens? Até as costureiras, professoras, nossas criadas... Só homens merecem salário, sucesso, conquista, respeito, a realização de seus sonhos e...

— Isis! — exclamou Diogo, com sua voz grave e expressão raivosa. — Pare de falar asneiras. Você obviamente não entendeu o que eu quis dizer, o que só prova a incapacidade mental das mulheres para trabalhos como a administração, que é o que sua nova colega quer seguir.

A madame sentiu o rosto ficar quente e encarou-o, tentando disfarçar a revolta que a atingia. Respirou fundo uma, duas vezes, assistindo ao marido dar uma nova tragada no charuto, desejando veementemente ter o poder de arrancar aquele tabaco de sua mão e apagar o fogo pressionando a ponta no meio da língua dele.

— E outra coisa — lembrou ele, liberando a fumaça entre os dois. — Hoje é o aniversário de morte da minha mãe. Hoje, Isis. O mínimo que eu esperava era um pouco mais de compreensão da sua parte. Eu faço tudo o que você quer o ano todo, compro todas as coisas, saio mais cedo do trabalho quando posso para ficar com você, trago presentes, vivo a elogiando e a valorizando muito mais do que qualquer outro homem desta cidade faz com a esposa. E no único dia em que eu realmente preciso do seu apoio você começa a gritar comigo, falando um monte de besteiras? Justo hoje?

A essa altura, Isis não se importava mais em fingir tristeza com a morte da sogra. Tinha feito isso antes apenas para receber algum carinho e se lembrar da paixão que um dia sentira pelo editor. Precisava parar de permitir que o coração batesse mais forte toda vez que Alice se aproximava. No entanto, Diogo tinha uma forma de pensar tão ofensiva que ela não conseguiu atuar mais.

— *Eu faço tudo o que você quer o ano todo* — repetiu ela, ao cruzar os braços e observá-lo com a sobrancelha arqueada e o bico grande. — A qual vontade minha você dá atenção, Diogo? O que eu peço que você sequer cogita? Você não me dá nada que realmente importa. Nem consideração, quando as pessoas decidem me humilhar por eu ainda não ter engravidado. Acha que eu esqueci aquele dia no jantar com os meus pais? E na frente da Alice, ainda por cima?

— A sua ingratidão me surpreende. Como tem coragem de dizer que eu não faço e não lhe dou nada que realmente importa? — Ele se levantou e jogou o charuto sobre a mesa, deixando-o esbarrar no buquê de rosas brancas e sujar algumas pétalas. — E esses brincos de esmeralda que você está usando? E esse colar tão caro quanto as nossas carruagens? Quem foi que lhe deu? — Dois passos para a frente foram suficientes para pressionar as pernas da mulher contra a mesa de centro, a ponto de esta se ver sem saída. — E essa *merda de vestido* que você está usando? E todos os outros? Quem pagou? E a casa onde você mora? E a comida que você come? E os impostos atrasados dos seus pais? Quem paga tudo isso? — Seu rosto aproximara-se do dela de tal forma que, se ele se movesse mais um centímetro, a faria cair sentada na madeira. — São as vagabundas das suas amigas que pagam? Foi a sonsa da Alice, vendendo aquelas joias horrendas? Ou foi a Raquel, com o dinheiro das putas que ela protege?

Ofegante com tamanho ódio, Isis não baixou a cabeça ou sequer piscou nem uma vez. Queria esganá-lo e calar sua boca, queria poder lhe dar vários tapas no meio do rosto e não precisar lidar com as consequências do ato. Queria que ele não fosse tão bruto quanto insistia em ser. Mas, mesmo diante de seu rio de sentimentos negativos, ela jamais poderia extravasá-los. Porém, levada por uma onda de valentia e inconsequência, pôs as duas mãos sobre o peito dele e o empurrou com força.

Pego de surpresa, o homem caiu sentado no sofá. Seus olhos arregalaram-se e ele teve certeza de que seria capaz de dar um soco no queixo da esposa para se vingar, se ela já não tivesse se afastado.

Isis segurou o buquê de rosas brancas, tirando o papel. Mesmo que os espinhos furassem seus dedos, ela praticamente não sentia dor. A adrenalina de ter feito algo jamais reproduzido antes e o ódio pelos insultos tanto a si mesma quanto a Alice e Raquel foram mais que suficientes para que sua máscara de boa esposa caísse.

Antes que Diogo abrisse a boca outra vez, ela arremessou as flores no marido e, sem se importar com o que poderia acontecer em seguida, baixou o tom em nível igualmente desafiador às palavras dele:

— Que vão para o inferno, você e a sua mãe.

Diogo não podia acreditar no que estava ouvindo. Aquilo foi suficiente para que um monstro enorme, robusto, forte e dono de toda a raiva do universo despertasse. Sua expressão facial transformou-se num instante, seu coração acelerou e ele viu em Isis sua nova presa. A mesma pessoa que era quando as crises de ciúme ocorriam o tomou com toda a força, mas agora não tinha vontade de arrebentar a mandíbula de algum homem que estivesse se insinuando para sua mulher, e sim a da própria.

Tudo piorou quando Isis virou as costas e começou a andar rapidamente em direção à escada. Por mais satisfatório que tivesse sido empurrá-lo e jogar o buquê nele para esvaziar pelo menos uma parte de seu descontentamento, assim que observou sua expressão soube que estava em perigo e que, na verdade, não deveria ter feito nada daquilo.

Ao alcançar o primeiro degrau, viu pelo canto do olho Diogo se levantar veloz como um raio e ir atrás dela. Um pânico tomou conta de seu peito e ela imediatamente ergueu a saia do vestido e começou a tentar correr o mais rápido que podia para o andar de cima. Se conseguisse se trancar no quarto e ficar lá até que a raiva do editor passasse... mas passaria?

No mesmo instante, Diogo apertou o passo e começou a pular os degraus de dois em dois, emparelhando com ela muito mais rápido do que a mulher julgava possível.

Quando a mão firme do jornalista agarrou seu braço e puxou seu corpo para trás, Isis quase sentiu o coração parar de bater. Estava perdida. Dado o nível de zanga em que Diogo se encontrava, era impossível dizer o que seria capaz de fazer. Tudo piorou quando a encostou com força na parede, pressionando suas costas contra a superfície dura e o corrimão, tão forte, como se fosse de ferro e não pudesse quebrar. Isis gemeu em resposta à dor na lombar e fechou os olhos, imaginando que isso de alguma forma seria capaz de protegê-la.

— Eu quero que você repita o que acabou de dizer — rosnou Diogo pausadamente e apertou o braço da esposa com mais força, até ouvir um choramingo de dor saindo da garganta de sua vítima. — Repete, Isis.

— Você está me machucando! — Ela tentou gritar de maneira resoluta, mas sua voz saiu trêmula e uma vontade intensa de chorar surgiu, dado o pavor que sentia, especialmente quando a outra mão do marido alcançou seu pescoço e começou a apertá-lo.

— Eu nunca vi mulher mais ingrata e desobediente que você — rosnou outra vez e aproximou o corpo do dela, que se debatia. — Eu deveria parar de ser tão bonzinho e paciente e sentar a mão na sua cara. Eu deveria educá-la para ver se você aprende a me dar valor.

— Diogo... — Isis tentou dizer, começando a ficar sem ar, seu braço doendo como se a pele fosse partir, o pavor de receber a mão pesada e forte a espancando, como já o vira fazer outras vezes...

— Retire o que disse sobre minha mãe e sobre mim. Peça desculpas agora, ou eu juro que a arrasto de volta para aquela sala e lhe dou a surra que você sempre mereceu.

Isis tentava empurrá-lo novamente, sem sucesso algum, já que agora ele estava muito mais preparado. De repente, parou e passou a lutar com todas as forças para arrancar a mão dele de seu pescoço. O oxigênio desaparecia cada vez mais rápido e sentia o sangue parar de circular, a visão começar a escurecer, e foi só quando começou a perder as forças que o homem deixou de enforcá-la. O corpo de Isis caiu para a frente enquanto ela tossia, lutava para respirar fundo e se recuperar. Diogo segurou-a para que não despencasse escada abaixo e afrouxou o aperto em seu braço.

— Ainda estou esperando meu pedido de desculpas — disse ele, com uma ponta de satisfação por vê-la prostrada, de cabeça baixa no ombro dele, tão ofegante.

Isis demorou quase um minuto até conseguir normalizar um pouco a respiração e formar uma frase. Havia lágrimas em seus olhos e muito medo em seu peito. Diogo nunca havia ido tão longe numa briga. Nunca a havia enforcado por raiva, para puni-la. Por mais que às vezes ameaçasse bater nela, nunca o fizera de fato. Soltou-o devagar e abraçou a si mesma, com as pernas paralisadas e a mente em crise, pensando que poderia rolar pelos degraus por conta da tontura que a atingia.

Não conseguia olhá-lo, não conseguia aceitar que o mesmo homem que vivia dizendo que a amava e a protegia a tivesse machucado tão fortemente.

— Isis — repetiu ele respirando fundo, tentando manter a paciência. — Meu pedido de desculpas. Agora.

Ela soluçou sem querer, ainda com medo, ainda sem conseguir encará-lo.

— Você me machucou — respondeu baixo. — Você nunca me machucou antes. — Sua voz quase não podia ser ouvida, e as lágrimas começaram a se fazer notar. Ela pôs as mãos no rosto, tampando-o, e deixou que elas caíssem. A garganta doía, a pele do braço doía, as costas doíam, assim como seu coração. Não podia acreditar no que ele tinha acabado de fazer.

— Ah, você está brincando comigo — disse Diogo ao assistir ao seu choro.

A fidalga começou a perder a força nas pernas e dobrou os joelhos o suficiente para se sentar num dos degraus, ainda diante dele. Toda a sua resiliência havia partido, assim como sua coragem e as falas sempre inconsequentes e irônicas. Sentia-se reprimida, ameaçada, em perigo, desvalorizada, invadida... Era um misto de sensações negativas que davam ainda mais força ao seu pranto.

 Diogo respirou fundo mais algumas vezes, prometendo a si mesmo que iria se manter calmo para resolver a situação. Quando finalmente conseguiu abaixar o rosto para observá-la, sentiu uma satisfação nova se aproximar. Isis estava muito mais abaixo, consternada e vulnerável, exatamente como deveria estar todos os dias. Foi tomado pela sensação de poder e controle, percebendo que havia conseguido domá-la como queria. Pensou que usar a força bruta de fato fazia efeito. Notou, então, seu ódio de antes vagarosamente se transformando e deleitou-se ao se ver com o poder de tirar dela o que quisesse naquele momento. Poderia controlá-la e fazê-la obedecer-lhe, como uma esposa de verdade. Além disso, seu sentimento protetor começou a retornar. Seria muito mais prazeroso adulá-la em seu estado de mais pura fraqueza. Seria muito mais aprazível vê-la dizer "sim" a quaisquer questões que ele propusesse, estando assim tão frágil.

 — Oh, meu bem — proferiu ele e ajoelhou-se, de modo que ainda ficasse mais alto, apesar de perto o suficiente. — Odeio vê-la assim. Mas você não me deu escolha.

 Isis não respondeu, apenas começou a lutar para interromper as lágrimas. Ele não as merecia, não depois de tê-la deixado tão ferida. Aproximou o corpo da parede quando Diogo tentou tocá-la.

 — Eu não deveria ter feito isso com você — murmurou ele, com o tom muito mais calmo. — Eu te amo tanto.

 — Que amor estranho o seu.

 — Eu sou assim, nervoso. Você sabe disso. Mas faço tudo para vê-la feliz. — Acariciou a bochecha avermelhada. Ela ficava tão bonita assim, delicada e quietinha. — Não deveria ter machucado você. Não vai se repetir, a menos que você me machuque também.

 Com os olhos vermelhos de lágrimas, ela o encarou, inconformada.

— Eu o machuquei, Diogo? Desculpe, pode me mostrar o hematoma, por favor?

— Claro — respondeu e apontou para o próprio coração. — Bem aqui.

Isis quase revirou os olhos, mas não o fez, pois sabia que qualquer atitude poderia desencadear o monstro de antes.

— Não gostei de você querendo impor princípios tão feios e depois insultando tanto a mim quanto a sua sogra, que nunca fez nada para magoá-la. Mas você não quis dizer aquilo, não é? Só estava nervosa por conta do luto, imagino. Ou está naquela fase do mês que as mulheres têm.

A fidalga pressionou os dentes, numa tentativa de manter suas piores palavras guardadas como meros pensamentos.

— É, sim.

— Posso ouvir um pedido de desculpas, então?

Engolindo em seco, a morena se viu sem saída. O medo de ser novamente enforcada, lançada pelos degraus ou espancada falou mais alto que seu orgulho e valentia costumeira. Umedeceu os lábios e tentou melhorar a expressão, por mais que seu peito ainda estivesse se revirando em sentimentos negativos.

— Me desculpe, querido. Não quis dizer aquelas coisas — mentiu.

Diogo sorriu e suspirou de alívio e deleite.

— Está desculpada, meu amor. Eu jamais conseguiria me manter revoltado com uma mulher tão linda quanto você. — Segurou seu rosto e selou os lábios nos dela, beijando-a sem se importar de fato com seu estado emocional. — Estamos resolvidos, então?

Isis aguardou alguns segundos, ainda na esperança de se ver convencida pelas falas dele, ainda esperando enxergar arrependimento em seus olhos e carinho em seus gestos. Estava quebrada por dentro e por fora, mas Diogo não se importava verdadeiramente com isso.

— Claro.

— Ótimo. Agora vamos escolher um lenço bem bonito para colocar no seu pescoço. — Ele deslizou o polegar pelas marcas vermelhas, que em breve ficariam roxas. — Não quero que as pessoas saibam que brigamos.

E foi assim que o dia dos Almeida terminou. Escolheram um lenço azul-escuro e em silêncio dirigiram-se ao cemitério. Isis permaneceu segurando o buquê de rosas brancas — já um tanto quanto deteriorado — durante todo o caminho. Diogo estava curiosamente mais carinhoso em todos os seus gestos e palavras. Ele a tratava quase como se fosse de cristal. Chegaram ao cemitério, deixaram as flores sobre o túmulo de Valquíria e rezaram o pai-nosso algumas vezes para que se mantivesse em paz. Contudo, a única coisa em que Isis conseguia pensar durante todo o tempo era que deveria *parar* de se sentir culpada por desejar tanto Alice como mulher. Independentemente do que acontecesse no futuro, Diogo havia se provado um grande merecedor de um belo par de chifres sobre a cabeça. E outro enfiado no rabo.

6

Isis, Isis, Isis

A mansão dos d'Ávila era tão grande quanto a dos Almeida. Naquele casarão haviam crescido as três meninas do casal, agora desesperado por uma forma de retornar ao estilo de vida de anos atrás. O piso de madeira combinava com as paredes rústicas, que mantinham o ar rural daquela fazenda enorme e antiguíssima. Havia quadros com a imagem de Jesus Cristo em mosaico, um santuário para a Virgem Maria no corredor, além de uma pequena escultura da mãe de Jesus em cada cômodo da casa.

O café da manhã já havia sido servido e Isis e seu pai terminavam de tomar suas xícaras de café enquanto dona Marisa garantia conseguir ver mofo dentro do pão que comia. A discussão terminou apenas quando a mais nova segurou o alimento perto dos olhos e jurou em nome de Deus que não havia nada ali.

— A idade faz isso com as pessoas — disse ela.

Dona Marisa a fuzilou com os olhos e levantou-se da mesa, indo pegar outro pão para comer, já que não via nenhuma empregada próxima. Precisaram despedir metade dos funcionários depois que a crise financeira chegara.

O sr. Henrique encostou-se na cadeira e a barriga redonda estufou-se enquanto a acariciava, quase orgulhoso de ter conseguido ingerir quatro pães recheados, duas xícaras de café e mais três ovos mexidos. Disfarçou um arroto e olhou para o outro lado quando viu que Isis o observava com um sorriso malicioso.

— Comi demais — justificou o homem.

— Não me diga. Já ia perguntar de quantos meses estava.

O fazendeiro riu baixo, certificando-se de que sua esposa não havia ouvido a malcriação que muitas vezes o divertia.

— Tenho uma novidade para contar — recordou. — Fui à Ouro Bell ontem, você sabe, dar uma espiada. Comprei uma joia para a sua mãe e dei sorte de encontrar o americano por lá. O tal Charles. Nós conversamos por uns quinze minutos pelo menos, você precisava ver. Já somos como melhores amigos!

Dona Marisa retornou à mesa com seu pão novo e aparentemente tão perfeito quanto o outro, e só de ouvir o nome do estrangeiro animou-se como se estivesse numa festa. Ao sentar-se, incentivou o marido a continuar contando.

— Eu o convenci a vir jantar aqui em casa um dia desses — o velho voltou a dizer. — E nesse dia, minha querida, vou fazê-lo conhecer a fazenda, enxergar o lucro que este lugar pode dar, e *pimba!* — exclamou, erguendo as mãos. — Teremos o nosso investimento milionário.

Isis observou o pai, demorando a dar uma resposta.

— Fácil assim? — perguntou.

— Fácil assim.

Suspirou e por um instante assustou-se com a sensação de que seu lenço havia caído do pescoço, pois não sentia a presença dele. Apenas o ajeitou rapidamente, temendo que seus pais tivessem visto as marcas da briga com Diogo. Depois daquele domingo, não discutiram mais. O homem permanecia estranhamente carinhoso, demonstrando quanto o agradava cuidar dela naquele seu momento de fragilidade. Fazia cinco dias desde o ocorrido e, por sorte, ninguém vira as marcas.

— Não acho que o sr. Charles investirá aqui, para ser sincera.

Os olhos do casal murcharam automaticamente, como se a filha tivesse jogado um balde de água fria em sua felicidade e esperança.

— E por quê?

— Porque não faz parte do mercado dele.

— E o que você entende de mercado? — perguntou dona Marisa e ajeitou a coluna, tentando ficar mais alta que a filha, nem que apenas alguns milímetros.

— Não é preciso entender demais para saber que é óbvio. O negócio dele são joias. Então, a menos que decidam permitir que os Bell Air tragam homens e máquinas para cavar cada metro quadrado deste lugar à procura de pedras preciosas...

— Mas isso destruiria a fazenda — concluiu o pai.

Isis deu de ombros e desviou os olhos.

— Viraria parque de diversões para os seus netinhos, pelo menos. Olhem pelo lado bom.

Marisa revirou os olhos e Henrique parou de falar para refletir. Não podia desistir assim tão fácil; talvez o estrangeiro mudasse de ramo, no fim das contas, ou trabalhasse em dois — por que não?

— Como você é pessimista, Isis, por Deus! — reclamou Marisa, cortando o pão ao meio. — Se não tem o que dizer, cale-se. Aliás, como anda sua amizade com Alice? Se não pode nos ajudar em um quesito, ajude em outro.

Isis suspirou, impaciente por precisar engolir a personalidade difícil da mãe.

— Está bem — respondeu simplesmente. Até porque o que diria? Que seu coração batia mais forte a cada momento juntas?

— Bem como?

— Não estou me aproximando dela para ajudar vocês. Sabem disso, não sabem?

— Ora, está se aproximando por quê, então?

— Porque a mãe dela me pediu para arranjar um marido para ela — justificou e sentiu uma onda de desânimo ao fantasiar tal realidade. Imaginou Alice suspirando de amor por um homem e, assim como ela mesma fizera, afastando-se de tudo e todos por ele.

— Oh — disse dona Marisa, acalmando-se brevemente. — Bem, ela precisa se casar logo mesmo. Vinte anos e nada, pelo amor de Deus. Vai engravidar com que idade, desse jeito?

Isis mordeu o canto da boca ao pensar que as chances de sua mãe ter dito aquilo para a atingir eram grandes e certeiras, mas decidiu fazer-se de tola e fingir não ter ouvido.

Alice havia aparecido na segunda-feira na casa de sua amiga. Às dez da manhã as duas já estavam juntas, mas não tiveram um dia lá tão divertido como na primeira vez que a moça conhecera a mansão, já que Isis sentia o corpo todo doer e ainda estava deprimida após a trágica briga e a dolorosa agressão sofrida. A jovem foi embora antes do meio da tarde, sentindo que estava atrapalhando ao permanecer ali, e mal sabia que, na verdade, Isis não conseguia pensar em outra coisa que não fosse o momento em que Diogo a pressionara contra o corrimão e apertara seu pescoço, travando a passagem de oxigênio e a afundando num terrível desespero.

Na terça-feira as duas não conversaram, mas, na quarta, dona Berenice, o sr. Charles e Alice esbarraram com Isis e Diogo na entrada do teatro, onde iriam assistir a uma apresentação baseada em *Hamlet*, de Shakespeare. Conversaram por rápidos cinco minutos e Isis convidou a jovem para que almoçassem juntas no dia seguinte num restaurante que havia acabado de inaugurar. Os pais de Alice permitiram o passeio, contanto que Pedrinho fosse junto, e assim foi feito. Na quinta, almoçaram e depois passaram duas horas conversando na sala da casa dos Bell Air, dessa vez absolutamente sozinhas, já que o sr. Charles estava em uma reunião com fornecedores, dona Berenice fora ajudar no coral da igreja e João Pedro divertia-se na sacada com suas dezenas de brinquedos.

As duas amigas não marcaram nada para aquela sexta, mas sabiam que voltariam a se encontrar em breve, no domingo, para uma nova missa.

— Está sendo bom me aproximar dela, na verdade — revelou Isis, pensando em centenas de coisas. — Perdi todas as minhas amigas quando me casei. Alice é a primeira depois de tantos anos.

— Bom, com amigas como as que você tinha, era melhor ficar só mesmo — proferiu o sr. Henrique e esticou o braço para pegar o bule de café.

— Eu sirvo você. — Dona Marisa se levantou e pegou o bule no lugar dele. Derramou o líquido dentro de sua xícara, adicionou duas colheres de açúcar e mexeu rapidamente.

Até o primeiro ano de casamento, Isis ainda conseguia encontrar Raquel e Esther com certa frequência, mas não tanto quanto gostaria. Até mesmo outras colegas era difícil encontrar. Com o passar do tempo e tantas coisas acontecendo, acabaram se afastando de vez. Após um longo período se sentindo sozinha em seu mundo sofisticado e formal, ter Alice por perto dava um significado maior para as coisas. Mesmo que um dia a loura se casasse e se afastasse também, Isis jamais esqueceria os momentos divertidos e tão pessoais de quando ainda podiam compartilhar tudo uma com a outra.

Em contrapartida, e pensando bem, não conseguia se lembrar ou entender como se permitira ficar tão afastada de suas melhores amigas. As três se conheciam havia tantos anos e passaram por tantas coisas juntas... Eram as únicas pessoas que sabiam do segredo de Isis. Refletindo um pouco mais sobre as palavras dos pais — que entravam por um ouvido e saíam pelo outro —, percebeu que deveria tentar se reaproximar. Não era justo que precisasse viver apenas para o marido, a casa e Deus. E ela mesma? Não podia ter momentos com as pessoas em quem mais confiava?

Meia hora se passou e, no meio da conversa de sua mãe sobre as tendências de Paris, uma das criadas dos d'Ávila anunciou a chegada de uma nova visita, então Diogo entrou pela porta. Cumprimentaram-se todos e dialogaram por mais dez ou quinze minutos, já que o jornalista estava ali exclusivamente para buscar a esposa.

Os dois casais se despediram e os Almeida adentraram a carruagem que os aguardava. Diogo começou a contar sobre um recente e medonho caso de assassinato que havia ocorrido na cidade de Guarulhos naquela semana, e sobre o depoimento do irmão da vítima. Isis ouvia tudo em silêncio, pensando que aquele era um péssimo tópico para se abordar em plenas dez horas da manhã, ainda mais num dia tão bonito.

— ... mas dizem que o assassino fugiu para o sul.

— Deve ser gente conhecida da família para saber tão precisamente os horários em que o homem estaria sozinho em casa.

— Pode ser. De qualquer forma, a polícia já está investigando. — Ele a observou e sorriu sem mostrar os dentes, recebendo nada menos que silêncio em resposta. Estudando-a um pouco mais, notou que o lenço em seu pescoço estava meio caído, o bastante para revelar a marca perfeita de seus dedos, que havia menos de uma semana a tinham ferido. Levou a mão até lá e o ajeitou, escondendo as marcas outra vez. — Tome cuidado com isso, está bem? As pessoas podem ver e ficar falando.

A madame respirou fundo e pensou em mil respostas que poderia dar, mas nenhuma parecia boa o bastante para se defender do que o jornalista havia feito.

— Pois devia ter pensado nisso antes de me enforcar — murmurou sem observá-lo, mas não pôde deixar de se perceber nervosa ao sentir a mão dele parando de se mexer e seu corpo ficando tenso enquanto a encarava. Havia iniciado uma nova briga sem querer?

— Não estamos sozinhos, se é que preciso lembrá-la — respondeu baixo, indicando o cocheiro no banco da frente.

— Eu não me importo.

— Pois eu me importo. E nós já conversamos sobre isso. E as marcas já estão quase sumindo, não estão?

Uma risada impossível de conter saiu da garganta de Isis.

— Claro que estão, querido. Elas estão passando de roxas para amarelas, mas com certeza quem olhasse mal perceberia.

Diogo bufou, quase decidindo feri-la novamente. Quem sabe assim mediria melhor as palavras.

— Fico impressionado com sua falta de educação, seu desejo de me provocar, essa maldade ao falar comigo. Acha que eu quis fazer isso, Isis? Acha que me agrada precisar machucar você? Bom, é difícil evitar quando me desrespeita tanto. Além disso, achei que já tivesse me desculpado.

A mulher permaneceu olhando para a frente, tentando segurar a língua e não dizer o que ele de fato merecia ouvir. Os hematomas ainda doíam caso os tocasse, o que a levava a continuar com medo do que ele poderia fazer, principalmente com a carruagem em movimento.

— Não me desculpou, então?

Erguendo o rosto, a fidalga lembrou-se de suas reflexões de mais cedo, e de como poderia usar o acontecido a seu favor.

— Poderia desculpá-lo se fizesse algo por mim. — Ela o observou com olhos tristes e manhosos, esperando que aquilo fosse suficiente para amansá-lo.

— Qualquer coisa, meu amor — respondeu o jornalista e acariciou sua bochecha.

Isis fingiu um sorriso e beijou vagarosamente a palma da mão que a tocava, tornando-se doce como um anjo no mesmo instante.

— Eu quero procurar a Raquel. Não tente me impedir.

No mesmo instante, ele arrancou a mão do rosto macio e fechou o semblante, endurecendo-o brutalmente.

— Não. De jeito nenhum.

— Diogo, ela foi minha amiga por anos!

— E hoje é dona de umas dez putas. Quer ser a décima primeira?

— Você sabe muito bem que não é isso que ela faz. E, mesmo que fosse, eu só preciso falar com ela. Por Deus, é tão grave assim? Por que você pode ter quantos amigos quiser e eu não?

Diogo bufou nervosamente e bateu a mão com força na lateral da carruagem.

— Não quero brigar com você outra vez, juro que não quero — proferiu em tom de quem estava dando um aviso, mas Isis decidiu ignorar e continuar o assunto.

— E a Esther? Vou me encontrar com ela, então.

— Essa é ainda pior! Tornou-se escritora e *acha* que sabe alguma coisa de filosofia. Também *acha* que entende algo de questões sociais.

Isis franziu o cenho e pensou por um momento.

— Mas ela *se formou* em filosofia.

— Isis, isso não é o tipo de coisa que uma mulher consiga entender. Não importa quantos cursos faça. Além disso, ela nem se casou, só se preocupou em ir para a Espanha perder tempo com estudos irrelevantes para sua condição. Que tipo de respeito se espera de uma mulher que não se casa?

— Talvez, de nós três, ela tenha sido a mais inteligente, justamente por isso — rebateu Isis, deixando sua valentia se fazer notar outra vez, o rosto queimando de raiva por não poder fazer o que gostaria.

— O que quer dizer com isso?

— Ela não se casou e hoje tem um diploma, um trabalho e um livro publicado. Quanto a mim... — Tirou o lenço do pescoço, deixando as marcas amareladas à vista para quem quisesse ver. — Essa foi a única coisa que conquistei com a merda da aliança que você me deu.

❦

Sonhar acordada e relembrar o passado era uma das únicas coisas que Alice podia fazer para matar a saudade de suas amizades da Europa. A outra era escrever cartas e esperar semanas até receber alguma resposta. Havia recebido três cartas recentemente, todas de suas amigas portuguesas mais próximas. Às vezes, desejava pedir aos pais que a deixassem voltar a residir por lá. Afinal conhecia tanta gente, e toda a sua vida fora desenvolvida pelas ruas de Lisboa. Pensava que poderia morar com seus parentes maternos, continuar encontrando os primos e as meninas com quem crescera. Apesar de que estas não poderiam mais ser chamadas de meninas, já que todas as três haviam se casado e se tornado senhoras de fazendeiro, de comerciante e de doutor.

Por outro lado, uma parte de si acreditava que era questão de tempo para se acostumar a morar no Brasil. Até sua mãe já estava se adaptando e parando de usar tantas expressões portuguesas que ninguém ali conhecia, então como ela poderia não se adaptar? Além disso, já sabia onde ficavam os principais comércios. Assim como a igreja e o colégio de João Pedro. E também tinha uma amiga, uma grande amiga por quem o carinho crescia cada dia mais. Isis Almeida tornara-se seu porto seguro naquele período tão assustador, tornara-se sua heroína no momento em que mais precisava. Com ela podia desabafar sobre todos os aspectos que a assombravam com frequência sem ser julgada.

Alice finalizou a carta e a selou adequadamente. Observou o papel e considerou se não havia se esquecido de nada.

Ao se levantar e sair do quarto, pôde ouvir o barulho de algo caindo no chão. Não precisava pensar muito para saber que seu irmão havia acabado de quebrar alguma coisa.

— Eu. Não. Estou. Acreditando! — gritou dona Berenice da cozinha ao ouvir o baque também.

— Desculpa! — gritou João Pedro de volta.

Tentando ignorar mais uma das traquinagens de Pedrinho, Alice caminhou até a cozinha, logo encontrando o pai sentado à mesa lendo o *Jornal da Cidade de São Paulo*. Não pôde deixar de se lembrar de Isis outra vez. O marido dela era editor-chefe do periódico.

— Bom dia, papai — disse e beijou-o na bochecha.

O empresário olhou-a rapidamente e o canto direito de sua boca curvou-se num pequeno sorriso.

— Bom dia. Já tomou café?

— Já, sim. Mais cedo, com a mamãe e o João Pedro.

O sr. Charles não os acompanhara na primeira refeição daquele dia, já que passara a noite na fazenda de um dos mais novos fornecedores da Ouro Bell. Era longe dali, portanto havia chegado em casa havia pouco, e estava tomando seu café quase na hora do almoço.

Era um homem alto, forte, de cabelos louros grisalhos. A barba também tinha alguns fios brancos. Vestia roupas muito elegantes, em tons de bege, amarelo, marrom e branco. Estava usando os óculos pequenos e redondos para leitura, mas não parecia adiantar muito, dado o esforço que fazia para conseguir ler algumas palavras.

— Terminei as minhas cartas — informou Alice ao se sentar numa das cadeiras.

— Escreveu para seus avós e tios também?

— Sim — respondeu. — Estão prontas desde antes de ontem.

O pai a observou de esguelha mais uma vez, por cima dos óculos.

— Muito bem. Eu levo ao correio hoje. Tenho algumas coisas a resolver por lá.

Diferente de Berenice, Charles tinha o sotaque típico dos estadunidenses nativos. Mas, segundo ele mesmo contava, perdera muito de sua pronúncia com os anos morando em Portugal, por mais que Alice duvidasse.

— Imaginei que fosse descansar hoje, depois de tanto tempo fora de casa.

— O trabalho não descansa e eu também não — justificou. Em seguida bocejou demoradamente, revelando o cansaço. — Quer ir comigo? Vai ser bom para o seu aprendizado.

Alice assentiu e sorriu em resposta. Seria maravilhoso poder sair de casa e fazer alguma coisa relevante.

— Eu poderia fazer uma visita a Isis depois? — perguntou, segundos mais tarde.

— Não sei se vai dar tempo. Mas, se precisa conversar com ela sobre o casamento, pode chamá-la para vir aqui também.

Alice sabia disso, e sabia que provavelmente ela iria, mas a parte ruim era que a mãe participaria arduamente da conversa e, quando não estivesse falando, estaria por perto ouvindo tudo. Não teriam chance de dialogar sobre o que quisessem.

Imediatamente a mulher surgiu como um foguete na copa, diante da mesa em que Charles e Alice descansavam. Estava com o rosto vermelho de irritação e arrastava o filho pela orelha, enquanto o menino gritava intermináveis "ai, ai, ai…". Assim que chegaram ao cômodo, Berenice o largou com agressividade.

— Ele quebrou o espelho, Charles! O espelho!

Alice arregalou os olhos e observou o corpo do irmão, certificando-se de que não havia se ferido.

— Qual espelho? — perguntou o homem.

— Aquele grande do nosso quarto. Ele quebrou! Há milhares de caquinhos lá agora! — exclamou, farta.

— Eu já falei para não ficar brincando de bola dentro de casa, não falei?! — bronqueou o sr. Charles em tom alto e firme ao largar o jornal e se levantar da cadeira.

Pedrinho encolheu os ombros e engoliu em seco, sabendo que estava encrencado, mas não era novidade. Quase todos os dias aprontava alguma coisa diferente.

— Não foi com uma bola! — gritou ele de volta.

— Foi com o quê, então?

— Ora, com o estilingue que o senhor me deu. — Balançou os ombros em desprezo.

Foi a vez de o pai ficar com o rosto vermelho ao ouvir a explicação ainda pior.

— Você acertou o espelho de propósito?!

— Bom, eu estava na sala e a porta do quarto de vocês estava aberta — começou a contar, gesticulando, crendo que sua calma poderia contagiá-los. — Então vi o espelho e pensei: *O que será que aconteceria se…*, e peguei uma das pedras que tenho no bolso e acertei, mas foi totalmente sem querer! Era só um teste!

A dona da casa respirou fundo, exausta, e puxou uma cadeira para se sentar e apoiar a cabeça nas mãos.

— Eu vou ter um ataque algum dia desses. Eu juro que vou. Charles bufou e começou a caminhar na direção do menino.

— Está vendo o que está fazendo com a sua mãe?!

Sentindo o cheiro de perigo, João Pedro apavorou-se e começou a correr para longe do pai, que também apertou o passo para alcançá-lo. Em segundos, ambos pareciam cão e gato. Assim que teve chance, o mais novo entrou no corredor e desceu as escadas o mais rápido possível, pulando de três em três degraus, fugindo do castigo que certamente viria, ao passo que o sr. Charles o perseguia, ignorando a exaustão de dias de trabalho e horas de sono mal dormidas.

— Ah, eu acho que vou colocar esse menino num seminário — sussurrou dona Berenice, pensando alto. — Talvez uma escola de padres o coloque na linha.

— Um seminário? Ele não é muito novo para isso? — perguntou Alice, preocupada.

— Não sei mais o que fazer.

A moça refletiu por alguns segundos. Provavelmente Pedrinho se tornaria mesmo mais disciplinado e pararia de deixar os pais tão nervosos.

— Acho que Isis poderia ajudar nisso — considerou. — Ela conhece muitas pessoas da igreja.

— Pode ser. Vou pensar melhor antes de tomar uma decisão.

Alice assentiu diante da frase da mãe, apoiou os cotovelos na madeira e a cabeça sobre as mãos.

— Precisamos de vestidos novos, não acha? — perguntou a mais velha, mudando de assunto.

— Acho. Sabia que a Isis vai em uma costureira ótima? Seu nome é Cecília Sacilotto. Creio que ela mora aqui perto.

— Hum, talvez seja uma boa ideia. Os vestidos da Isis são lindos. Vou pedir o endereço dela quando nos encontrarmos — respondeu. — É difícil recomeçar, não é? Seu pai está se virando em três para conseguir fornecedores bons por aqui, já que manter os de Portugal ficaria muito caro. Nós duas estamos num duro processo para conseguir conhecer este lugar e as pessoas que a ele pertencem. E ainda temos de desbravar detalhes como em qual costureira ir, de quais eventos participar, com quais pessoas precisamos falar e tudo o mais.

— Tem sido muito difícil mesmo — respondeu Alice com a voz mais baixa que antes. — Às vezes eu penso como seria bom se pudéssemos voltar.

— Ah, eu também.

Com um sorriso triste, a moça considerou algo que poderia animá-la, fazê-la ver o lado bom da situação.

— Bem, pelo menos não estamos exatamente sozinhas, não é? — disse, mostrando confiança e energia. — Somos amigas da Isis e ela é realmente muito influente aqui, como a senhora me disse uma vez. Além disso, ela não é como a maioria das madames, com personalidade esnobe. É uma pessoa muito boa, divertida e sincera, e tenho certeza de que nos ajudaria em qualquer coisa que precisássemos.

— Alice, nós não podemos ficar dependendo dela, entende? Ela é influente, sim, mas não é a única. A sociedade paulistana não se resume a Isis.

A jovem incomodou-se de imediato. Sua mãe parecia querer explicar algo óbvio.

— Eu sei — respondeu, contrafeita. — Eu só quis dizer que ela é uma boa pessoa.

Segundos depois, o sr. Charles voltou à copa e sentou-se na cadeira de antes. Estava respirando pela boca, transparecendo exaustão.

— Ele está de castigo no quarto — disse, antes de voltar a ler o jornal.

— Se isso adiantasse eu estaria satisfeita — respondeu a esposa.

— Não há muito que eu possa fazer, não é? Isso é coisa da idade.

— Idade? A Alice não era assim quando tinha onze anos.

— A Alice é mulher — argumentou ele. — É por isso.

Incomodou-se a moça ainda mais ao ouvi-los falar como se não estivesse ali. E, bom, era óbvio que aos onze não seria tão travessa quanto seu irmão. Sempre fora criada para se comportar como uma princesa, manter-se limpa, bela, penteada e perfumada. João Pedro teve uma criação menos rígida, com muito mais tempo e possibilidade de diferentes brincadeiras, e, por consequência, mais criatividade, o que mais tarde resultaria em espelhos quebrados, roupas rasgadas e paredes manchadas.

— Vai haver uma feira de artesanato oriental na semana que vem — contou o sr. Charles, lendo o anúncio. — Querem ir? Pode ser bom para nós.

— Temos que ir a eventos relevantes, não a feiras — respondeu dona Berenice.

— Precisamos ser *convidados* para participar de coisas assim. Você sabe. É por isso que temos que começar a fazer amizades. Por esses dias, aliás, o sr. Henrique nos convidou para um jantar.

— Qual sr. Henrique? — Alice perguntou, curiosa e animada. — O pai da Isis?

— O próprio — respondeu Charles. — É um começo. Vou marcar o jantar na casa dele quando o vir numa próxima vez.

A moça não demorou a se perguntar se seria possível que a fidalga aparecesse nesse jantar, mesmo que não ocorresse na casa dela. Torceu para que dona Marisa a chamasse quando a data fosse marcada.

— Isso não é suficiente. Pelo tempo que estamos aqui, já deveríamos estar mais envolvidos — concluiu Berenice.

— Querida, por favor, não é como se tivéssemos chegado há um ano. Vai dar tudo certo, você vai ver.

Alice, como quem só queria ajudar, teve uma ideia.

— Se precisamos ser convidados, eu acho que a Isis...

— Pelo amor de Deus, Alice! — a mais velha exclamou, batendo a mão na mesa e a assustando. — Já chega!

— O que foi? — perguntou baixo, magoada pela forma como sua mãe falara.

— Você não tira o nome dessa mulher da boca — reclamou Berenice. — Não aguento mais ouvir *Isis, Isis, Isis* o tempo todo. O que está acontecendo com você?

A loura entreabriu os lábios para responder, mas não foi capaz de emitir palavra alguma. Não havia percebido que não parava de falar sobre a mesma pessoa, apesar de ter plena consciência de que não parava de *pensar* nela.

— Eu... só queria ajudar — murmurou e mirou o chão, acanhada e entristecida por não poder expressar livremente os pensamentos que gritavam em sua cabeça.

Berenice bufou, irritada, e ficou massageando as têmporas pelos próximos minutos. O marido, por sua vez, fingiu que nada havia acontecido e retomou a leitura matutina. Leu poemas e notícias ruins pelo tempo que seus olhos aguentaram. Os minutos foram passando e a dona da casa se afastou para dar novas ordens às criadas e resolver questões internas da loja.

Alice permaneceu quieta ao lado do pai, entediada, revivendo o tom alto de sua mãe ao repreendê-la. Queria sair dali para esquecer e, quem sabe, se distrair.

— Pai — chamou-o baixo, batendo a ponta dos dedos sobre a mesa, como uma dança sincronizada.

— Hum — respondeu ele, sem ouvi-la de fato.

— Quando podemos ir?

O homem largou as folhas largas e procurou alguma coisa no paletó bege. Num dos bolsos, encontrou um relógio pequeno.

— Daqui a pouco. Só estou esperando uma encomenda chegar.

— Que encomenda?

Se tivesse sido ensaiado e cronometrado, não teria sido tão perfeito. A campainha tocou e o dono da casa soube no mesmo instante do que se tratava. Chamou a filha e os dois foram para a sala. Chegando lá, encontraram a criada abrindo a porta e um homem alto entrando com uma caixa aparentemente pesada. O sr. Charles conferiu-a com seu remetente e em seguida os dois começaram a colocar os objetos para fora. Não demorou até que Alice percebesse do que se tratava.

— Um telefone?!

O homem que o trazia depositou-o sobre a mesinha ao lado do sofá e começou a montá-lo adequadamente para uso. O aparelho era preto, estreito e comprido, com uma entrada para voz e o suporte para ouvir o som do outro lado. Chamavam-no de telefone castiçal, e era tecnologia de última geração, principalmente no Brasil.

— Três, na verdade — esclareceu o pai. — Um para nossa casa, um para o meu escritório e o outro para a loja. Finalmente, não é?

Os olhos da loura brilhavam de alegria. Na sua casa em Portugal tinham um semelhante àquele, e era ótimo para quando precisava conversar com as amigas sem demora. No Brasil, não tinha tantas pessoas conhecidas, mas em breve teria, e um aparelho desse tipo seria extremamente necessário.

— O da joalheria já foi instalado? — perguntou Alice, e o próprio instalador respondeu afirmativamente.

Ela procurou o caderno de capa preta em que estavam os números de telefone das novas pessoas que conheciam. Havia apenas sete. Dois de diferentes clientes, um de um boticário, outros dois de médicos, o da casa de Isis e o da casa de dona Marisa. Desceu as escadas rapidamente, enquanto seus cabelos longos voavam.

A joalheria Ouro Bell era uma loja larga, cujas paredes exibiam um tom de bege que poderia ser facilmente confundido com branco, além de detalhes em vermelho e muitos outros em dourado, cor essa que conseguia se destacar ainda mais que as outras. O teto ostentava um elegante lustre pendurado no centro, e os pisos de madeira estavam perfeitamente limpos. O balcão de vidro alcançava as paredes de fora a fora, além de formar um L com a do lado esquerdo. Dentro do balcão, as joias eram divididas em categorias, de acordo com os tipos e cores, mas as mais valiosas ficavam num armário de madeira clara e porta de vidro, trancado com quatro chaves diferentes. A grande maioria era de diamante. A porta de entrada e saída ficava bem no centro da parede, de onde podiam ter a visão da rua movimentada. A joalheria ficava diante de uma loja de cosméticos, cujo luxo não se comparava ao da Ouro Bell.

Alice varreu o lugar com os olhos, até encontrar o telefone disposto sobre o canto que dava fim ao L de vidro. Passou para o lado de fora e percebeu que, se o esticasse um pouquinho, conseguiria conversar sentada na poltrona encostada na parede.

Já acomodada, ela procurou o número de Isis, pensando em como seria bom poder voltar a falar com ela e contar a novidade. Girou o disco numérico várias vezes, esforçando-se para não errar e precisar começar tudo de novo. *O que ela estaria fazendo numa hora daquelas?*

Colocou o bocal próximo à boca e o receptor perto do ouvido. Um barulho ruidoso se fez presente e a jovem soube que provavelmente o telefone da casa da madame estaria tocando aos berros. Em poucos segundos, a voz de uma mulher o atendeu.

— Residência do sr. Diogo Almeida, pois não?

— Bom dia! — exclamou Alice, sorrindo, mas em seguida percebeu que talvez não devesse falar tão alto.

Havia um casal de clientes na loja, sendo atendido por um dos vendedores que seus pais contrataram. Era um rapaz de pele branca e cabelo ruivo, talvez mais jovem que Alice. O nome dele era Benjamin. Os Bell Air estavam entrevistando outros rapazes também, a fim de contratar mais um.

— Eu gostaria de falar com a dona Isis, por favor — voltou a dizer. — É Alice Bell Air.

— Só um minuto, por gentileza.

Demorou mais ou menos isso, de fato. De repente, a voz da fidalga se fez notar.

— Ora, ora... — disse a morena. — Vejam só quem finalmente vai parar de depender de mensageiros.

Alice sorriu e balançou a cabeça.

— Uma hora ou outra isso tinha que acontecer, não é? Meu pai comprou três telefones, acredita? Agora posso ligar para você quando tivermos nossos assuntos interrompidos.

— Isso é realmente ótimo, Alice. — Respirou fundo em seguida, sem dizer mais nada.

A moça logo notou que poderia haver algo errado.

— O que foi? — perguntou, assistindo ao casal de clientes sair com uma sacolinha de papelão branca pequena, com um brasão desenhado de ambos os lados.

— Nada, por quê?

— Parece desanimada. Aconteceu alguma coisa?

— É a saudade de você.

Alice riu alto no mesmo instante e cruzou as pernas.

— Estou falando sério. O que aconteceu? — Mordeu o lábio inferior, e curtia a agitação que se elevava dentro de si.

Nos últimos tempos, sentia-se daquela forma. Dependendo do que Isis proferisse, especialmente se fosse uma frase carinhosa, ela não se aguentava dentro de si mesma.

— Nada importante, só ando tendo umas discussões com o meu marido e hoje de manhã brigamos outra vez. Estou um pouco chateada.

A jovem pensou sobre aquilo e recordou o dia em que jantara na casa da amiga. Diogo não parecia ser a pessoa mais compreensiva e romântica do mundo, ainda mais por tê-la constrangido diante de todos e não ter feito questão alguma de tecer um pedido de desculpas, mesmo vendo que Isis estava obviamente magoada. Por outro lado, naquele mesmo dia, algumas horas antes, a madame dissera que o amava. Dissera que ele era o amor de sua vida. Como poderia, se ele a tratava tão mal? Como poderia ser tão apaixonada, se não paravam de brigar?

— Quer me contar o que aconteceu? Sei que não tenho lá muita experiência no quesito matrimônio. Nenhuma experiência, na verdade, mas se puder ajudar ficaria feliz.

Houve um silêncio no qual Isis considerou se deveria compartilhar o assunto com ela.

— Nós discordamos em certos assuntos e... bom, assuntos muito importantes para mim. Às vezes, ele não entende o meu lado. Coisas do tipo. — E parou de falar, negando-se a revelar a agressividade do marido e as feias marcas que deixara em seu pescoço. Ninguém precisava saber tanto.

— Acho que vocês deveriam conversar mais. Já tentou explicar para ele como se sente?

— É o que mais tento fazer, mas sempre perco a paciência e voltamos a discutir. Ah, Alice, na verdade eu não queria falar sobre isso. Quero ouvir coisas boas. O que tem para me contar?

— Hum... vou decepcioná-la, então.

— Por quê? Algo ruim aconteceu aí também?

— Não, tudo está normal. É exatamente por isso, não tenho muito a contar.

Um senhor mais velho adentrou a loja observando cada detalhe, e Benjamin apressou-se a dizer *bom dia* e atendê-lo com formalidade.

— O que estava fazendo antes de me ligar? — perguntou Isis.

— Estava conversando com os meus pais na cozinha, e antes disso estava escrevendo cartas para minhas amigas de Portugal.

— Entendi — respondeu. — Como são suas amigas de lá? São tão divertidas quanto eu?

Alice riu e voltou a morder o lábio inferior, não demorando a notar aquela sensação estranha, mas deliciosa, dentro de si outra vez.

— Elas são muito boas também. Nós éramos um grupo de quatro garotas, somos amigas há anos. Agora elas estão um pouco diferentes, já que se casaram e tudo o mais.

— Diferentes como?

— Mais distantes — respondeu, pensativa. — E têm outras coisas na cabeça também. Não sei explicar, mas tudo está mudado.

A madame respirou fundo do outro lado, Alice pôde ouvir.

— Isso acontece mesmo. Você vai se identificar mais com elas e entendê-las quando sua hora chegar.

Alice franziu o cenho, como se sentisse dor.

— *Quando a minha hora chegar* — repetiu e suspirou em puro desânimo. — Sofro ao pensar nisso.

— Por quê?

— Eu só... bom... — Olhou para os dois lados, certificando-se de que ninguém estava prestando atenção em sua conversa. — Não estou muito animada para me casar. Não sei *se quero* me casar. Mas isso sequer é uma opção.

Isis ficou em silêncio outra vez, o que despertou em Alice uma curiosidade sem tamanho. Em que ela estaria pensando? Será que a estava julgando por ser tão diferente de todas as outras moças, que sonham com um marido desde a infância?

— Eu queria muito ter algum conselho bom e eficiente para lhe dar agora — disse Isis em tom reconfortante. — Queria poder dizer "Então não se case" ou "Case-se somente quando estiver perdidamente apaixonada", mas não posso fazer isso. Você sabe que se prejudicará muito se passar a vida sem um homem ao lado. Principalmente depois que não tiver mais seu pai. Sempre que precisamos fazer algo burocrático, é exigida a assinatura do homem responsável por nós. Além disso, sempre precisamos estar acompanhadas, preferencialmente pelo marido, ainda mais você, que terá tanto a cuidar na joalheria, tanto a administrar. Vai ter que lidar com o banco, mas ele nada fará se não tiver um homem por trás, movendo as coisas. E as reuniões que imagino que precisará fazer? As pessoas não vão levá-la a sério se estiver sozinha. Além disso, todo mundo fala, e muito. Todo mundo tem uma opinião, e na maioria das vezes é bem ofensiva. Imagine quão discriminada e provavelmente excluída será sem um matrimônio. Ah, são tantas coisas. E me dói ter que dizer isso.

Foi a vez de a loura se calar e refletir. Nunca havia parado para realmente imaginar como sua vida se tornaria terrível e estagnada caso decidisse ignorar os costumes tradicionais e passar a vida solteira. De fato, não conseguiria fazer nada e nem sequer seria respeitada.

Foi inevitável. Uma tristeza amarga a atingiu. Culpou-se e ofendeu-se mentalmente inúmeras vezes por ser tão diferente, tão estranha, por ter essa mentalidade errada e não conseguir enxergar beleza no casamento, na chegada de um grande amor, em uma vida a dois...

Qual é o meu problema?, pensou.

— Mas vamos tentar resolver isso — Isis voltou a dizer, depois de perceber que a amiga havia se abalado. — Me explique: por que não quer se casar? Há algo que a assusta? Foi uma história ruim que lhe contaram? Eu e meus dramas que a desanimamos?

— Não! Não foi nada com você, muito pelo contrário — esclareceu, pensando que de forma alguma a morena poderia achar que a atrapalhava; isso só a faria se afastar cedo ou tarde. — Só não consigo me ver dessa forma. Penso em ter um marido e não consigo suspirar de amor, como a maioria das mulheres da minha idade. Não consigo me ver feliz servindo chá para um homem e... e vendo a minha vida girar em torno dele. Nunca sequer me apaixonei, Isis! Não faço ideia do que seja isso. Acho que jamais serei feliz no amor.

— Oh, Alice, isso... isso talvez queira dizer algo sobre você. Algo que não enxergou ainda... ou... ou não. Não sei. Talvez eu esteja fantasiando demais.

— O quê? O que ainda não enxerguei?

— Ignore. Não sei o que estou dizendo.

— Sabe, sim! — insistiu. — Me explique, por favor. Talvez isso salve a minha vida! Talvez eu possa corrigir as coisas e encontrar uma forma de me consertar.

— Eu... hum... É um assunto muito... Quer dizer, na verdade eu não sei nada sobre isso. Ignore o que eu disse. Não era nada. Não sei como ajudá-la.

— Por favor, apenas tente. Tente dizer no que pensou.

Ouviu, então, a madame bufando próximo ao bocal do telefone. Não queria ter de dizer, mas a loura sabia que ela tinha sua resposta e que poderia sim explicá-la.

— Talvez um dia eu fale para você. Esse não é o tipo de assunto para tratar por telefone.

— Mas eu *preciso* saber.

— Vamos continuar conversando com o tempo, está bem? E você pode ser sempre sincera comigo. Pode me dizer ou perguntar tudo o que quiser. Se esse sentimento não passar, nós falaremos sobre o que eu estava pensando, combinado?

Alice torceu os lábios, sem gostar tanto assim da opção. Por outro lado, e se Isis dissesse que ela estava doente? Ficaria louca de preocupação. Choraria até não mais suportar. Seria terrível. Então, se conseguisse se resolver antes, seria melhor.

— Combinado.

— Vamos dar um jeito de resolver as coisas. Você vai ver, tenho certeza de que será muito feliz. Não pode perder a fé nisso.

Talvez fosse pelo tom proferido com todo o cuidado do mundo, ou pelo carinho que ela demonstrava, mas a loura sentiu o peito se aquecer e foi impossível tirar o sorriso que brotou em seus lábios.

— Eu te adoro, sabia? — disse, mexendo nos babados do vestido.

— É mesmo? — perguntou, e, pela forma como se expressou, Alice teve certeza de que estava sorrindo também.

— Sim. E confio muito em você. Enxergo coisas boas quando a vejo. Queria que todos vissem isso também. E acho que o mundo seria um lugar melhor se existissem mais Isis por aí. Obrigada por ser um anjo na minha vida. Você é incrível.

— Alice! Eu nem sei o que dizer. Realmente não esperava por isso.

A jovem deu de ombros, como se a outra pudesse ver.

— Achei que deveria lhe contar. Não consigo parar de pensar nisso e... em você.

— Muito obrigada pelos elogios. São todos recíprocos, se quer saber. Você é uma pessoa maravilhosa e tem um coração enorme. Espero um dia ver você tão feliz quanto merece. Espero um dia vê-la tão feliz que essas preocupações de hoje não passarão de meras lembranças. Espero que você encontre o amor verdadeiro e, principalmente, que encontre a si mesma.

7

Duas mulheres se beijando

Era um belo dia de abril, no meio do outono. O tempo seco não demorou para provocar uma chuva intensa à tarde. A quantidade de pessoas nas ruas de São Paulo diminuiu, e os guarda-chuvas escuros destacaram-se perante tantos casarões airosos.

Alice observava um quadro de flores azuis no meio de um dos corredores do Museu Paulista, o mais antigo da cidade. Batia o pé incessantemente no chão, revelando impaciência. Ao lado da mãe e do irmão, ela ouvia a entediante história que dona Berenice estava contando, na esperança de dar um pouco mais de educação ao caçula.

Olhando para trás, a loura enxergou um relógio redondo. Pressionou os olhos, quase fechando-os, para conseguir ver as horas. Estava quinze minutos atrasada para o encontro que havia marcado com Isis. Bufou, nervosa. Ela provavelmente já tinha ido embora.

— Portanto, João Pedro, quando Deus fez as flores, deu cor ao mundo, e cada uma delas tem um significado muito, muito bonito — dizia Berenice, forçando um tom calmo, já que naquele dia mesmo seu vizinho surgira totalmente enervado acusando o garoto de sujar toda a entrada de sua casa com mato e lama.

O menino confessou, no fim das contas. *Mas foi ideia do Marcos*, justificou, referindo-se ao novo amigo, que morava na rua de cima.

— ... e é por isso que precisamos ser bondosos e calmos — acrescentou Berenice. — E *obedientes à mamãe*.

— Preciso ser bondoso, calmo e obediente porque as flores são bonitinhas? — indagou o menino, fazendo uma careta e tentando desabotoar a camisa branca, que apertava seu pescoço.

— Não, João Pedro! — respondeu, afinando a voz e quase lhe dando um tapa na orelha. — Por causa de Deus! Lembre-se de Deus! Ah, você vai à missa todos os dias comigo a partir de hoje.

Pedrinho choramingou como se tivesse recebido a pior das notícias. Como a mãe não mudou de ideia, ele cruzou os braços e fez um bico enorme, decidido a não falar com mais ninguém pelo resto da vida.

Enquanto isso, Alice continuava a bater o pé e olhar para o relógio. O vestido impedia que qualquer pessoa visse o movimento repetitivo, mas quem observasse sua expressão poderia ter plena consciência de que estava ávida e alvoroçada. Falando nisso, sua indumentária do dia era um vestido de fundo branco, todo bordado na barra da saia e na altura dos ombros. Havia linhas em tons de rosa e azul-claro subindo pelo tecido; o cabelo longo, quase na cintura, permanecia solto, com apenas algumas mechas presas por uma bela presilha dourada atrás da cabeça.

— Mãe — chamou, sem resposta. — Mãe!

— Estou tentando falar sobre Adão e Eva para o seu irmão, não percebeu?

— Posso ver outros quadros? Prometo não ir tão longe.

Dona Berenice semicerrou os olhos e a observou com atenção, estranhando o fato de a filha querer andar sozinha pelo museu.

— Por quê?

— Já vi todas as obras desta seção, quero conhecer as outras. É só isso.

A mulher hesitou por um momento. Observou a janela e viu que a chuva havia aumentado ainda mais, quase se transformando numa tempestade.

— Tudo bem — respondeu. — Mas não vá para fora, nem longe demais.

Instantaneamente a chateação de Alice se transformou em alegria e excitação. Sorriu de orelha a orelha e ergueu os calcanhares num pulinho de alegria.

— Pode deixar. Nos vemos daqui a pouco. — Virou as costas, começando a andar de acordo com as coordenadas que sua amiga havia passado. Antes de dar muitos passos, ouviu João Pedro reclamando:

— Eu quero ver outros quadros também!

— Você não pode — disse dona Berenice, firme.

— Por quê?!

— Porque a Alice tem juízo, enquanto você quebra espelhos e suja a casa dos outros! Agora, voltando a Adão e Eva...

A loura desapareceu por entre esculturas e telas, caminhando rapidamente e sem parar para observar nenhuma específica. Quando encontrou a tal escada longa e meio torta que Isis havia citado, subiu depressa, ansiosa para encontrá-la.

A amizade das duas crescia cada dia mais. Estavam quase se tornando melhores amigas, como a loura pensara na noite anterior, mas ainda não havia dito isso a Isis. Encontravam-se pelo menos três vezes na semana, ligavam uma para a outra e confessavam segredos engraçados e até mesmo vergonhosos, o que as fazia rir até que a barriga doesse. Diziam tudo, ou quase tudo. Ainda havia algo que a morena gostaria de confessar, mas precisaria de coragem demais para isso. Porém, talvez naquele dia tivesse uma chance.

Alice já estava habituada ao humor ácido da madame e por vezes participava das brincadeiras. Seus pensamentos andavam ainda mais fora de controle, e não conseguia entender o motivo de não parar de pensar naquela mulher. Até mesmo antes de dormir, todos os dias ao acordar, na igreja, no meio dos estudos ou durante uma refeição. Precisava se esforçar verdadeiramente para fazer com que seu cérebro entendesse que tinha atividades importantes para realizar.

Algumas vezes chegou a sonhar com ela. A primeira vez foi estranha. Alice sonhou que as duas estavam deitadas sobre o gramado no quintal da fidalga e observavam o céu em silêncio. Acordou sem entender muito bem o que aquilo poderia significar. Na segunda vez, sonhou que Isis provava cada uma das joias da Ouro Bell, e era esquisito, porque a mais nova ficava elogiando a amiga o tempo todo, dando mais e mais joias para Isis experimentar, sem nunca parar de dizer como era linda. No terceiro sonho, as duas estavam em uma mansão desconhecida, à qual Alice nunca havia ido. Elas estavam cozinhando juntas e ditando os compromissos do dia. Mais ninguém apareceu, nem empregados, parentes ou o marido de alguma delas. Era como se morassem juntas.

Assim que subiu a escada, deparou-se com uma nova seção. Diferente daquelas no andar de baixo, esta exibia obras que retratavam pessoas, não plantas, animais ou paisagens. Alice observou os quadros por alguns segundos, logo voltando à sua busca. Alguns corredores foram suficientes para que finalmente a visse. Foi fácil reconhecê-la mesmo de costas, o cabelo castanho-escuro ondulado preso acima do pescoço e o vestido vinho modelando o formoso corpo. Alice aproximou-se devagar, e ao chegar a poucos centímetros abeirou o rosto do ouvido dela, inebriando-se imediatamente com o aroma delicioso que exalava. Com a voz baixa, disse:

— Olá, Isis.

E recebeu um pulo de susto em resposta no mesmo instante.

— Alice! Santo Cristo! Quase faz meu coração parar.

Com um sorriso travesso, a loura respondeu:

— Deus me livre. Não sei o que faria se isso acontecesse.

— Bom, quase descobriu — respondeu Isis sorrindo de volta, e observando a jovem de cima a baixo. — Nossa, está bonita.

— Quer dizer que nos outros dias estou feia?

— Eu queria saber o que está acontecendo. Quando a conheci, era tímida e comportada. Olhe só as coisas que diz agora.

— Estou andando demais com uma certa madame. Ela tem esse tipo de humor. Acho que está me contagiando — respondeu Alice, sem conseguir conter a felicidade que sentia por estar próxima dela.

— Culpar os outros é muito fácil mesmo — replicou Isis ao tombar a cabeça e observá-la num claro desafio.

Alice riu e colocou um braço embaixo do dela. Sem demora, recostou a cabeça em seu ombro e fechou os olhos por alguns segundos. Em seguida, abriu-os e observou o quadro adiante. Tratava-se de uma criança pequena, uma menina de pele muito branca e cabelos pretos como carvão. Longos, batiam em seus joelhos enquanto ela se esticava para tocar uma borboleta.

— O que estava fazendo? — a donzela questionou baixinho.

— Gosto de ver imagens de crianças — confessou Isis. — Me faz pensar em quando chegar a minha vez. Se é que chegará, é claro.

Alice torceu os lábios, pensando; depois ergueu a cabeça, observou o profundo dos olhos castanhos, que sempre a observavam com todo o carinho do mundo, e disse:

— É óbvio que chegará. Só não é o momento certo. Tenho certeza de que será uma mãe extraordinária.

Extraordinária. A palavra ecoou pela mente de Isis. Era bom demais para ser verdade. Um filho ou filha, uma criança só sua para amar mais que tudo no mundo, um ser pequenininho, fruto de seu ventre. Ficava imaginando como seria perfeito assistir ao seu bebê dando os primeiros passos, dizendo "mamãe" pela primeira vez. Além disso, nunca mais ouviria as reclamações de seus pais e de Diogo. Estaria finalmente em paz.

— Isso seria incrível.

— Vai acontecer. Tenho certeza. E quero acompanhar cada passo da sua gravidez, sim? Quero ajudá-la em cada momento.

— E você vai. Se acontecer mesmo, você vai.

Elas observaram mais dois quadros de diferentes crianças, papearam sobre o pintor e os detalhes tão bem retratados. As obras refletiam a clara inocência daqueles seres tão jovens e o cenário que sempre lembrava o paraíso. Passados alguns minutos, Isis perguntou:

— E a sua mãe? Como deixou que viesse sozinha até aqui?

— Ah, ela está no andar de baixo com o João Pedro e eu disse que queria ver obras diferentes.

— Não disse que viria se encontrar comigo?

— Não pude. Ela já brigou umas quatro vezes dizendo que não paro de falar sobre você e que não penso em outra coisa senão em ir até sua casa. Ela anda nervosa demais.

Isis sentiu uma vibração inocente ao ouvir aquelas palavras. Então Alice Bell Air não parava de pensar e falar sobre ela?

— Também vem reclamando muito do fato de você não ter me apresentado a nenhum rapaz ainda. Mas não posso dizer a eles que isso, na verdade, foi escolha minha.

Depois da primeira conversa que tiveram ao telefone, Alice pediu a Isis que não procurasse ninguém. Que esperasse até que ela se sentisse mais preparada para passar por aquele processo, e assim foi feito. Não que a fidalga estivesse com muita pressa de arrumar um homem para arrancar de si sua nova paixão, já que era exatamente isso que a jovem estava se tornando. Assim como ela, Isis não tinha outro pensamento em seu dia que não fosse a loura de coração bondoso e gestos meigos, que a faziam derreter.

— Sobre isso, alguma mudança? Continua sem se sentir confortável com a ideia de casamento?

— Sim. Infelizmente. Eu só queria poder continuar vivendo a vida sozinha. Hum, não sei. Na verdade, muito me cativa a ideia de viver um romance. Mas um romance de verdade, entende? Um amor. Uma história. Não conhecer alguém e no quarto encontro já estar me casando. Isso soa tão triste e cinza.

Isis suspirou e se calou. Sabia exatamente o que era aquele desejo e imaginava como de fato devia ser difícil para uma moça que só se vestia de cor-de-rosa ter uma vida cinza, como dissera. Daria a ela uma história de amor, se pudesse.

— Vamos caminhar um pouco — pediu Isis. — Ficar olhando essas crianças está me deixando entristecida.

Alice assentiu e tirou o braço de baixo do dela, decidindo que deveriam caminhar lado a lado normalmente.

— É a primeira vez que vem aqui? — perguntou a morena.

Passaram por diversos tipos de quadros, pessoas e mais pessoas retratadas por pincel e tinta, espalhadas nas paredes altas.

— É, sim. Aqui é grande, não é? Imagino que deve ser impossível ver tudo em um dia só.

E continuaram a conversa sobre o museu, ao passo que Isis contava tudo o que sabia sobre as obras que conhecia. O ambiente era silencioso e calmo. Ouviam apenas o barulho da chuva despencando do lado de fora.

Andaram e andaram, passando por incontáveis obras, até que a morena viu uma em específico que chamou sua atenção. Já a havia visto outras vezes, mas imaginou que, naquele momento, parar diante da imagem poderia ser importante. Queria saber o que Alice pensava, o que sentia ao observá-la. Mesmo um tanto insegura, parou defronte ao quadro, fazendo com que a pupila a imitasse.

— O que foi? — perguntou a loura.

— Você conhece essa obra?

Alice fitou o enorme quadro pendurado na parede. Não havia muitas pessoas naquela seção, ninguém que poderia julgá-las por estarem observando tal obra, mas mesmo assim a jovem sentiu as bochechas esquentarem. Tratava-se de uma arte só com figuras femininas. As duas personagens centrais, no meio da cena, beijavam-se nos lábios, e várias outras mulheres as cercavam. A jovem franziu o cenho e não disse nada.

— E então? Você conhece?

Alice desviou os olhos e observou sua amiga.

— Claro que não — respondeu, como se fosse óbvio. — Por quê?

— Por nada. Só queria saber se vocês tinham quadros assim em Portugal.

— Bom, se tínhamos, jamais os vi. — Olhou ao redor, temendo que alguém pudesse estar observando-as. Como sairia à rua, caso boatos fossem inventados e sua reputação fosse manchada?

— Chama-se *Amarillis Crowning Mirtillo*, pintado por Jacob van Loo — Isis comentou, buscando fazê-la dizer mais alguma coisa, dar alguma demonstração, transparecer algum sentimento, qualquer coisa!

— Certo. Vamos continuar andando? — indagou, nervosa, e segurou a mão da madame.

— Por quê? Não gostou do quadro?

Recebeu um suspiro e uma feição de impaciência em resposta.

— Bom, dona Isis, vamos concordar que essa obra é um tanto... um tanto excêntrica, para dizer o mínimo, não é?

— Por quê? — repetiu, desejando do fundo de seu coração que aquilo fosse apenas uma versão envergonhada de Alice e que, na realidade, ela tivesse amado.

— *Por quê?* Ora, preciso dizer? *São duas mulheres se beijando.*

A dama arqueou as sobrancelhas, fingindo choque, e voltou a observar a pintura.

— Oh, é mesmo? Eu pensei que elas estivessem apenas estudando a anatomia da boca da outra. Contando quantos dentes têm, sabe?

Alice arqueou a sobrancelha e cruzou os braços, dando um passo para longe dela, o que facilmente fez Isis perder algumas batidas do coração.

— Está brincando, não é?

— O que você pensa ao ver esta cena? O que sente ao ver duas mulheres juntas?

— Por que está me perguntando isso?

— Porque essa é uma das serventias da arte. Ela quer nos fazer sentir, quer nos provocar de alguma forma. E então? O que você sente?

Nervosa, a moça apressou-se em dizer:

— Não sinto nada. Não sinto ou penso em nada.

— Ah, isso não é verdade. É impossível observar uma obra de arte e não sentir coisa alguma. Está com vergonha de dizer, é isso?

Alice bufou.

— Eu realmente não sinto nada, Isis.

— Hum. Certo. — Isis aproximou-se da imagem e focou os olhos no beijo.

Alice bufou outra vez, sem querer realmente observar. Estava envergonhada demais para isso. No entanto, desistiu de tanta luta e ergueu os olhos. Estudou os quatro cantos da pintura. Percebeu que pareciam estar numa caverna escura, sozinhas e isoladas. Algumas das mulheres ao redor conversavam, sem se importar com a grande atração, como se não fosse relevante. No centro estavam elas, as duas amantes se beijando romanticamente. Uma segurava o rosto da outra, que parecia ter sido pega de surpresa.

— Não sei — começou Alice, decidindo-se a ser sincera. — Me causa estranheza, na verdade. Isso... Isso não é certo. Até olhar para elas é incômodo.

Isis sentiu o chão desaparecer. Tinha uma enorme esperança de ouvir justamente o contrário. Em sua imaginação, acreditou que Alice sorriria e diria que, na verdade, nunca quis um homem, pois o âmago de seus sentimentos sempre desejou uma mulher.

— É isso que sente? — perguntou, desapontada.

— Isso é errado, Isis. E é feio também. Todos dizem que é feio.

A madame engoliu em seco e desviou o olhar do dela, temendo que Alice descobrisse toda a verdade ali mesmo, naquele instante. Com certeza fugiria para sempre, se soubesse. Isis voltou a estudar a pintura, olhando aquele beijo e pensando que a única coisa que queria era poder fazer o mesmo com a mulher ao seu lado.

— Eu não acho feio — confessou, contrapondo-se.

— Não? Está falando sério?

— Não acho feio — repetiu. — Na verdade, acho muito, muito bonito.

Alice franziu as sobrancelhas, sentindo que, de todos os assuntos do mundo, jamais imaginara que aquele seria discutido com sua quase melhor amiga e que aquela seria sua opinião. Uma opinião realmente muito impopular.

— Bonito? Como pode achar isso bonito?

— Pois eu acho — afirmou, valente. — Acho que reflete uma coragem sem tamanho. Não consegue ver? Esse quadro foi pintado há séculos, quando o mundo era ainda mais complicado que hoje. Imagine o que foi para essas mulheres demonstrar seu amor diante de outras pessoas. Pense em como elas foram corajosas.

Alice ouviu, mas duvidou se estava escutando direito. Já havia aceitado o humor ácido de Isis, mas jamais pensou que ela pudesse ser tão excêntrica e atípica.

— *Amor?* — perguntou.

— É claro. Você acha que elas fariam isso, enfrentariam o ódio alheio, caso não se amassem verdadeiramente? Acha que o que estão fazendo não é uma prova de amor?

— Mas Deus fez a mulher para o homem, Isis. Mulheres amam homens, não outras mulheres.

Ouvir aquilo a atingia mais do que imaginou que seria possível. Mesmo assim, não se permitiu vencer. Precisava mostrar outra obra a Alice, uma que talvez a chocasse ainda mais, mas era necessário. Precisava olhar em seus olhos e ter certeza de que realmente estava se iludindo. Chamou-a e, juntas, as duas andaram pelo menos sete quadros adiante.

— Vou lhe mostrar outro. O meu favorito — disse e parou diante da imagem. — Esse é o *Le Sommeil*, de Gustave Courbet.

A pintura retratava duas mulheres deitadas em uma cama de lençóis brancos. As paredes eram escuras, e as mulheres pareciam estar em paz. Mas o que mais surpreendeu a loura foi a nudez explícita. Ambas estavam nuas e abraçadas, dormindo tranquilamente.

— Seu favorito? — perguntou Alice, quase sem conseguir falar. Estava vidrada naquela imagem. Nunca havia visto ou sequer imaginado algo parecido.

— Isso mesmo. Então, e sobre esse? O que sente?

Alice respirava pela boca, mas não percebia. Era chocante demais. Jamais vira um homem e uma mulher juntos naquela situação, que dirá duas mulheres. Não conseguiu responder de imediato, estava desconcertada. Era diferente, e o diferente também costumava ser assustador.

— O que *você* sente? — perguntou a loura, devolvendo a questão. Preferia ouvir a resposta de Isis a elaborar uma naquele instante.

A madame sorriu, voltou a observar o quadro e suspirou, deixando que as emoções a atingissem.

— Bom, eu... eu sinto paz, em primeiro lugar. Acho extraordinário poder assisti-las em sua tranquilidade, como se não existisse mal algum no mundo. Como se existissem apenas as duas, vivendo seu sono sereno e imperturbável. Também sinto amor, porque...

— Amor outra vez? — interrompeu a amiga.

— Isso mesmo. Acho que não é apenas o retrato de duas mulheres que passaram a noite juntas. Quer dizer, veja como se abraçam, como se tocam... Veja a perna de uma, tão aconchegada sobre a da outra, enquanto esta acomodou o rosto próximo de seu pescoço, creio que para sentir seu cheiro. Elas se gostam, se importam uma com a outra, se querem, se amam.

Depois da explicação, Alice voltou a mirar a tela e permitiu que tal interpretação se aplicasse. De repente, começou a entender o que a morena queria dizer. Atentou-se aos detalhes, prestou atenção e, mesmo que brevemente, enxergou o que a madame via ali também.

— Acha que isso é possível? — perguntou em tom baixo. — Digo, duas mulheres se amarem de verdade?

Isis sorriu novamente e a fitou com carinho, deixando que sua esperança revivesse.

— Sim, Alice. Eu acho.

— Mas Deus nos fez para os homens — tornou a dizer. Era o argumento que mais gritava em sua mente.

A dama tombou a cabeça para observá-la. Aquela também era uma questão para si, pois sempre fora muito religiosa, mas não concordava com tudo o que estava relatado nas escrituras. Já tivera tempo suficiente para fazer suas próprias reflexões.

— Você leu o jornal ontem?

— Não. Mas o que isso tem a ver?

— Bom, ontem o jornal descreveu um caso ocorrido na madrugada do mesmo dia. Houve um incêndio na saída da cidade, na casa de uma família. O incêndio matou dois adultos e três adolescentes, deixando viva apenas uma menina de sete anos. Ainda assim, ela está toda queimada e em estado grave no hospital. Não tem parente nenhum, ninguém por ela. Além disso, aparentemente o incêndio foi criminoso. Quiseram matá-los de verdade. Agora eu lhe pergunto: você acha mesmo que, diante disso, Deus está mais preocupado com duas mulheres que se amam do que com o assassino que deixou uma garotinha sem família e completamente arruinada?

Alice se impressionou ainda mais, sem encontrar resposta alguma. Seu coração doeu com o que havia acontecido, e num instante desejou poder acudir a pobre menina e adotá-la. Quem havia feito aquilo de fato não tinha alma. Pensou por pelo menos um minuto, tentando se concentrar no verdadeiro assunto.

— Não sei se dá para comparar as duas situações — respondeu.

— E não dá mesmo — replicou Isis. — Em uma, estamos falando de um criminoso, na outra de amor. Olhe para elas, Alice. Quem elas estão machucando? Quem estão ferindo, abandonando ou prejudicando?

Mesmo sabendo que era uma pergunta retórica, a loura refletiu e seus olhos deixaram de observá-las com tanto choque e desprezo.

— Ninguém — afirmou baixo.

— Exatamente. A única coisa que estão fazendo é colocar mais cor no mundo. É isso que o amor faz.

As palavras da morena pareciam tão bonitas e certas, como se descrevesse uma realidade mágica, um amor tão verdadeiro que poderia ser palpável. No entanto, todas as vezes que ouvira alguma menção àquele tipo de vivência, havia sido com ódio, nojo, pena e desprezo. Isis Almeida era a primeira pessoa que Alice via enxergar verdadeira beleza e amor em duas mulheres juntas.

Aquele fato, todavia, a fez pensar que talvez Isis fosse como elas. Talvez a dama influente e tão respeitada na sociedade fosse, na verdade, uma amante de mulheres. Conquanto, no mesmo segundo expulsou tais pensamentos. Ela era casada e já dissera que amava o marido. Ela gostava de homem. E, no fim das contas, seria impossível ser as duas coisas ao mesmo tempo, certo?

— Acha que elas querem ser homens?

— Como assim?

— Acha que uma delas gostaria de ser um homem para conseguir amar a outra?

— Não. Acho que a magia está exatamente em não haver um homem ali.

— Como sabe disso? — perguntou a loura, desconfiada.

Isis engoliu em seco e apavorou-se instantaneamente. Estava dando muitos sinais.

— Eu não sei, na verdade. É só o que minha imaginação diz — mentiu, preferindo esse caminho a contar-lhe sua verdadeira história.

— Entendi — respondeu e suspirou. — E homens juntos? O que pensa disso? Sei que eles existem também, mas nunca vi um pessoalmente.

— Nunca viu o quê? Um homem? Alice, você tem pai e irmão.

— Um homem que *se relaciona* com outros homens, foi o que eu quis dizer.

— Entendi — respondeu a fidalga, rindo de sua resposta. — Sinto a mesma coisa. Na verdade, eu particularmente acho mulheres juntas mais mágico e encantador. Quer dizer, veja só como seus corpos unidos ficam lindos. Parece que separados seriam apenas corpos; corpos solitários, frios e normais, mas juntos... ah, juntos são como um poema cheio de detalhes. Acho que vejo dessa forma por ser mulher, então acabo me identificando mais, mas tenho certeza de que homens podem se amar da mesma forma. Devem viver histórias verdadeiras e muito mais especiais do que os casamentos de conveniência que o mundo inteiro vive. Eles devem ser felizes de verdade. Apesar de sofrerem um inferno para se esconder, deve ser maravilhoso chegar em casa e ser recebido por alguém que o ama verdadeiramente, alguém que cuida de você sem esperar nada em retribuição, alguém que o toca como se você fosse a coisa mais preciosa do mundo. Deve ser o próprio paraíso na terra.

As sentenças envolviam a jovem mais do que qualquer outra coisa jamais a envolvera. Era a definição e a interpretação mais bonita que já escutara em toda a sua vida. Nenhuma descrição de amor que já lera ou ouvira falar parecia tão verdadeira e profunda quanto aquela. Queria que Isis nunca parasse de falar sobre o assunto. Queria conhecer mais daquele amor proibido e sincero retratado nos quadros e escondido dentro de algumas casas. Queria ouvir histórias, ler livros e ouvir canções sobre pessoas que enfrentavam o mundo pela felicidade, pessoas que viviam a mais bela forma de amar.

Ainda assim, lá no fundo de seu coração, continuava se sentindo insegura e errada. As palavras de seus conhecidos e do padre, discursando da forma mais negativa que poderia, ressoavam em sua mente, e Alice não conseguia sentir outra coisa senão culpa por enxergar beleza e amor em *Le Sommeil*; por observar aquelas mulheres e se perguntar qual seria o perfume que uma delas sentia ao permanecer com o nariz próximo ao pescoço da outra. O que pensava todas as vezes que a via? Quão forte batia seu coração quando quebravam todas as regras e se amavam na calada da noite? O amor que Isis descreveu poderia realmente existir? Mulheres viviam isso entre si? Homens viviam isso entre si?

Era uma grande novidade, e, apesar de inicialmente ter sido chocante, a jovem começava a gostar e a se interessar pelo assunto. Tinha tantas perguntas que não caberiam em seus dedos. Mirou a morena ao lado e imaginou se ela acharia muito estranho se de repente começasse a perguntar. Não obstante, lembrou-se de que Isis vivia dizendo que podia confiar nela. Vivia dizendo que, qualquer dúvida que tivesse, poderia perguntar. Qualquer pensamento, poderia dizer. Aquele seria o momento perfeito para pôr isso em prática.

ð

8

Melhores amigas

A madame Sandra Guimarães era, apesar de rígida, muito boa professora. Tinha pele alva e cabelos castanhos bem lisos. Era magra e mais alta que sua aluna, Alice. Ministrava aulas de francês particulares a ela e a outros filhos dos membros da elite paulistana, além de lecionar uma vez a cada sete dias aos alunos da Igreja Santo Altar.

Com uma leve dor de cabeça pela noite maldormida, Alice ouvia as explicações da professora e anotava as palavras-chave em seu caderno brochura. Naquele dia, aprendia os termos ligados ao seu inevitável destino: o casamento.

— Repita comigo: *l'amour*.
— L'amu — disse.
— Há um *r* no final, senhorita. Vamos dizer outra vez. *L'amour*.
— *L'amour* — repetiu a palavra "amor" em francês.
— Perfeito, agora *mariage*.
— *Mariage*.

— Certo, agora *mari*. — Significava "marido", enquanto a anterior queria dizer "casamento".

— *Mari* — repetiu, entediada.

— Agora diga todas as palavras novas que aprendeu — pediu Sandra, batendo a ponta do indicador na página usada para descrever os conceitos e regras.

Alice limpou a garganta e tentou repetir tudo sem precisar espiar o caderno.

— *Fête*, que significa festa; *bonne épouse*, que quer dizer boa esposa; *obéissance*, que significa obediência; e... hum... *famille... cuisine...* hum...

— Como você diria "Eu me casei recentemente" em francês?

— *Je me suis... marié récemment*.

— Muito bom — afirmou. — E como diria "Estou grávida"?

Alice pensou por um instante, sem se lembrar muito bem de como era a pronúncia da palavra "grávida", mas tinha plena certeza de que sabia escrevê-la.

— *Je suis enceinte*, Alice — disse a mestra, após perceber que ela não diria nada.

— Parabéns! Espero que venha com saúde — respondeu e sorriu.

Sua professora demorou para conseguir reagir diante da brincadeira. Forçou um sorriso, mesmo desaprovando a piada, e pediu que ela repetisse a frase, e assim foi feito.

— E como se diz "beijo" em francês?

— *Baiser* — respondeu a loura e torceu um pouco os lábios.

Achava a pronúncia horrorosa. *Beijo*, em português, era muito mais bonito, arrastado, confessando qual era o tipo bom. O arrastado, demorado e romântico. Mas o que sabia sobre isso? Nunca beijara ninguém além das bochechas de seus parentes. Restavam-lhe a imaginação e os livros românticos para contar.

— *Baiser* — repetiu, apenas para se certificar de que estava certa. Sim, *beijo* era muito mais bonito.

A aula terminou minutos mais tarde com o treino de outros termos, e Sandra a elogiou como costumava fazer ao final de todo período juntas. As duas se cumprimentaram e Alice a ajudou a recolher suas coisas. Em seguida, a mulher saiu do quarto e foi embora.

— *Je suis enceinte* — disse, tentando memorizar e nunca mais esquecer. — *Fête, baiser, mari...*

Ao passo que ia recolhendo os livros e ajeitando a mesa, repetia os novos termos aprendidos. Quando se cansou de dizer, voltou a pensar sobre o assunto, sobre o tema que decidiram estudar. Casamento. Realmente a pressa batia à sua porta e cedo ou tarde seria obrigada a atender. Não havia para onde fugir. Além de não querer se casar, também não tinha nenhuma experiência em beijos e esse tipo de coisa que Sandra estava ensinando. Sempre ouvira que uma mulher que se prezava deveria guardar os lábios para o marido. Deveria aguardar até o dia do casamento e só então se render aos prazeres da carne. Sobre esse ponto, Alice já se preocupava, pois tinha absoluta certeza de que seria péssima esposa em todos os aspectos, e se fosse naquele também? E se tivesse o pior beijo do mundo? E se tivesse um *baiser* em vez de um *beijo*?

Ao finalizar a arrumação, saiu do quarto e ouviu vozes na cozinha. Vozes demais, poderia dizer, e não eram das criadas da casa, pois elas não conversavam tão alto. Caminhou na direção do cômodo, adentrando-o lentamente.

— Alice! — exclamou sua mãe. — Veja só quem veio visitá-la.

Isis estava elegante como sempre, dessa vez vestindo uma linda peça italiana nas cores do céu ao entardecer. A loura a mirou de cima a baixo, sorrindo, impressionada com como a madame conseguia ficar mais bonita a cada dia que passava.

— Como vai a minha amiga querida? — perguntou Isis, forçando um tom extremamente cordial, sabendo que deveria disfarçar seus sentimentos diante dos pais da moça.

— Ah, muito bem. Que bom que veio.

Antes que Isis pudesse dizer qualquer coisa ou que dona Berenice tivesse a chance de se intrometer no assunto, as três olharam assustadas para Pedrinho quando ouviram o menino fazer um ruído estranho e altíssimo com a boca ao deslizar de um lado para o outro no chão ensaboado da cozinha. Estava com a barra da calça toda molhada, de pés descalços e testa suada.

— João Pedro, pelo amor de Deus! — a dona da casa exclamou, obviamente constrangida, e bateu as mãos nas coxas. — Ah, desculpe, Isis.

— Não se preocupe — respondeu, observando o garoto e enxergando a si mesma no passado. A diferença era que, por se tratar de uma menina, não receberia apenas uma bronca de quatro palavras, mas estaria sendo puxada pelo braço e sendo levada até o banheiro para tomar banho e provavelmente receber algumas palmadas.

— Então, Alice, o que eu e Isis estávamos conversando era que... — E voltou a ser interrompida pelo ruído estranho que o menino insistia em fazer. — João Pedro, eu estou tentando conversar!

O garoto observou a mãe brevemente, sem dar muita atenção, mas decidiu aguardar um momento antes de gritar mais uma vez. Não por se importar com a tal conversa ou com a visita, mas por estar com medo de receber uma ordem firme que o impedisse de continuar brincando. Dona Berenice voltou a tentar se concentrar no que precisava dizer, porém outra coisa a interrompeu. Uma de suas empregadas surgiu e avisou que havia uma ligação esperando por ela. Era uma das freiras do convento.

— Não tenho um segundo de paz nesta casa — murmurou. — Com licença, meninas, volto logo.

As duas sorriram e assentiram. Assim que a mulher virou no corredor e desapareceu, Alice falou:

— Não esperava vê-la hoje. Achei que fosse viajar com o sr. Diogo.

— Mudamos de ideia — contou Isis e deu de ombros. — Na verdade, eu mudei. Brigamos novamente e eu disse que não iria a lugar algum com ele.

— E então?

— Bom, e então ele me mandou ir para o inferno, arrumou as coisas e viajou sozinho.

A loura arregalou os olhos e ergueu as sobrancelhas, começando a sentir uma séria aversão pelo jornalista, por mais que não fosse um sentimento muito recomendado, nem conseguisse senti-lo por muitas pessoas. Alice geralmente não sentia raiva ou nojo de alguém com facilidade. Procurava sempre encontrar o lado bom de cada um, priorizar o perdão e cuidar dos mais necessitados. No entanto, era difícil ver sua amiga — melhor amiga — ser tão maltratada e não sentir absolutamente nada.

— Vocês não tinham feito as pazes desde a última vez?

— Tínhamos, e durou uns... uns cinco dias de paz, mas depois voltou tudo de novo, porque ele chegou muito tarde em casa e estava bêbado. Eu tenho cara de idiota, por acaso? No outro dia brigamos por horas, no seguinte também, e então hoje eu disse que não iria com ele.

Alice assentiu devagar, processando a história. Ficara sabendo que o casal ia viajar para a cidade de Santos, que aparentemente tinha belas praias. Por um lado, ficava triste por Isis precisar enfrentar tantas brigas dentro de casa; por outro, estava feliz por tê-la ali. E não era curioso o fato de que, por não ter Diogo em casa, ela poderia ir a qualquer lugar, mas, de todos, escolheu visitá-la?

João Pedro ruidou outra vez, ainda mais alto, e bateu o pé na parede, manchando-a.

— Acho que deveríamos ir conversar em outro lugar — sugeriu Alice. — Não é exatamente educado receber a visita num local inundado de água e sabão, como este. Quer ir até a sala?

— Oh, não, sua mãe está lá e não consigo falar com você quando ela está por perto. Além disso, dona Berenice estava agora há pouco me questionando sobre os pretendentes que prometi arranjar. Ah, Alice, ela está percebendo.

A loura engoliu em seco e sentiu as mãos começarem a suar frio.

— Tem razão. Talvez seja melhor ficarmos por aqui.

— Se quiser que eu conte alguma mentira, eu conto. É só dizer.

Alice riu baixo e negou com a cabeça, como se não pudesse acreditar em sua inconsequência.

— Não precisa fazer isso por mim. Só vamos enrolar por mais um tempinho. Sabia que hoje eu estava aprendendo palavras em francês sobre casamento? Precisava ver minha cara de sono.

— Quais palavras aprendeu?

— Casamento, família, marido, cozinha, obediência...

— Ah, que horror, não precisa continuar — repugnou. — Deve ter sido uma tortura.

No mesmo instante, Pedrinho despejou um balde pequeno de água sobre o chão, para aumentar seu espaço de brincadeiras. Todavia, a ideia travessa quase molhou toda a barra do vestido da visita.

— João Pedro! — repreendeu a irmã, puxando Isis para que não corresse o risco de ser atingida. — Você viu o que acabou de fazer?!

Sem se importar, o garoto mostrou a língua na direção dela, soprando-a em seguida e jorrando saliva para todo lado. Enquanto Alice quase perdia a paciência e respirava fundo para recuperá-la, Isis gargalhava de sua resposta não verbal, mas muito eficaz.

— Eu adoro esse menino — afirmou, vendo-o virar as costas e se preparar para voltar a escorregar.

— Quer para você? — perguntou a outra, séria.

— Hum... não. Não o adoro tanto assim.

A impaciência de Alice evaporou e as duas riram juntas. Nenhuma delas disse, mas ambas reparavam nos detalhes do rosto uma da outra, pensando em quão mais incrivelmente belas conseguiam se revelar ao gargalhar de tal forma. Sem saber de onde vinha tal pensamento, Alice admirou os lábios abertos da amiga e se perguntou se ela tinha um *baiser* ou um *beijo* de verdade. Em contrapartida, Isis admirava seus olhos brilhantes, parecendo enxergar muito além deles, e por um momento pensou que gostaria de poder salvá-la de seu pavor de se casar com um homem.

NÃO SOMOS MELHORES AMIGAS

Decidiram dar dois passos para a frente, o bastante para lhes proporcionar um pouco mais de segurança e conseguirem voltar a conversar. Ficaram ao lado da mesa, também toda molhada, onde não havia mais nada além da toalha plástica, duas escovas e um balde cheio de água numa das pontas, bem ao lado de onde a madame decidiu ficar.

— Sabe o que eu estava pensando? — perguntou Isis. — Acha que a sua mãe permitiria que passeasse à noite comigo um dia desses?

— Para onde iríamos? — questionou Alice, animada e curiosa.

— A um clube de música. É de uma antiga amiga minha. Uma das minhas melhores amigas, e...

Alice parou de escutar no mesmo instante. De repente, um sentimento estranho de chateação a atingiu, mas não soube explicar de onde vinha. *Uma das minhas melhores amigas?* O ciúme foi inevitável, mesmo que soubesse que não tinha o menor direito de senti-lo. Isis e ela se conheciam fazia três meses, apenas. Encontraram-se pela primeira vez em fevereiro, depois do Carnaval, e àquela altura era maio. Não era como se pudesse desejar algum lugar realmente importante no coração dela.

Pfff... E pensava anteriormente que estavam se tornando melhores amigas. Tão tola, escarneceu de si mesma.

— Você ouviu o que eu disse? — perguntou Isis ao perceber que Alice não havia tido reação alguma. João Pedro gritou outra vez, escorregou até bater o pé na mesa, e foi isso que a acordou.

— O quê?

— As coisas que eu disse. Você ouviu?

— Você tem melhores amigas? — Não conseguia esconder seu desconforto.

Isis desviou os olhos para tentar chegar a alguma conclusão.

— Não sei se ainda as tenho. Faz muito tempo desde a última vez que as vi, mas éramos melhores amigas, sim. Raquel e Esther.

Alice assentiu sem olhá-la e cruzou os braços. Estava claramente incomodada, porque tinha certeza de que *ela* era a melhor amiga de Isis. Olhou para o outro lado e se manteve em silêncio.

— Ei — chamou Isis, percebendo que havia algo errado, e quase adivinhando o que era. — O que houve?

— Por que faz tempo que não se veem? — questionou, numa tentativa de fugir de ter que dar explicações.

— Ah, depois que me casei as coisas mudaram um pouco. Por um período Diogo tentou me convencer de que elas não eram boas companhias, de que eu deveria parar de visitá-las ou de levá-las em nossa casa.

— E por que permitiu que ele fizesse isso? Por que não continuou sendo amiga delas, se eram assim tão especiais? — perguntou, como se, na verdade, a culpa fosse toda dela.

A madame imediatamente percebeu o tom rude e esquisito. Aquele tipo de insinuação não era do feitio da pessoa que conhecera há alguns meses. Alice era flor, não espinho; era doce, não amarga — e foi impossível não se incomodar. O que estava querendo dizer, no fim das contas? Que era péssima como amiga? Que não valorizava as pessoas?

— Não sei, Alice — decidiu responder. — Quando ainda se está apaixonada por alguém e essa pessoa lista motivos e mais motivos para lhe mostrar que você estará mais feliz e segura longe de certas companhias, você tende a acreditar.

Alice achou ter ouvido errado, porque João Pedro rugira outra vez e escorregara de costas, molhando-se por inteiro, bem no início da fala de sua visita.

— Como assim, "quando ainda se está apaixonada"?

Isis respirou fundo e fechou os olhos. *Merda*, pensou.

— Eu não deveria ter dito isso.

Então, a loura percebeu. Ela não amava Diogo.

— Quando eu fui à sua casa pela primeira vez, você me disse que ele era o amor da sua vida!

— Nós tínhamos acabado de nos conhecer, o que queria que eu dissesse? Hoje em dia temos muito mais intimidade, então pare de agir como se eu tivesse cometido um crime.

Uma daquelas coisas era verdade. Elas conquistaram muito mais intimidade com o tempo. Tanto a ponto de terem passado quase uma tarde inteira conversando sobre um dos pecados mais abomináveis que a igreja apontava, um tabu incurável, além de uma condição considerada fora da lei. Sodomia era como se chamava a prática sexual entre dois homens ou duas mulheres. E, estranha e curiosamente, Isis tinha muito conhecimento sobre isso.

— Tem razão. Desculpe, eu... eu só não fazia ideia.

Isis abriu a boca para responder, mas, antes que pudesse, ouviram o milésimo berro de Pedrinho. No entanto, aquele era diferente, e aproximava-se cada vez mais. Quando menos esperavam, o garoto tinha atravessado a cozinha inteira escorregando e havia perdido o controle. Sabia que, se não se segurasse em algum lugar, bateria o rosto tão forte na parede que com certeza quebraria o nariz. Então, pensou rápido que seria muito inteligente de sua parte se se segurasse na toalha da mesa, já que um balde de água a prendia, o que seria suficiente para fazê-lo parar. Assim que chegou àquele ponto, agarrou o plástico, e foi questão de um segundo para que, na verdade, continuasse escorregando, veloz como um atleta de maratonas, o balde avançasse no mesmo passo e tombasse tragicamente, molhando toda a saia da visita.

Quando viu o que fizera, João Pedro teve certeza de que estava morto. Viu a boca das duas se abrindo com o susto e a morena sem reação enquanto mirava seu vestido absolutamente encharcado. Alice virou-se para ele devagar, entrando num profundo estado de nervos, muito parecido com o que a mãe tinha todos os dias. Antes que ela berrasse um xingamento que certamente o faria chorar arrependido, a dona da casa surgiu na porta, séria, já imaginando o que havia acontecido somente pelo barulho, e com a expressão semelhante à de alguém pronta para matar uma pessoa. Ela observou a saia de Isis, olhou para o rosto de Alice e não disse nada, não conseguia abrir os lábios ou mover qualquer músculo facial. Apenas ergueu o braço e apontou para o corredor. Alice não precisou de nenhum outro sinal, sabia exatamente o que a mãe ordenava que ela fizesse. Segurou a mão da amiga, que continuava de queixo caído e indumentária molhada, e a levou rapidamente para longe dali.

As duas adentraram o quarto da loura em silêncio. Quando já estavam lá dentro, a mais nova percebeu que Isis ainda estava em estado de choque e não selava os lábios por nada no mundo.

— Desculpe — começou Alice, falando com cuidado, sentindo que a outra estava prestes a surtar. — Isis, por favor, me desculpe. Nossa, eu... O Pedrinho... Me desculpe.

Então Isis finalmente fechou a boca devagar e observou o próprio vestido, lamentando a mancha enorme e escura. Quando voltou a olhar para Alice, disse, pesarosa:

— Jesus, parece que eu fiz dez litros de xixi.

Alice começou a rir de nervoso no mesmo segundo, coçando o couro cabeludo ao pensar sobre o que deveria dizer para compensar o acontecido. Logo depois, ouviram os gritos de João Pedro do lado de fora. A jovem abriu a porta e o viram passar correndo como um foguete em direção às escadas para fugir.

— Mãe, eu juro que foi sem querer! — berrava. — Eu juro em nome de Deus e Jesus!

— Eu já falei mil vezes que jurar em nome de Deus é *pecado*!

— Então eu juro em nome da Virgínia Marília!

— É VIRGEM MARIA! — urrou a mãe, ainda tentando alcançá-lo.

Alice fechou a porta novamente, embaraçada.

— O que ela vai fazer com ele? — perguntou Isis.

— Bom, a pergunta é *O que ele vai fazer com ela?* Provavelmente os dois vão continuar correndo de um lado para o outro, até que ela se canse e aplique algum castigo, como rezar o pai-nosso oitenta vezes ou determinar que ele não tenha sobremesa nem brincadeiras com amigos do bairro por um mês. Geralmente funciona por um tempinho, depois ele desanda de novo — contou e mirou a saia da amiga com mais atenção. — Me desculpe de verdade, Isis.

— Ah, não se preocupe, não tem problema.

— Vou pegar um vestido seco para você, pode ser? Pode tirar esse, vou escolher um parecido — sugeriu e virou de costas, andando até seu armário e começando a analisar cabide por cabide, com o objetivo de achar alguma coisa que não fugisse muito do estilo de Isis.

E foi ali que a madame travou outra vez. Ela teria de ficar nua na frente de Alice Bell Air? Na frente da mulher que era a dona de seus suspiros e fantasias românticas platônicas mais recentes? Na frente da pessoa que Isis tentava descobrir se teria os mesmos *gostos* que ela mesma? Hesitou, pensou e não fez nada.

— O que foi? — perguntou a loura, virando-se em sua direção. — Ah, é claro, a porta. — Andou até ela e a trancou, dando duas voltas com a chave. — Pronto. Fique à vontade.

À vontade, Isis caçoou mentalmente. Pensou melhor e viu que não tinha outra opção. Não poderia voltar para casa daquele jeito, parecendo ter mijado nas saias, por Deus!

Virou-se e começou a tentar desamarrar o corpete nas costas. Seus dedos se enrolaram nos fios, puxando um pouco mais, e não conseguia desatá-los de forma alguma. Xingou céu e terra, pensando por que Cassandra tinha que fazer um nó tão apertado.

— Alice?
— Sim.
— Pode me ajudar, por favor? — perguntou, mas queria sair correndo.
— Claro.

Quando a moça se aproximou e começou a puxar os fios e desfazer as amarrações, Isis fechou os olhos e teve pensamentos que seriam facilmente condenados por qualquer pessoa que os ouvisse. Diante disso, sabia que pelos minutos seguintes seria fustigada pelo desejo de ter Alice fazendo muito mais do que apenas tirar suas roupas. Tensa, ela esperou em silêncio. Não ouvia nada. Nem palavras, respiração ou qualquer outra coisa que pudesse lhe dar uma luz do que estava acontecendo atrás de si.

Enquanto isso, a jovem continuava afrouxando a amarração, concentrada, procurando terminar o mais rápido possível, a fim de não a aborrecer. Ao meio do segundo minuto que estavam naquela situação, percebeu que o corpete estava suficientemente frouxo. Terminou de desamarrá-lo e puxou as alças do vestido para baixo. Sem demora, Alice viu os ombros da fidalga começando a aparecer — e não pôde deixar de admirar quão macia sua pele aparentava ser. Pensou em elogiá-la, como fizera em um de seus sonhos, mas poderia soar inconveniente.

Continuou abaixando as alças, até perceber que boa parte de seu tronco já estava descoberto, inclusive a região dos seios. Isis tirou os braços de dentro do tecido e os tapou com as mãos, sentindo a mente ferver ao imaginar o que Alice estaria pensando ou achando do que estava vendo. E, na verdade, não era apenas sua mente que fervia. Seu corpo vagarosamente tinha começado a queimar, a respiração estava ficando um pouco mais pesada, e soube que deveria dar um jeito de parar de ser tão libertina.

A loura arrastou o vestido da amiga até a cintura, estranhando o fato de que toda a tranquilidade anterior transmutou-se e converteu-se em um estranho constrangimento, quietude.

De repente, Alice estava desconcertada, e observava as costas nuas com curiosidade e encanto, mas uma certa culpa a assombrava pelo mesmo motivo. Sim, Isis era muito bonita, era ainda mais bonita do que as mulheres do quadro *Le Sommeil*, pensou, e essa foi sua perdição. Ao recordar a imagem das duas mulheres nuas do museu, instantaneamente as relacionou ao que estava vendo naquele exato segundo. E era estranho perceber determinadas sensações começando a aparecer.

Tomou um pouco mais de coragem e deslizou o tecido para que passasse pelo quadril e rapidamente caísse ao chão. Os dois forros internos caíram junto. Isis estava praticamente nua. Em seu corpo, restavam apenas a roupa íntima e os saltos altos.

Alice não pôde evitar. Observou a extensão desde os pés até o topo da cabeça. Isis era como as deusas da mitologia, como os poemas do romantismo. Estavam tão próximas que a moça logo percebeu o calor que o corpo da outra emanava, assim como o aroma de sua pele, que se tornava ainda mais evidente. Inspirou, perguntando-se como tal cheiro podia ser tão delicioso.

Já nervosa com o silêncio que as cercava, Isis vagarosamente foi se virando para ficar de frente para ela. Também se sentia diferente, mas, ao contrário da mais nova, sabia exatamente o porquê. Os olhos das duas se encontraram, e nada conseguiam dizer. Era singular e enigmático ao mesmo tempo. Nunca tinham se olhado daquela forma, nunca tinham visto a si mesmas numa situação tão íntima e incompreensível.

Decidindo que talvez tivesse chegado a hora de dizer alguma coisa, e talvez até de descobrir outras, Isis tirou as mãos dos seios, exibindo-os sem pudor. Alice, enquanto isso, tentava pensar em alguma coisa — qualquer coisa, na verdade — e se segurava para não abaixar os olhos, não fitar os seios, não olhar, não pensar... e sequer conseguia entender a razão de estar com tanto medo de ver, mesmo que em seu âmago estivesse ardendo com a tentação de tocá-la.

Encher-se dela.

Que cruel era sua mente por não parar de fantasiar o sabor do beijo de Isis.

— O que foi? — perguntou a morena em tom de voz tão baixo quanto um sussurro, achando graça da reação nervosa da mais nova. — Somos mulheres, Alice. Você não vê problema no fato de eu estar assim, quase nua, vê?

A jovem piscou algumas vezes, tentando acordar, tentando sair daquele maldito transe e dizer alguma coisa.

— Está tudo bem — respondeu, gaguejando um pouco. — Eu... Eu vou... você sabe... procurar seu vestido. — Fazendo um esforço tão grande quanto podia suportar, deu alguns passos para trás e se afastou.

Caminhou até o armário outra vez, incapaz de enxergar direito, sem conseguir processar as cores que via ali. *Qual a diferença entre amarelo e azul mesmo?*, perguntava-se. Olhava um por um, peça por peça, mas sua mente só conseguia pensar no que havia atrás de si, a mulher, o calor.

— Sobre o que estávamos falando?

— Não me lembro.

Alice assentiu, odiando-se por encontrar tanta dificuldade para continuar o assunto. Nem ela mesma se lembrava, mas arranjaria outro tópico.

— Eu... Eu contei que tive aula de francês hoje?

— Contou. E eu estranhei um pouco.

— Por quê? — Alice virou o rosto para olhá-la, o que acabou se provando uma péssima ideia. Seu nervosismo aumentou ainda mais. Isis ainda estava ali, sua formosura nítida e tão chamativa, os seios médios de mamilos castanhos tão belos quanto as pinturas perfeitas dos quadros que viram no museu, três semanas antes.

— Não estudava francês só aos domingos?

— Sim, mas... mas estamos tentando mudar os horários, sabe? Aquele... Aquele não estava dando muito certo.

Estava agitada, as mãos desengonçadas. Jamais se sentira daquele jeito.

— Entendi — respondeu Isis. — Você estava dizendo que aprendeu palavras novas sobre casamento, não é?

Desistindo de permanecer naquela situação que apenas a constrangia, Alice segurou o vestido turquesa e azul-claro que se parecia um pouco com a forma diária de Isis se vestir, arrancou-o do cabide e o levou até a morena, fazendo o possível para não voltar a observar seu corpo.

— Sim — respondeu.

— E quais outras palavras aprendeu, além daquelas horríveis? — indagou, tentando achar um assunto para conversar e preencher o silêncio que só piorava a situação e aumentava o calor de seus corpos.

A loura entregou-lhe um de seus forros e uma anágua, e Isis enfiou as pernas e rapidamente os passou pelo quadril. Em seguida, fez o mesmo movimento com o vestido. Ajeitava as alças nos braços, ao passo que a mais nova contava.

— Aprendi... hum... gravidez, amor, beijo...

— Amor é bom — proferiu e no mesmo instante percebeu que não tinha muito sentido em dizer aquilo. — Quer dizer, é bom aprender "amor", mas não "obediência", como me disse. Não que não seja bom aprender variados termos, é só que...

Alice riu baixo, disfarçando a inquietação.

— Entendi o que quis dizer. Amor é bom mesmo.

— Sim — respondeu, terminando de tampar a parte da frente. — Beijo também.

Alice mirou-a nas íris novamente, agora mais intensa e arrebatada. Seus ouvidos interpretavam a fala da morena de uma forma diferente do que costumavam interpretar.

— É mesmo? — questionou, sem conseguir se segurar.

— É, sim. Beijo é muito bom.

Alice piscou várias vezes, e foi impossível, diante daquela frase, não observar os lábios pintados de carmim. Eram cheios e tão bem desenhados, e ficavam ainda mais belos daquela forma, entreabertos. Antes que pudesse ter qualquer segunda reação, a morena virou-se de costas e pediu que Alice amarrasse a parte de trás do vestido. A jovem engoliu em seco e levou as mãos até as costas de Isis outra vez. Agora, de forma muito mais demorada, ela lutou para conseguir fechar tudo, já que seu nervosismo era tamanho que toda vez que segurava uma faixa ela escapava.

A madame virou-se para ela quando viu que tinha acabado e fitou seus olhos curiosos e inquietos. Alice estava diferente, pôde perceber. Estava muito pensativa, silenciosa, observadora. Poderia significar que...?

— Você já sabia que beijo é bom? Ou está descobrindo agora por eu ter dito? — murmurou Isis e tombou levemente a cabeça.

— As pessoas costumam dizer que é bom. Os livros... os poemas — disse, recordando alguns que já havia lido.

— Mas nunca teve sua própria experiência?

O subconsciente da mais nova congelou instantaneamente, apesar de as mãos quentes não pararem de suar um só instante e de ter notado um calor incomum embaixo do forro da saia.

— O que quer dizer?

— Estou perguntando se já beijou alguém.

— Claro que não — confessou a loura com a voz falha. — Estou guardando meus lábios para o meu marido, como uma moça deve fazer.

Isis não conseguiu esconder a risada baixa, pensando em como era engraçado o fato de que, mesmo diante de sua reação chocada e nervosa ao ver outra mulher nua, de seus olhares ardentes, Alice insistia em falar de marido. Não enxergava que aquela vida não era para ela?

— Nenhuma moça faz isso — revelou Isis e se aproximou. — Digo, guardar os lábios.

— Claro que faz.

— É mesmo? Suas amigas estrangeiras casaram-se com os lábios virgens? Assim... como os seus? — E deslizou o polegar morosamente sobre o queixo da amiga, tendo a chance de assisti-la ofegar a cada toque e aproximação. Seus desejos estavam óbvios.

Alice sentiu o corpo todo arrepiar.

De fato, todas as suas amigas já tinham vivido certas histórias antes de se casarem, mas tudo fora feito em sigilo.

— Mas *você* casou-se dessa forma, não é verdade? — questionou Alice, desafiando-a.

Isis riu outra vez.

— Alice, eu não só já havia beijado mais pessoas do que poderia contar, como estava longe de ser uma donzela pura como você — confessou, e sua mente viajou brevemente até o passado, quando vivia namoros curtos e secretos com empregados, estudantes do seminário, amigas da igreja e as primas delas.

A reação de Alice foi como se Isis tivesse acabado de contar o segredo mais cabuloso de todos. Arqueou as sobrancelhas e a encarou, sem palavras. Poderia até achar normal uma moça que se casava já tendo beijado outro alguém, mas casar-se impura?

— Você é tão imprevisível — disse, balançando a cabeça negativamente. — Não tem medo de ir para o inferno?

— Confesso que já pensei sobre isso e decidi que, assim que chegar ao purgatório, vou seduzir o anjo-chefe. O céu já é meu, não se preocupe.

Alice sorriu abertamente, impressionada com a forma de Isis levar a vida. Ela efetivamente era a pessoa mais autêntica que já conhecera. Sua valentia e inteligência para lidar com todas as situações inspiravam e encantavam a moça, que vivera toda sua existência seguindo regras e sendo boazinha. Talvez fosse por isso que Isis lhe passasse tamanha confiança; o sentimento de liberdade que provocava, o desejo de viver, a bravura para enfrentar todos os padrões e fazer o que quisesse.

— Isso me preocupa um pouco — disse Alice.

— O que a preocupa?

— Se eu de fato precisar me casar, não vou conseguir ser uma boa esposa na convivência e nem... nem em outras áreas.

— Que áreas?

— *Aquelas* áreas, entende?

Naquele momento, a madame entendeu o que ela queria dizer.

— Bom, eu posso lhe ensinar sobre isso, se quiser.

— Pode ser. Quais dicas tem em relação a como beijar?

— Na verdade, esse é o tipo de coisa que se aprende na prática.

Alice não compreendeu de início. Segundos depois, percebeu o que Isis queria dizer, mas achou que não tinha entendido. Não era possível que estivesse oferecendo tal coisa, ou era?

— Você está dizendo... eu e... eu e você? Está dizendo... nós duas? — perguntou aos sussurros, como se fosse um segredo que nem mesmo as paredes pudessem ouvir.

— Claro. Eu poderia lhe ensinar como se faz, e talvez isso a deixasse menos insegura.

Alice abriu os lábios, sem acreditar. A pintura *Amarillis Crowning Mirtillo* retornou à sua mente. Aquelas mulheres que se beijavam, duas mulheres, talvez amigas como elas. Duas mulheres que se amavam, segundo Isis. E, pensando bem, soube que certamente já amava Isis, mas não tinha a menor ideia do que aquilo significava. Queria a fidalga muito bem, muito feliz, adorava ser próxima dela, mas até aquele momento, em sua mente, intitulava-a como melhor amiga.

— Não podemos fazer isso.

— Por que não? Seria apenas uma forma de ajudá-la, de lhe mostrar como é saboroso...

Suas palavras inebriavam os ouvidos, como a canção da sereia que hipnotiza os pescadores. Era exatamente o que Isis estava fazendo com ela, mas, antes que se visse totalmente perdida, a moça deu vários passos para trás. Não podia fazer aquilo. Ela não era assim. Não fazia parte da sodomia.

— Isso é pecado, Isis. Você pode não ter medo de ir para o inferno, mas eu tenho — avisou e se sentou na cama, recostando-se na cabeceira. Abaixou os olhos, envergonhada. — E... meu primeiro beijo deve ser com o meu marido.

Isis riu de leve, achando graça de como a loura tentava se convencer.

— Eu beijo melhor que qualquer marido que possa ter, mas, se prefere deixar passar a chance, tudo bem. — Sorriu, travessa.

Alice suspirou pesadamente. Era tão estranho o fato de querer aquele beijo, querer colar os lábios aos dela. Ao mesmo tempo sua mente gritava. O que Deus faria? O que seus pais pensariam? E se todos descobrissem?

— Ei, o que foi? — perguntou Isis, achando-a amuada demais, coisa que não estava acostumada a ver.

— Nós somos amigas, Isis — disse, mais como um lamento que como uma decisão.

— E poderíamos continuar sendo.

Alice esforçou-se para parar de desejar Isis, buscando voltar a vê-la como a madame influente que estava prestando um favor à família. Mas não conseguiu.

Ergueu os olhos e a fitou. Era tão inteligente e engraçada, sua heroína favorita. Mordeu o lábio, pensou, pensou... Ah, *e se Isis confundisse as coisas?* E se pensasse que era a favor da sodomia? E se contasse a alguém ou percebesse que ela estava fervendo por dentro, tamanho o desejo de tocá-la? E se não a quisesse mais por perto? Era tão difícil administrar aqueles sentimentos, mas segurá-los e escondê-los era ainda pior.

Engoliu em seco, refletiu mais um tanto, e, a cada segundo que passava admirando-a, mais difícil era manter sua posição. Até que, por fim, decidiu perguntar:

— Se fizéssemos isso... — iniciou com o tom baixo e inseguro, o que só piorou quando Isis decidiu observá-la nos olhos. — Se fizéssemos isso, seria apenas como amigas, certo?

— Pode ser — respondeu a madame, e Alice achou que aquela resposta deixava possibilidades demais em aberto.

— Então... tudo bem.

Isis pensou não ter ouvido direito.

— Tudo bem? Tem certeza?

— Sim. Eu... quero beijar você.

A fidalga abriu os lábios, descrente do que estava ouvindo. Tão descrente que duvidou até o último segundo de que aquilo era real, de que Alice de fato desejava um beijo dela.

— Tem certeza? Você não está dizendo isso só porque eu pedi, não é?

— Não. Eu quero. Só... Só estava insegura.

A morena assentiu devagar, ainda em choque pela resposta que havia recebido. Não podia acreditar que finalmente teria a honra e o prazer de beijar os lábios de Alice Bell Air. Contraiu os músculos internos involuntariamente.

Isis aproximou-se da cama, sem tirarem os olhos uma da outra. O momento havia chegado, e não viam a hora de que realmente se concretizasse. Ofereceu a mão à pupila, que a aceitou e se pôs de pé.

Alice sentiu as pernas bambas e o corpo suar frio. Quando acordara naquela manhã, não fazia a menor ideia de que finalizaria o dia tendo sido beijada pela primeira vez — e por sua quase melhor amiga.

Isis observou-a com atenção, cada detalhezinho de seu rosto, cada ponto que fazia dela aquele anjo em forma de princesa. Ainda de mãos dadas, ela deu um, dois passos para a frente, ficando a centímetros do rosto de Alice. Avançou devagar, e, quando estava prestes a selar seus lábios, a loura abaixou levemente o rosto, hesitando.

— O que foi? — murmurou Isis com a voz rouca, quase sem sair som, observando-a com carinho.

— Desculpe, é que... você me deixa nervosa.

A revelação provocou um novo sorriso nos lábios da madame, que não parava de encarar os da outra e pensar em quanto os desejava. Então, passou a acariciá-la levemente no rosto. Precisava tocá-la para ter certeza de que era real mesmo, não apenas uma ilusão. Deslizou a ponta dos dedos por sua pele e se enamorou ainda mais quando a viu fechar os olhos e suspirar.

Devagar e com calma, aproximou-se, até que seus narizes se encostaram.

Acariciaram um ao outro, como se se preparassem para o grande momento, e segundos mais tarde Isis encostou a boca na dela.

Afagou-a com calma.

E, quando Alice já não conseguia sentir o chão sob seus pés, a morena a beijou.

Lentamente, foi acarinhando os lábios castos da senhorita. Por mais que a desejasse, não imaginava que de fato conseguiria chegar perto de matar aquele anelo. Sentiu as mãos de Alice pousando em seus braços e aproveitou para se aproximar ainda mais, colando seus corpos de uma vez por todas.

Enquanto isso, a loura sentia os movimentos de Isis explorando sua boca e não podia negar que aquela, somada ao desejo e à animação que sentia, era uma das melhores sensações do mundo. Tentava imitá-la como podia, por mais que sentisse que poderia ficar apenas recebendo seus beijos pelo resto da semana. Os lábios moviam-se e, passado o primeiro minuto, que pareceu voar como uma águia, as duas estavam ainda mais sincronizadas, começando a se familiarizar com a boca uma da outra.

Nesse instante, Isis se sentiu segura o suficiente para partir para o próximo passo. Devagar, enfiou a língua na boca de Alice, na busca por concluir o processo de explorá-la e conhecê-la como nenhuma pessoa jamais havia feito. Demorou alguns segundos até que Alice tocasse sua própria língua na da morena e começasse a acariciá-la com calma e suavidade.

Isis tirou as mãos de seu rosto e as desceu até os braços, sentindo o doce arrepio e parando na cintura. Alice não demorou a decidir fazer o que Isis tinha feito com ela. Tocou as bochechas da madame com as mãos, fazendo um carinho leve com o polegar. Foi quando Isis começou a empurrá-la vagarosamente, buscando encostá-la na parede, e, como já estavam perto, não foi muito difícil. Assim que Alice se sentiu totalmente pressionada contra a superfície dura e envolvida em seus braços, o calor de antes aumentou, mas piorou mil vezes quando se lembrou do corpo nu da mulher que a beijava, da dama de presença quente e fragrância tão deleitável.

O momento começou a mudar, pois agora o beijo se acelerava um pouco mais e Alice não conseguia parar de pensar naquela pele macia, nos seios perfeitos, os mamilos castanhos, a cintura, o tom da pele... Os pensamentos se bagunçaram em sua mente, e de uma hora para outra não se reconhecia mais. Jamais imaginara que fosse gostar tanto de um beijo, nem que a primeira vez que beijaria seria com uma dama conhecida por quase todos da cidade, mulher admirada até mesmo por sua mãe.

Também jamais imaginara que a quentura subiria por suas pernas e a faria quase delirar.

Quando Isis apertou sua cintura com mais força e enfiou a língua mais fundo, Alice percebeu uma das sensações ficar ainda mais acentuada. Não sabia o nome daquilo, mas a havia sentido outra vez, quando mais nova. Era no meio de suas pernas, e já a havia percebido, por exemplo, em vezes que andara a cavalo ou quando a carruagem balançava demais, mas em nenhuma dessas ocasiões a sensibilidade fora tão intensa e contínua. Apertou as pernas, tentando se aliviar.

— O que são essas coisas? — perguntou com dificuldade, sem conseguir parar de sentir o meio das pernas tão quente e desejoso, como se precisasse ser tocado.

— Que coisas?

— Essas... Essas coisas que eu sinto quando... quando beijo você.

Isis ergueu o rosto para observá-la, impressionada com o que estava ouvindo, e ali teve sua prova. Realmente, ela e Alice eram mais parecidas do que pensavam, e o motivo pelo qual a jovem tinha tanto receio de se casar estava explicado.

— É bom, não é? — perguntou a morena, inundando-se de ainda mais desejo. Se pudesse, levantaria a saia da jovem e aliviaria seus nervos naquele mesmo instante. Imaginou como seria seu sabor, seu cheiro, sua imagem... As pernas fraquejaram. — É o que acontece quando se tem um beijo gostoso assim, como o nosso.

Acanhada e impressionada com a situação mais inusitada de toda a sua vida, a loura abaixou os olhos outra vez e sorriu, feliz por saber que, assim como fora para ela, o beijo também havia sido bom para sua parceira. Tinha um *beijo*, portanto, não um *baiser*.

— Quer treinar de novo? Só para ter certeza de que aprendeu?

Mesmo sem querer admitir, Alice adorou a ideia. Observou Isis em silêncio, e segundos mais tarde a presenteou com selinhos demorados. No quarto ou quinto, não mais suportaram e voltaram ao átimo de antes. Alice enfiou os dedos pelos cabelos de Isis, que a abraçava com ainda mais força e a beijava com um novo nível de fôlego. Era maravilhoso.

A respiração delas podia ser ouvida, e vez ou outra uma delas gemia baixinho, o que só atiçava ainda mais o fogo que estava prestes a incendiar a casa.

Quando voltaram a sentir falta de ar, Alice murmurou:

— Nossa. Beijos são sempre bons assim?

— São para ser. Se não forem bons desse jeito, estão errados.

— Vou me lembrar disso.

Isis segurou suas mãos e entrelaçou seus dedos, como se já fossem amantes apaixonadas. Sorriu, pensando no que havia acabado de acontecer, e seu sorriso se alargou quando observou as feições de Alice e a viu corada, encarando seus lábios vermelhos. Realmente não havia como esconder. A verdade sobre si mesma estava clara.

— E então? Acha que me saí bem no meu primeiro beijo?

Metade de Isis poderia passar o resto do dia ditando como havia amado cada segundo daqueles beijos, mas a outra metade queria mentir e dizer que precisava treinar mais, apenas para continuar tocando-a, como sempre sonhou.

— Ah, Alice, você beija maravilhosamente bem — confessou e acariciou seu rosto outra vez.

A jovem sorriu e concentrou-se no carinho que recebia.

Isis tentou encontrar uma forma de continuar. Uma justificativa plausível para que as duas voltassem a ter aquelas sensações tão quentes e intensas. Não demorou muito e teve uma ideia.

— Eu poderia, se você quisesse, lhe ensinar *tudo* sobre essa parte do casamento.

— Como assim?

— Bom, a parte mais íntima de um matrimônio não se constitui apenas de beijos, como deve saber.

Alice engoliu em seco. Sabia bem que existiam práticas sexuais, mas não exatamente como funcionavam.

— Certo — proferiu. — O que mais você poderia me ensinar?

— Posições, por exemplo. — Voltou a segurar as mãos da loura, puxou-a, desgrudando-a da parede, e em seguida empurrou-a para que caísse na cama.

Alice gritou sem querer e começou a rir baixo com o susto. Antes que pudesse questionar qualquer coisa, Isis subiu sobre seu corpo, posicionando uma perna de cada lado.

— Acha que vai ser divertido ficar aí embaixo todas as vezes?

Alice estudou o posicionamento das pernas de Isis e, com um pouco mais de coragem, confessou:

— Para mim, parece muito divertido.

Compreendendo imediatamente o que a loura queria dizer, Isis tremeu ao observá-la embaixo de seu corpo, com olhos tão ansiosos para descobrir o próximo passo. Aproveitando a posição, levantou os braços de sua donzela — cuja pureza começava a se dissipar — e os ergueu sobre a cabeça, deslizando pela pele até chegar a suas mãos e enlaçá-las.

— Isso é porque somos amigas — respondeu Isis, aproximando-se do rosto de Alice.

— Grandes amigas, suponho. Talvez melhores amigas, porque até já me ensinou a beijar.

— Melhores amigas — repetiu, ainda de pernas abertas e traseiro alto, tendo a chance de quase encostar seus lábios de novo. — Faz sentido.

Alice sorriu e fechou os olhos ao sentir outra vez aquela angústia entre as pernas, quando Isis acarinhou seu pescoço com o nariz e inspirou o aroma que exalava.

— Hum... — gemeu. — O que está fazendo aí?

— Apenas lhe mostrando — sussurrou a morena, bem pertinho de sua orelha — como é bom. Mesmo quando eu não estiver junto, você deve se tocar, se sentir... A parte difícil é se conhecer de verdade. E com isso eu quero dizer... — e levou a mão até o alto da coxa de Alice — todo o seu corpo.

A jovem engoliu em seco, sem conseguir responder, dado o estado sôfrego em que se encontrava. Já podia sentir sua roupa íntima toda molhada.

— Por que preciso conhecer o meu corpo? — questionou com a voz arrastada, completamente hipnotizada.

— Para saber do que gosta, é claro. E, para que o sexo seja divertido para você, precisa dizer o que quer que ele faça.

Alice parou de ouvir direito quando a ouviu pronunciar a palavra "sexo".

— Eu não sabia que poderia pedir o que quero que aconteça quando... quando tenho uma... hum... relação íntima.

— Relação íntima? — Isis riu. Ergueu a mão livre e iniciou um novo e lento carinho pela extensão do braço de finos pelos louros. — Chame pelo verdadeiro nome, Alice. Transar. Foder.

— Oh, Deus. — Estremeceu e pressionou os olhos por um momento. — Que boca suja, Isis!

— Quer provar o gosto dela outra vez? — Moveu o corpo, esfregando-se levemente.

Alice revirou os olhos, tentando segurar o sorriso que insistia em se fazer notar. Além de um humor ácido e condenável, Isis ainda tinha as palavras mais pervertidas na ponta da língua.

— Quero que me fale mais sobre conhecer o que gosto.

— Certo. Existe algo chamado "beijo no pescoço", e é realmente muito bom em determinadas situações — explicou com calma. — Acho que o nome já é bem sugestivo.

— Então devo pedir que ele beije meu pescoço?

— Sim, caso queira ter a sensação. Peça que ele faça... desse jeito. — Abaixou o rosto novamente e envolveu a pele de Alice com os lábios, dando leves sugadas e mordidas, tentando não marcá-la e acabar arrumando problemas. Queria apenas que a donzela sentisse como era deliciosa e desejada.

A jovem puxou o ar entredentes e sentiu a boceta molhada, quase implorando para se esfregar em algo. Seus músculos se abriam e fechavam, numa tentativa aflita de acalmar o inferno sob a saia.

Isis lambeu seu pescoço com a ponta da língua, fazendo o caminho até a orelha, que recebeu uma suave mordida no lóbulo, o que fez Alice pressionar as pernas com ainda mais força, apertar os olhos e morder o lábio outra vez. O que eram todos aqueles espasmos que pareciam controlar cada parte de si?

— Isis...

A madame arrastou-se um pouco mais, indo para baixo e deixando o rosto quase na altura dos seios de Alice. Deslizou a ponta dos dedos pela costura entre sua pele e o tecido do decote, pensando em como seria delicioso poder sugar seus peitos e assisti-la delirar de excitação.

— Também deve pedir que ele chupe cada centímetro desse belo volume que tem aqui — contou e deslizou o nariz pela região do mamilo, fazendo a moça começar a querer se contorcer apenas por olhá-la ali e senti-la tão perto, tocando-a num lugar tão íntimo. — Se fizer isso, você sentirá ainda mais tesão.

— Tesão?

— Isso. Tesão é essa coisa boa que eu sei que você está sentindo aqui embaixo. — E começou a descer a mão até a intimidade da loura, tocando-a suavemente por cima de todos aqueles panos.

Alice não suportou e remexeu o quadril, tentando fazer com que sua melhor amiga a segurasse com mais firmeza.

— O que estou sentindo não parece nada bom — confessou, respirando pesadamente.

— É mesmo? Por quê?

— É como uma... uma agonia... uma necessidade estranha...

Isis suspirou e sorriu, mordendo forte o lábio inferior.

— Isso é porque você está precisando se aliviar. Você está excitada demais, querida — disse, referindo-se à sua expressão, e segurou seu queixo, erguendo-o um pouco e visualizando as primeiras gotas de suor, o que revelava como estava quente, febril. — Ah, Alice, queria que pudesse se ver agora.

Alice engoliu em seco e contorceu o corpo, sentindo-se calorosa como o inferno. Sem aguentar mais apenas sentir os breves toques e ouvir suas falas de provocação, segurou o pulso da morena. Em tom de óbvia necessidade, implorou:

— Vamos treinar. — Aquela era a única forma que encontrava para dizer que gostaria, e muito, de beijá-la outra vez.

— Como, meu amor?

— Assim — respondeu e ergueu um pouco o tronco para alcançar seu rosto, segurá-lo e beijá-lo como tanto ansiava.

Dessa vez, suas bocas se moviam não mais com o romantismo anterior, mas com calidez e um perigoso nível de libertinagem. Tão bom... Os lábios se abriram sem demora e as línguas se moviam, revelando silenciosamente todo o desejo acumulado que vinham sentindo nos últimos minutos. Aquele era o melhor beijo de todos, Alice pensou. Era impossível que houvesse um melhor. As duas ferviam e, enquanto Isis segurava seu rosto, a loura tocou a cintura da outra com certa timidez, sem saber se realmente poderia ou deveria tocá-la. Afinal, querendo ou não, aquilo não passava de uma aula. Isis estava apenas sendo sua professora, certo?

Enquanto isso, a madame tentava se segurar para não arrancar o vestido do corpo de Alice e desvirginá-la no mesmo instante. Queria descer os beijos e provar cada parte dela, assistir às suas reações, conhecê-la por completo, especialmente por dentro, enfiando três dedos em sua boceta.

— Beije meu pescoço — pediu Alice ao se afastar um pouco, lembrando-se do que a morena havia dito sobre pedir o que gostava. — Por favor.

Ouvi-la implorar era sobremaneira saboroso. Saber como estava se deliciando com aquela situação era tudo o que Isis precisava para realizar todas as vontades de Alice. Deslizou a boca até o outro lado de seu pescoço e começou a beijá-lo, chupá-lo e mordê-lo mais forte. Ouviu o longo suspiro seguido por um gemido saído da boca de Alice, e sua própria intimidade não pôde mais esperar. Isis aproveitou a posição livre e passou a movimentar o quadril para a frente e para trás, roçando seu sexo no tecido, enquanto imaginava em que poderia estar se esfregando caso ambas tirassem todos aqueles panos. Equilibrou o peso nos joelhos, indo e voltando cada vez mais forte.

Pensou em contar-lhe tudo, cada sentimento que vinha nutrindo no decorrer dos meses.

No entanto, quando estava prestes a parar de se esfregar e sussurrar a verdade, ambas ouviram batidas altas na porta. Assustaram-se e Isis ergueu o tronco, sentando-se. A maçaneta foi girada, mas não aberta, graças a todos os santos do catolicismo.

— Alice! — exclamou dona Berenice e bateu de novo. — Preciso pedir desculpas a Isis.

A morena saiu de cima dela e começou a tentar ajeitar o vestido e se acalmar. Secou a testa com as costas da mão e quase teve um infarto quando viu a mais nova indo abrir a porta.

— Pelo amor de Deus, você precisa parar de respirar pela boca, e olhe o seu vestido! Está todo amassado, o decote torto... — Puxou o tecido para cima, buscando ajeitá-lo. — E seus lábios estão borrados!

— Ela vai descobrir! — exclamou Alice, tentando não gritar, completamente apavorada e ofegante. Suas pernas bambeavam, e era desconfortável andar com a calcinha pesada.

— Não, não vai. É só agir com naturalidade. — Passou o polegar próximo à boca da loura, eliminando rapidamente toda a coloração e aproveitando para limpar o redor dos próprios lábios também.

— Alice, abra a porta!

— Coloque o cabelo na frente do pescoço — Isis voltou a dizer. — Está um pouco vermelho. Juro que tentei não deixar marca nenhuma, mas sua pele é tão delicada. — E tentou tocá-la uma última vez, mas Alice segurou sua mão.

— Ela vai descobrir, não vai?

— Claro que não. Abra e fique tranquila!

— Alice! O que estão fazendo aí?!

No mesmo instante, a loura abriu a porta, um tanto assombrada, fazendo muita força para respirar apenas pelo nariz e não mostrar quão arquejante se encontrava.

— Por que a porta estava trancada? — a mais velha perguntou, adentrando o cômodo e estranhando as bochechas vermelhas da filha.

— Ora, mãe, a Isis estava se trocando.

Dona Berenice estudou a roupa da madame, fazendo-a agradecer a Deus por ter se ajeitado.

— Por tanto tempo?

— E... E também tivemos uma conversa particular depois. Acabei me esquecendo de destrancar — explicou, insegura.

A mulher estreitou os olhos, desconfiada. Sua menina não passava segurança alguma na voz, além de parecer envergonhada e agitada.

— E que assunto particular é esse?

— É... bom... era sobre...

— Sobre os pretendentes, dona Berenice — disse Isis, tomando a palavra ao perceber que Alice estava quase contando tudo o que havia acontecido, por estar tão nervosa. — É por isso que Alice está com essa carinha, inclusive. Sabe como donzelas ficam tímidas quando ouvem esse assunto. Ah, eu mesma ficava um pimentão só de falar sobre a possibilidade de um noivo — mentiu, já que, na verdade, costumava ser quem tomava a iniciativa em seus antigos namoros. — Eu estava comentando sobre os rapazes que provavelmente dariam certo com ela.

— Desculpe, Isis, mas qualquer pretendente que encontre deve primeiro ser analisado por mim e por meu marido. Venha, vamos para a sala conversar mais sobre isso. Vamos, vamos! — Agarrou a mão da melhor amiga, ou melhor amante, de sua filha, guiando-a pelo corredor.

Quando viu a loura indo atrás delas, Berenice travou a caminhada e disse com um tom mais firme:

— Você já ouviu demais. Fique dentro do quarto até que eu a mande sair.

— Mas... — protestou Alice, sem acreditar, e olhou preocupada para Isis.

— Não vou repetir, Alice. Entre. — A mulher apontou para o cômodo.

Isis devolveu o olhar e procurou sorrir para tranquilizá-la, para tentar dizer que ficaria tudo bem, por mais que, em seu interior, estivesse totalmente desapontada por terem sido interrompidas.

Alice respirou fundo, caminhou de volta para o quarto, e aquela foi a última vez que os olhos das duas se encontraram naquele dia.

9

Som América

Antes da última briga, Isis e Diogo haviam decidido viajar para a cidade de Santos e passar quatro dias em uma de suas praias. Infelizmente — ou muito felizmente — mais uma discussão destruiu tal possibilidade, e o jornalista viajara sozinho. Era o seu terceiro dia fora de casa. Desse modo, Isis desfrutou um pouco mais de sua liberdade, podendo sair sem a obrigação da companhia de outra pessoa.

No primeiro dia livre, aproveitou para fazer uma visita à sua nova melhor amiga, Alice, e coisas inesperadas e deliciosas aconteceram. Apesar disso, as duas não conversavam desde então. Nem por ligação, o que começava a preocupá-la, já que não fazia ideia se a jovem estaria entrando em pânico por descobrir que, na verdade, gostava de mulheres, ou se havia pensado melhor e concluíra que tudo fora um enorme erro. De qualquer forma, durante todo o tempo, as duas criaram uma redoma para minimizar suas ações, justificando-se com argumentos do tipo "somos apenas amigas", "isso é só uma ensinando a outra a beijar" e nada mais.

No segundo dia com Diogo fora de casa, além de ficar aguardando um sinal de Alice, Isis passeou pelo museu outra vez, almoçou num dos restaurantes mais caros da cidade, visitou a biblioteca, apenas porque fazia meses que não se aproximava de uma, e observou de longe o clube de sua amiga, Raquel Medeiros. Não ousou entrar, por mais que soubesse que o caminho estava livre para fazê-lo.

No terceiro dia, acordou disposta a enfrentar o medo e reencontrar as duas únicas pessoas que a entendiam de fato. Durante o dia cuidou da pele, do cabelo e se arrumou com a ajuda de Cassandra. O tempo todo perguntava se o telefone havia tocado, se tinha algum recado, se algum mensageiro havia entregado qualquer coisa... mas nada disso acontecera. Aparentemente Alice estava decidida a esquecer as aulas especiais. Isis, por sua vez, resolveu aguardar algum tempo, sabendo que devia ser difícil para ela entender o que estava acontecendo em seu corpo e sua mente. De qualquer forma, as duas não passariam muito tempo longe uma da outra, já que, assim que o domingo chegasse, precisariam ir à missa, como costumavam fazer por ordem de dona Berenice.

Já era noite quando a carruagem estacionou quase no final da Rua Maria Augusta, num local iluminado e um tanto barulhento, dada a sua popularidade. O clube de Raquel chamava-se Som América e ficava em um sobrado de paredes vermelhas, com luzes iluminando a porta e as janelas, destacando-o por inteiro. Naquela calçada, Isis viu uma diversidade de tons de pele e etnias que não costumava encontrar no dia a dia. Observou por algum tempo, perguntando-se por qual rumo Raquel teria guiado seu negócio e o motivo de tê-lo construído num ponto tão afastado.

Desceu da carruagem com a ajuda do cocheiro e caminhou até mais próximo do lugar. Percebeu que o Som América ficava apenas no andar de baixo, enquanto o de cima parecia ser um salão de beleza, que funcionaria em horários em que a luz do sol fosse aparente. Não demorou a receber olhares estranhos das pessoas que cercavam a entrada daquele ponto, mas fingiu não notar e passou pela porta aberta, já ouvindo o samba que era tocado em alto e bom som.

Ao adentrar, viu mesas coladas nas paredes, enquanto o centro do estabelecimento permanecia reservado aos casais que dançavam. As paredes internas também eram vermelhas, com detalhes em branco, e tinham luzes amarelas espalhadas. O bar era ao lado da entrada, e havia uma grande fila de gente aguardando sua vez de ser atendida.

Isis não precisou nem de um minuto ali para saber que aquele era o local com mais diversidade de pessoas que já vira em toda a sua vida. Não sabia dizer exatamente se era um clube popular, para clientes com menos condição financeira, ou se era para a classe média. Membros da elite, por sua vez, não eram vistos. Exceto estes, conseguia notar de cada tipo um pouco, e jamais imaginara que tal coisa seria possível. De qualquer forma, as pessoas com suas bebidas, dançando e conversando nas mesas pareciam autênticas, como se ali pudessem esquecer todas as questões e regras que seguiam à risca durante o dia e ser quem eram, fazendo o que queriam de fato.

Na parede diante da porta, pelo menos dez metros à frente, havia uma banda composta por quatro músicos e uma vocalista, tocando e cantando samba. Um dos músicos era branco, e os outros três, de origem indígena. A vocalista era uma mulher negra retinta, alta e dona de uma voz firme e poderosa, aparentemente muito familiarizada com o palco. Seus quadris balançavam em perfeita sincronia com a canção, o que enfeitiçou a nova visitante num primeiro momento, e ela despertou apenas quando ouviu dois homens discutindo em outro canto do estabelecimento.

Adentrando um pouco mais, Isis ajeitou as luvas, tentando parar de girar vagarosamente para observar o lugar. Na mesma hora lembrou-se de Alice e se perguntou o que a loura acharia de uma noite ali.

Em mais um dos seus giros distraídos, observando o lustre cheio de pequenas lamparinas, esbarrou sem querer num homem de estatura elevada, tronco tão largo quanto o de Diogo e olhos marcantes. Seu cabelo era cortado bem curto, e o tom de pele era muito parecido com o negro da cantora que guiava a noite. Vestia um paletó branco um tanto surrado, calça da mesma cor, sapatos pretos e chapéu na cabeça. Aquele homem a fez relembrar-se das aventuras da adolescência. Muitos dos trabalhadores da casa de seus pais tinham ótimas histórias para contar sobre a insaciável srta. Isis d'Ávila.

— Peço desculpas, senhor — proferiu em tom baixo, talvez baixo demais, dado o volume da música.

O homem alto, que aparentava ter cerca de trinta anos, segurou sua mão com delicadeza e depositou ali um beijo moroso. Isis suspirou, perdida na dúvida de aproveitar a distância do marido para quem sabe viver uma noite especial, diferente daquelas a que estava acostumada. Ou seria arriscar demais? E se houvesse alguém ali que pudesse contar a ele depois? Estaria arruinada.

— Uma mulher tão bonita quanto a senhorita não precisa se preocupar em pedir desculpas — respondeu ele sem sequer piscar. Aproximou-se um pouco mais, ao passo que iniciou um carinho leve em seus dedos. — Posso saber como se chama?

A morena umedeceu os lábios e não deixou de notar que o homem moveu os olhos até eles, desejoso de prová-los. Quando Isis estava quase decidindo que merecia matar a vontade de relembrar os velhos tempos, uma voz familiar — apesar de um pouco diferente — os interrompeu.

— Isis! — exclamou Esther Ferreira, achegando-se. — É você mesma?

O quase-futuro-amante da fidalga deu um passo para trás, mas não o bastante para se afastar.

— Oi, Daniel — Esther cumprimentou o homem. — Estou atrapalhando alguma coisa?

A mulher tinha vinte e sete anos, era poucos centímetros mais baixa que Isis, tinha a pele alva e cabelos ondulados em um belo tom de chocolate. Estava vestida como se fosse para uma festa. Bom, realmente estavam em uma.

— Na verdade, eu estava mesmo procurando você — contou Isis, sentindo-se estranha por ter passado tanto tempo sem ver a amiga. Observou o homem e deu um sorriso, como quem pede desculpas. — Foi um prazer, sr. Daniel. Nos vemos numa outra oportunidade.

Ele beijou sua mão novamente e sussurrou um "Mal posso esperar", fazendo-a se arrepiar ao imaginar o que poderia acontecer se o visse de novo. Quando o homem se afastou, sua amiga escritora segurou seus braços e olhou no fundo de seus olhos.

— Não posso acreditar que você esteja aqui! — exclamou, feliz e um pouco bêbada. — O que aconteceu? E como vai a vida de boa esposa cristã? Já teve um filho? Quantos anos ele tem? Ou é mais de um? E os seus pais? Ah, eu soube que a mãe do Diogo faleceu ano passado, sinto muito. E ele, como está? Parou de ser tão desconfiado? E você, o que anda fazendo de bom?

Um pouco perdida com as milhares de perguntas e sentindo que precisaria de muito mais do que uma noite para contar todos os detalhes, Isis a abraçou forte, amassando o vestido creme, brilhante e pesado. O ato foi instantaneamente retribuído e Esther fechou os olhos, pronta para dormir no ombro da amiga, dado o efeito da cachaça.

— Eu senti tanta saudade — disse Isis, aliviada por saber que estava fazendo a coisa certa.

— Eu também, sabia? Até hoje não entendi o motivo de ter se afastado.

As duas se soltaram, mas continuaram de mãos dadas.

— Nem eu. Aconteceram tantas coisas. É difícil explicar.

— Vou lhe servir uma birita e você me conta tudo. Hoje eu estou com tempo, porque acabei de destruir minhas chances com um pretendente. — Puxou a mão de Isis e começaram a atravessar o salão dançante.

— Pretendente? Como assim? Estava cortejando alguém?

— Eu não chamaria de cortejo — contou, um tanto perdida quanto a se deveria explicar que mantinha relações sexuais muito sigilosas com um rapaz mais novo, sem nenhum compromisso. — Ele me pediu em casamento esta noite, acredita? Disse que me amava e tudo o mais. Eu neguei, é claro. Ainda tenho tanto a avançar na minha carreira, não tenho tempo para esse tipo de coisa. Inclusive, já estou na metade da escrita do meu segundo livro. Como organizar casamento, filhos, sexo, estudo e trabalho ao mesmo tempo?

Com um sorriso sincero, Isis riu e imaginou como a vida acadêmica e profissional de Esther aparentemente havia avançado. As duas chegaram a uma das mesinhas redondas dos cantos e se sentaram lado a lado. Esther pediu bebidas ao garçom e voltou a dar-lhe atenção.

— E então? — perguntou, com pupilas dilatadas e olhos vermelhos. — Como está?

— Ah, essa é uma pergunta muito difícil de responder.

— Acabei de lhe contar algo muito íntimo sobre mim. Esforce-se um pouquinho. — Estalou os dedos duas vezes.

— Bom, sim, Diogo continua muito ciumento. E, não, ainda não tive filhos nem ando fazendo alguma coisa importante ou diferente da época em que nos afastamos — revelou, tentando disfarçar a vergonha e a tristeza que a abatiam ao perceber o que estava confessando.

— Não tem filhos? — perguntou Esther, chocada.

Isis negou com a cabeça.

— E você tem, por acaso? — rebateu.

— Claro que não. Não fui eu quem se casou.

Isis mordeu a bochecha, segurando-se para não dizer a primeira coisa que passou por sua mente e ofendê-la. Estava começando a tentar reatar a amizade, não podia deixar que sua língua afiada a prejudicasse logo no início. Ainda assim, não pôde deixar de se incomodar.

— Mas me fale mais sobre você — disse, na tentativa de voltar o assunto para a escritora. — O que andou fazendo nesses últimos cinco anos?

— Terminei a faculdade de filosofia na Espanha, lancei meu primeiro livro, que fala sobre o lugar da mulher na sociedade... Aliás, como está seu espanhol? Só consegui publicá-lo na Espanha e na França. Aqui no Brasil não foi nem um pouco bem aceito, mas as coisas são diferentes em alguns lugares da Europa. E olhe que eu nem escrevi tudo o que queria! Enfim, eu posso lhe dar um exemplar, se quiser — contou, gesticulando para cima e para baixo. — Estou pensando em viajar para a Grécia no fim do ano e tentar publicá-lo lá também, mas meu grego ainda não é bom o suficiente e não sei se até dezembro estará perfeito.

— Você está estudando grego? — questionou Isis, impressionada.

— Oh, sim. Comecei em janeiro. É um idioma muito bonito. Fora isso... hum, deixe-me ver... Ah, também aprendi a sambar. Mas ninguém supera a Raquel, é claro, você precisa vê-la dançando. Além disso...

— Falando nela — Isis a interrompeu —, onde está?

Esther a mirou com certa insegurança. Umedeceu os lábios, sabendo que colocar as duas juntas no mesmo ambiente estava longe de ser uma boa ideia. Olhou ao redor e não demorou para encontrá-la ao longe, com seu vestido turquesa todo bordado na saia e revelando o maior decote do recinto. Seus seios pareciam implorar para saltar em liberdade. Os cabelos ruivos e cacheados caíam sobre as costas.

— Ali — apontou Esther. — Quer que eu a chame?

Isis observou-a e sorriu ao notar o estilo exótico. Raquel sempre fora muito corajosa; aliás, o maior motivo pelo qual iniciaram a amizade.

— Por favor — pediu a fidalga.

— Tem certeza?

Estranhando de imediato, Isis mirou-a nos olhos. Ora, claro que tinha certeza, senão não estaria pedindo.

— Sim.

A escritora chamou um dos garçons pelo nome e pediu que contatasse a patroa para acompanhá-las na conversa. Assim que Isis percebeu que o moço já estava falando com ela, virou animada para a amiga e segurou seu braço.

— Não acredito que vou poder ter um momento junto de vocês novamente! Faz tanto tempo. E eu pensei mil vezes antes de vir. Não sabia se você ainda estava morando com a Raquel, mas torci com todo o meu coração para que estivesse.

Sua antiga amiga escondeu os lábios, como se quisesse segurar as palavras dentro da boca, e assentiu, preferindo o silêncio.

Quando voltaram a olhar para a frente, a dona do Som América estava caminhando calmamente até elas. Raquel tinha uma postura ereta e em momento algum abaixava o queixo, deixando claro quem mandava naquele lugar. Uma posição muito semelhante à de Isis quando caminhava por entre a elite em seus eventos elegantes. Eram iguais e diferentes ao mesmo tempo.

Raquel Medeiros havia nascido no Mato Grosso do Sul e, ainda adolescente, mudara-se para São Paulo, logo conhecendo Isis em uma das missas. Não demorou para se tornarem grandes amigas. Não era todo dia que se encontrava alguém tão rebelde quanto ela mesma, que estivesse disposta a descumprir todas as leis bíblicas, uma por uma, sem perder tempo sentindo remorso.

— Quem é vivo sempre aparece, não é mesmo? — comentou com um sorriso sarcástico.

Seu decote tornou-se ainda mais óbvio, e a voz grave diferenciou-se de tantas conversas e música que as cercavam.

Isis levantou-se e sorriu para ela, impressionada ao ver seu estilo e personalidade diferentes da época em que ainda se falavam. Ela parecia muito mais livre.

— Oi — disse. — Bom, eu... eu senti saudade.

Raquel ergueu as sobrancelhas, cruzou os braços e desviou o olhar para Esther. Por um momento, parecia que ambas estavam conversando através de olhares, excluindo Isis de seu diálogo secreto.

— Saudade, é mesmo? — perguntou a ruiva, negando-se a abandonar o tom sarcástico e a chance de dizer as verdades que a morena merecia ouvir. — Depois de cinco anos?

A madame abriu os lábios para rebater, mas simplesmente não sabia como. Estava errada, e tinha plena consciência disso. Sentiu-se ainda mais vulnerável — o que definitivamente não era de seu feitio — quando viu as duas voltarem a se olhar, e realmente parecia que a julgavam em **cada fio de cabelo.**

— Eu sei que não deveria ter me afastado tanto — iniciou, e talvez conseguisse se escusar. — Mas muitas coisas aconteceram.

— O que, por exemplo? Mudou de país e só voltou ontem? Essa é a única justificativa cabível. Aliás, não. Nem essa pode ser considerada. Existem objetos chamados papel, caneta e envelope, que juntos conseguem se transformar em uma *carta*, já ouviu falar?

A dama engoliu em seco, ajeitou as luvas mais uma vez e por um momento se sentiu ridícula por ainda usá-las. Ninguém naquele ambiente utilizava tal acessório. Não esperava que aquela fosse a recepção de Raquel, sua melhor amiga de anos. Imaginou tudo, menos aquilo. Mordeu o interior da bochecha, tentando se segurar, mas no instante seguinte soube que não deveria ficar pisando em ovos, já que as duas sempre funcionaram melhor à base da mais pura sinceridade.

— Eu estou dizendo que *coisas aconteceram*. A minha vida é muito diferente da sua, e você sabe disso.

Uma gargalhada escapou da garganta da empresária.

— Oh, claro. A esposa estava muito ocupada cuidando do coral da igreja e massageando o ego do marido. — Foi parando de rir aos poucos. — Que decadência, Isis. Eu sinto pena da vida que você construiu.

De queixo caído, a morena não a reconheceu. Aquela não era a mulher que permanecera ao seu lado nos momentos em que mais precisara, não era a Raquel Medeiros de anos antes. Ou talvez fosse ela que tivesse mudado.

— Qual é o seu problema?

— O meu problema? — Raquel rebateu, semicerrando os olhos e tombando um pouco a cabeça. Não via problema nenhum em desafiá-la, levando em conta a raiva que sentia. — Além de bonequinha de homem, você também ficou cínica, Isis? Quando eu a conheci, você era melhor do que isso.

Ouvir aquilo era inacreditável e principalmente inaceitável, a morena pensou, ofendida, considerando que ir até o Som América fora a pior escolha dos últimos meses.

— *Bonequinha de homem?* — repetiu. — Quem você pensa que é para me chamar disso?

— Alguém que a conheceu antes de você se tornar uma madame arrogante e hipócrita. Alguém que a conheceu antes de você se tornar o tipo de gente que abandona as pessoas quando elas mais precisam — afirmou Raquel, sem suportar olhar para Isis e se lembrar de seu passado complicado, em que imaginou poder contar com a ajuda da amiga, que, na verdade, jamais apareceu. — Agora saia do meu clube. Por bem ou por mal.

10

Sodoma e Gomorra

Alice não conseguia pensar em outra coisa. Fazia três dias que tinha experimentado seu primeiro beijo e, de repente, ele ocupava todo o espaço em sua cabeça. Mesmo os livros românticos não explicavam com perfeição e detalhe todas as sensações que ocorreram em seu corpo enquanto Isis selava os lábios nos dela.

Estava deitada em seu quarto, na mesma cama em que sua melhor amiga subira e lhe ensinara coisas sobre o casamento. Era interessante porque, para alguém que não queria se casar, Alice tornou-se extremamente interessada em todas as lições que tinha para aprender. De olhos fechados, tocou o pescoço com a ponta dos dedos e lembrou-se dos lábios da madame escorregando sobre ela, o som de sua respiração e os sussurros que a faziam sentir algo jamais apercebido. Deslizou a outra mão sobre as costelas e a cintura, alcançando o início da coxa, e sorriu, recordando-se das mãos de Isis fazendo o mesmo trajeto alguns dias antes. Estava com uma camisola em um tom muito claro de azul, de tecido fino e macio, o que tornava sua sensibilidade ainda maior.

Apenas duas coisas a entristeciam. A primeira era que não sabia o que fazer para voltar a ter aquelas sensações libertinas que a faziam suspirar, revirar os olhos, acalorar-se. Havia ainda uma ânsia deliciosa e crescente entre suas pernas, um desejo jamais explorado. *Qual é mesmo o nome disso?*, pensou Alice. *Tesão*, recordou-se em seguida, e logo lhe veio a lembrança de sua mais nova professora passando suavemente a mão sobre seu vestido, indicando o lugar em que toda aquela angústia ocorria.

O outro motivo de tristeza era o fato de ter certeza absoluta de que tudo aquilo era muito, muito errado. Para início de conversa, deveria ter guardado seus lábios para o futuro marido, o amor de sua vida. Era o certo a fazer. Além disso, beijar uma mulher era um ato de sodomia, era um crime e uma abominação. Um ato digno do inferno. *Ah...*, pensou outra vez, *mas é tão bom*.

Era sempre assim, um ciclo. Lembrava-se dos toques, das falas e dos lábios de Isis, perdia-se em meio àquelas lembranças e à sensação maravilhosa que se aproximava, além, é claro, do sorriso que não queria sair do rosto por nada. Depois, afundava-se na culpa. Por último, pensava no que a morena uma vez dissera em relação à sodomia, quando estavam no museu observando o quadro *Le Sommeil*. Ela afirmara que "a única coisa que estão fazendo é colocar mais cor no mundo. É isso que o amor faz".

Fazia tanto sentido quando ela explicava, quando utilizava de seus argumentos em favor de um sentimento tão bonito, mas e se estivesse redondamente equivocada?

Precisava de mais repertório, de uma forma ou de outra, mas não pretendia perguntar nada a Isis. Não queria visitá-la ou telefonar, pois sabia bem que, assim que ouvisse sua voz ou fitasse seus orbes castanhos, congelaria. Seria absolutamente constrangedor olhá-la depois de tudo, não seria? E o pior: se o fizesse, Isis perceberia seu pânico e que, para ela, aquilo tinha sido muito mais do que só uma aula. Ao mesmo tempo, sequer cogitava a possibilidade de ser como as mulheres dos quadros do museu. Não, de forma alguma. Ela gostava de homem e iria se casar com um.

Depois de mais alguns minutos perdida em suas confusões, levantou-se da cama e foi tomar um banho para iniciar o dia. Em seguida escolheu um vestido de cor salmão enfeitado com rendas brancas. Penteou os cabelos e, como todos os dias, prendeu duas mechas trançadas atrás da cabeça. Perfumou-se um pouco mais do que o usual, com a fragrância que Isis havia lhe presenteado na primeira vez que fora à casa dela.

Elas não estavam acostumadas a ficar mais de dois dias sem conversar, portanto havia uma chance de ser visitada pela nova melhor amiga. E, se isso acontecesse, queria estar perfeita.

No instante seguinte, repreendeu-se por tal pensamento.

Deixou o quarto e encontrou o pai saindo pela porta da frente, João Pedro sentado no chão fazendo birra e dona Berenice à mesa, comendo mamão em pedaços numa taça.

— Bom dia, mãe — disse, anunciando sua chegada.

— Bom dia, filha. Dormiu bem? — A mulher estava de bom humor, o que era um verdadeiro milagre.

Alice não demorou a imaginar que o irmão havia aprontado de novo, mas a mãe devia ter encontrado uma forma de fazê-lo parar de pular e quebrar coisas para que pudesse desfrutar do café da manhã em paz.

— Dormi, sim — respondeu, pensando que teria dormido melhor se seus pensamentos variassem e conseguisse parar de pensar em Isis.

— Posso ir à biblioteca mais tarde?

— Claro — respondeu Berenice, depois de engolir um pedaço da fruta. — Seu irmão vai junto.

A moça assentiu e reparou na mesa um pouco bagunçada. Seu pai provavelmente já havia tomado café e precisara sair mais cedo para resolver alguma questão da Ouro Bell. Pedrinho parecia bem acordado para estar com fome, dona Berenice estava terminando, então só faltava ela. Pegou um dos pães e deslizou a espátula com geleia de morango por cima. Mesmo que uma das criadas estivesse por perto para fazer isso por ela, os Bell Air preferiam pedir ajuda apenas quando realmente não conseguissem fazer algo sozinhos.

— Por que quer ir à biblioteca? — questionou a mãe. — Está precisando de algum livro novo para as aulas?

— Oh, não. Vou procurar um de ficção para me distrair um pouco — mentiu. Seu grande objetivo era caçar alguma obra técnica que falasse um pouco mais sobre a prática afetiva e sexual entre pessoas do mesmo gênero, mesmo que seu subconsciente duvidasse muito de que um livro assim pudesse existir.

Dona Berenice assentiu, deixando para concordar melhor mentalmente, e não disse mais nada. Deu uma olhada em seu filho, ainda emburrado, e comeu o último pedaço de mamão que restava na taça.

— Mãe, posso lhe fazer uma pergunta? — pediu Alice, imaginando que talvez ela tivesse boas palavras sobre o assunto que a atormentava.

— Até duas.

— O que você sabe sobre sodomia?

Berenice, que estava terminando de engolir, quase se engasgou.

— Onde você ouviu essa palavra?

— Por aí. Na rua, eu acho.

— Alice, você não pode falar essa palavra!

A loura piscou algumas vezes, assustada, e engoliu em seco.

— Por quê? — indagou em timbre diminuto e quase inaudível, sentindo-se reprimida no mesmo momento.

A mais velha respirou fundo, nervosa, e mandou João Pedro ir para o quarto. Depois de duas ou três insistidas, ele se rendeu e saiu. Por mais que não quisesse ter de explicar aquilo para sua filha, sabia que ela já era crescida o bastante para entender.

— Alice, sodomia é um tipo de relação sexual muito suja e tenebrosa. É um pecado grave. Um tipo de pecado que você nunca deve cometer. Estou lhe dizendo isso agora porque sei que está prestes a se casar e precisa tomar consciência… Apesar de que acho que Isis anda estranha, como se estivesse nos enrolando para lhe arranjar um homem de uma vez por todas. Você não está sentindo isso também?

Decidida a ignorar a última pergunta e evitar dor de cabeça, a moça insistiu:

— Que tipo de relação sexual? E por que é suja?

Berenice franziu o cenho e olhou para todos os lados, pensando que era uma tortura ter que falar sobre aquele assunto com seu anjinho louro, tão puro e inocente.

— Vou dizer uma vez só e não quero que volte a falar sobre isso nunca mais, estamos combinadas?

Alice assentiu e atentou-se.

— Eu já lhe expliquei como funciona uma relação sexual, então... você se lembra por onde o homem deve... entrar, não lembra?

A introdução ao assunto começou a deixá-la confusa, já que pensara que sodomia fosse outra coisa, mas decidiu aguardar e ver aonde aquilo iria chegar.

— Sei.

— Então, essa é a prática normal, a permitida. Sodomia é quando o homem entra por... por trás. Entende?

Alice permaneceu encarando a mãe por alguns segundos, demorando um tempo para compreender a logística da situação. Quando entendeu, arregalou os olhos.

— Eu sei. É horrível. Não faça isso nunca. É pecado. E dói muito também.

— Como a senhora sabe que dói?

Um silêncio constrangedor instalou-se no ambiente quando Berenice curiosamente não soube responder e ainda gaguejou, nervosa, dizendo que ia chamar João Pedro de volta.

— Espere! — pediu a jovem. — Mas... essa palavra tem algum outro sentido?

— Até tem, mas você não precisa saber.

— Ah, mãe, me conta, por favor? Você sempre diz que conhecimento é nossa maior arma, como pode me negar isso agora?

— Conhecimento sobre coisas relevantes, Alice, não safadeza.

— Mesmo assim, por favor? Se não me contar, eu vou morrer de curiosidade.

Berenice revirou os olhos diante do drama e resolveu falar de uma vez. Por mais que sempre fosse enxergar Alice como uma criança, tinha consciência de que era uma adulta muito inteligente e ajuizada. Jamais se envolveria com coisas do tipo.

— Bom, a palavra sodomia vem de Sodoma, que era uma das cidades bíblicas em que as pessoas praticavam muita perversidade, violência, atos sexuais descontrolados e da forma mais terrível e pecaminosa possível. Lembra-se disso? — Quando a viu engolir em seco e balançar a cabeça em afirmação, continuou. — Deus destruiu a cidade com fogo e enxofre. Pois bem, alguns desses atos sexuais descontrolados e pecaminosos eram entre dois homens ou duas mulheres. Ah, me dá aversão só de falar! — Colocou a mão no peito, fazendo cara de nojo. — Então, a partir disso, a palavra sodomia também passou a servir para designar homens que se relacionam entre si.

— Ou mulheres.

— Exatamente.

Alice ficou chateada com o desprezo da mãe ao se referir àquelas pessoas. Não podia fazer como elas. Não podia fazer como os pecadores de Sodoma e Gomorra, não podia ser assim. Foi quando decidiu que o que havia ocorrido em seu quarto três dias antes não tinha passado de uma aula, uma caridade feita por Isis Almeida, que era obviamente inteligente e generosa o bastante para se rebaixar a tal nível a fim de fazê-la aprender alguma coisa.

Ia matar aquele sentimento. Decidiu naquele instante que jamais voltaria a pensar sobre seu primeiro beijo e sequer o consideraria como tal. Iria esquecer todas aquelas sensações e nunca mais olharia sua amiga desse modo. Não seria motivo de nojo ou vergonha, não cometeria um pecado tão grave. E assim talvez, só talvez, Deus tivesse misericórdia de sua alma e, diferente de como fez com Sodoma e Gomorra, não a destruísse com fogo, enxofre e muito sofrimento.

11

Novas lições

Isis estava deitada de bruços, revivendo em sonho memórias de sua adolescência. Raquel e Esther tinham papel ativo nele. Dormia serena e tranquila, até que seu descanso foi interrompido por uma mão pesada que ergueu a saia de sua camisola e agarrou uma de suas nádegas.

Diogo havia chegado na noite anterior e encontrara a esposa conversando com a mãe na varanda. Ambos fingiram normalidade, uma forma de disfarçar a existência da briga de antes da viagem. Quando dona Marisa foi embora, Isis tentou ignorá-lo para não terem que conversar. Afinal, relembrar o modo como ele havia conduzido o final da briga era no mínimo decepcionante. Nada que refletisse o amor que tanto dizia sentir. Momentos depois, ele decidiu relaxar tomando um pouco de uísque. Assim que suas ações começaram a ficar comprometidas pelo álcool, subiu as escadas, segurou a morena — que penteava o cabelo — por trás, começou a beijar-lhe o pescoço e a dizer como estava arrependido por ter viajado sem ela, e que a viagem havia sido péssima sem sua presença. Isis muito duvidou, mas, como a insistência era realmente intensa e ele não parecia se cansar de perturbá-la, decidiu dizer que estava tudo bem e que eles poderiam viajar juntos outro dia. Depois disso, dormiu ouvindo os murmúrios de bêbado.

Na cama, Isis logo começou a se sentir desconfortável por ser acordada de seus sonhos tão doces, ainda mais com toques em suas partes íntimas.

— Bom dia, meu amor — murmurou ele ao pé do ouvido, sentindo um leve incômodo no estômago por ter tomado tanto uísque. Beijou sua nuca e a mordeu em seguida.

— Hum... — Isis reclamou e pressionou os olhos, irritada com a luz do sol que já entrava pela sacada.

— Sabe do que eu mais senti falta quando estava em Santos? — perguntou ele baixinho e moveu a mão da nádega até a parte interna de suas pernas, ameaçando penetrá-la. — Acho que você pode adivinhar.

Isis virou-se de barriga para cima, tirando a mão dele dali. Esfregou um pouco os olhos, numa tentativa de abri-los e visualizar o que estava acontecendo. Quando conseguiu, disse:

— A coisa de que mais sentiu falta quando estava em Santos... Com certeza deve ter sido de brigar comigo.

Deitando-se sobre o corpo de Isis e colocando uma perna entre as dela, Diogo abaixou o rosto e deu um beijo molhado em seu pescoço, movimentando-se devagar, esfregando seu volume ali.

— Muito pelo contrário — murmurou. — E ontem você disse que tinha me perdoado.

Lembrando-se da frase mentirosa, a mulher respirou fundo.

— É verdade.

— Eu só quero ter certeza de que estamos bem. — Segurou uma das mãos dela, ergueu um pouco o quadril e a incentivou a masturbá-lo por cima da calça, não demorando a soltar o primeiro gemido quando começou a sentir. — Eu te amo mais que tudo no mundo. Você sabe disso. Às vezes brigo com você, mas o faço para seu próprio bem, para protegê-la e lhe ensinar.

Imediatamente Isis se lembrou do que Raquel havia dito sobre ela ser "bonequinha de homem", e a mágoa invadiu seu coração por saber que era daquela forma que a amiga a enxergava. Não queria ser um brinquedo para seu marido, mas, ao mesmo tempo, o que poderia fazer diante dessa declaração? Que outra opção tinha além de aceitar?

— Eu só queria que parasse de ser tão agressivo. É só isso — pediu ela, movimentando a mão direita para cima e para baixo, assistindo-o umedecer os lábios e suspirar.

— Vou melhorar, meu bem. Eu prometo.

Diogo poderia jurar diante de Deus que mudaria da água para o vinho: Isis não acreditaria. Tanto que sequer cogitou a possibilidade de contar sobre a visita ao Som América. Sabia que aquilo só desencadearia o mesmo discurso de "Raquel é uma puta, dona de bordel de gente preta, onde só tem violência e pessoas de caráter manchado, além de não ser lugar para uma mulher de família, temente a Deus e tão boa quanto você".

Foi por isso que, naquele dia, quando Esther surgiu em sua casa pedindo para conversar, ela decidiu entrar na carruagem que levara a amiga até ali, a fim de que nem os empregados a vissem e corresse o risco de espalharem fofocas.

Esther havia ido até lá para contar que se importava, que sentia saudade e que entendia o lado dela.

— Eu escrevi um livro sobre mulheres, Isis — argumentou. — Sei exatamente como é a vida que você leva, porque é muito semelhante à de todas as outras deste país. Tirando, é claro, o fato de a maior parcela ser composta de mulheres que não têm um por centro do dinheiro que você tem. Bom, mas esse é um assunto para depois. O que quero dizer é que eu sei que não é como se você tivesse um leque de opções, com vários caminhos a seguir, mas espero que entenda que não pode ficar chateada com a Raquel, porque, assim como você, ela também não teve escolha. E você sabe disso. A questão é que ela esperou por você, entende? Que você a ajudasse de alguma forma, que prestasse o mínimo de apoio, e você não fez isso.

Após um tempo de conversa, Esther contou mais detalhes da história que Isis ouvira uma vez sobre sua amiga Raquel e o que havia acontecido depois que pararam de se falar.

Das duas, Raquel foi a primeira a se casar, e com Arthur, dono de uma indústria de bebidas. Um homem de trinta e oito anos, muito calmo e de voz irritantemente lenta. Cuspia a cada palavra proferida e definitivamente tinha algum problema de intestino para precisar ir ao banheiro tantas vezes em um só dia. Mesmo com seus defeitos nada propositais, era um romântico incurável, do tipo que escreve poemas e faz serenatas. O problema era que Raquel sempre funcionou da forma contrária. Era agitada, determinada e, assim como Isis, nunca teve papas na língua, além de preferir praticidade e distância de pessoas grudentas. Falava verdades, mesmo que pudessem doer, e, diferentemente do restante das pessoas, nunca teve medo da verdade.

Raquel vivia seus dezoito anos quando se casou. Um ano mais tarde, Isis também deu início ao próprio matrimônio e Esther viajou para a Espanha, onde morou por quatro anos. Mesmo no início da relação, Raquel e Arthur estavam longe de ser felizes, por conta do tremendo contraste de personalidades: vagareza de um e impaciência da outra.

Quando Isis se casou, a ruiva foi aos poucos perdendo contato com ela, percebendo que a madame se afastava cada vez mais. Uma vez, em uma de suas conversas, a morena confessou que Diogo achava Raquel demasiadamente espalhafatosa e que não queria alguém tão mal-educada e vulgar andando com sua mulher. Naquele dia, Isis prometeu que jamais se deixaria levar por tal ordem e que permaneceria ao lado da amiga. Mas não foi o que aconteceu.

Logo, Raquel e Arthur completaram dois anos de casamento, Isis e Diogo fizeram um, e nesse ponto elas não conversavam mais. Esther era a única pessoa a quem Raquel podia confiar seus desabafos e que mantinha contato através de cartas. Mais alguns meses se passaram e, numa manhã de inverno, a ruiva acordou e não encontrou ao lado dela o marido, mas uma carta. Ali ele dizia que não tolerava mais viver com ela, que ela era insuportável, desrespeitosa, inconveniente, um verdadeiro monstro, e que por isso ele não conseguira evitar a chegada do desprezo e, mais tarde, o nascer de uma nova paixão por uma das empregadas. Era uma despedida.

Durante a noite ele e sua amada haviam ido embora, fugindo para um lugar onde ninguém pudesse encontrá-los. Na carta, Arthur dizia também que, apesar de Raquel ser a pior mulher que ele já havia conhecido em toda a sua vida, também compreendia a amargura dela por ter perdido os pais muito cedo, aos treze anos, o que motivara sua vinda do Mato Grosso do Sul para São Paulo, a fim de viver sob custódia da tia. Assim, ele vendeu sua indústria de bebidas e deixou a casa e uma quantia para ela no banco. O dinheiro era muito pouco, comparado à fortuna que ele possuía, mas o bastante para ela se sustentar por dois anos, tempo suficiente para que se casasse outra vez, de acordo com Arthur.

Uma parte de Raquel ficou aliviada por se livrar daquele homem tão lento e nojento, mas a outra sofria com o preconceito imediato que a atingiu. Na mesma semana, quando as pessoas ficaram sabendo, começaram a evitar falar com ela e passaram a tratá-la com desconfiança quando adentrava os ambientes; as mães puxavam suas filhas para longe caso Raquel se aproximasse. Foi a época mais solitária e vazia de sua vida. Sua tia estava doente e faleceu três meses depois. Esther estava na Europa e só poderia retornar para fazer uma visita quando suas férias chegassem, no fim do ano. E Isis permanecia lá, em sua vidinha feliz, rodeada de admiração e respeito, sendo paparicada por toda a elite paulistana — e, enquanto ela aproveitava cada segundo de alegria, Raquel só conseguia se lembrar das juras que a amiga fizera quando adolescente, dizendo que jamais a abandonaria, que poderia contar com ela para qualquer coisa.

Quando Esther conseguiu voltar para São Paulo, tentou ajudar a ruiva o máximo que pôde. Raquel não conseguiria arranjar outro marido nem se quisesse, já que sua reputação estava arruinada. Logo Esther teve que voltar para a Europa, mas, quando retornou no ano seguinte, viu que Raquel estava muito próxima de se sair extremamente prejudicada. Porém, a essa altura, a ruiva havia cultivado um desejo interessante e exótico para uma mulher. Em seus passeios econômicos para esfriar a cabeça, encontrara alguns bons bares, mas o que havia em um faltava no outro, e seu maior sonho se tornou abrir um bar para si mesma. Mas como, sendo mulher e tendo tão pouco dinheiro? Foi aí que entrou em cena o irmão de Esther, que atuava como responsável por ela. Quando a escritora precisava de alguma assinatura ou simplesmente da presença masculina para dar continuidade à publicação de um livro ou para administrar seu dinheiro, pedia a ele, e desse modo conseguia fazer sua vida caminhar sem necessitar de um casamento. Augusto Ferreira tinha vinte e cinco anos. Amargurado, ele se afogava repetidamente em bebida alcoólica e muito remorso no dia seguinte. Augusto vivia lamentando o fato de que o sonho de ser militar não dera nem um pouco certo. Fora expulso no primeiro ano por conta do mau desempenho nos treinamentos.

Então Esther teve a ideia de unir o útil ao agradável, e assim se deu a união matrimonial entre Augusto e Raquel. Seu irmão não morreria de fome e solidão com a tremenda irresponsabilidade financeira, e a amiga poderia dar início ao seu sonho e lutar por ele. Venderam a casa de Arthur e abriram o Som América. Raquel se mudou para a casa de Augusto, mas, mesmo casados, viviam como amigos, dormindo em quartos separados — por mais que uma coisa ou outra acontecesse às vezes. Augusto não fazia o tipo monogâmico, e Raquel preferia arranjar pessoas mais interessantes, com uma verdadeira e admirável história de vida, bom humor e valores justos. A ruiva passou a sustentar a casa e a administrar tudo sozinha, crescendo aos poucos e recebendo o público que desejava, apesar de todos os protocolos, comprovantes e demais documentos estarem no nome de Augusto Ferreira. Valia a pena, ela pensava. Aquela era a época mais livre que já havia vivido em toda a sua vida, mesmo que ainda dentro de certos limites.

— Eu não sabia que Arthur havia fugido com uma empregada, muito menos que deixara uma carta chamando Raquel de monstro — explicou Isis depois de ouvir tudo o que acontecera quando a amizade delas terminou. — E não pensei que ela estivesse sem dinheiro também. E a herança dos pais dela?

— Ah, uma parte a tia pegou para tomar conta de Raquel quando ela se mudou para cá, outra boa parte foi para o dote quando se casou com Arthur, e o restante para o tratamento da velha depois que adoeceu.

Era Augusto quem conduzia a carruagem em que elas conversavam, hora ou outra fazendo algum comentário para acrescentar algo à história. Isis duvidava de que ele estivesse de fato apto para dirigir; na verdade achava provável que tivesse começado a bebedeira logo cedo.

— Do que você soube, então? — perguntou a escritora.

— Do que minha mãe me contou. Que ela estava separada, que Arthur tinha ido embora...

— E isso já não seria motivo suficiente para que fosse vê-la?

— Fazia meses desde a última vez que tínhamos conversado, está bem? Não é como se eu pudesse me reaproximar do nada e me meter na vida dela.

— Isso não seria "se meter", Isis. Seria ajudar.

— Bom, eu não tinha como adivinhar. A Raquel não é a primeira mulher do mundo a se separar. Eu só não imaginei que estivesse esperando por mim. Realmente não imaginei. — Pensou um pouco, nervosa com a situação, por mais que, no fundo, sentisse um remorso doloroso. Além de não imaginar que a ruiva estivesse passando por tudo aquilo, também tinha o fato de não querer desagradar a Diogo e arriscar assistir a mais um de seus costumeiros surtos. Por outro lado, uma voz lhe dizia que deveria ter sido mais corajosa, que deveria ter enfrentado o marido, que deveria ter feito mais.

— Não vou julgá-la — proferiu Esther, recordando-se das pesquisas e entrevistas que fizera, com as quais muito aprendera sobre a vida de casada. O olhar de terceira pessoa a ajudava a enxergar coisas que as próprias donas de casa não enxergavam. — Só quero que você e Raquel tentem conversar outra vez. Aquela noite você não chegou ao clube em um bom momento, entende? Estava tarde, a música alta... Não é fácil pensar direito.

Isis bufou, arrependida e envergonhada. Esther tinha razão, ela havia mudado muito, e para pior.

Quando chegaram à entrada do Som América, despediram-se de Augusto, que contou que estava indo buscar alguma mulher cujo nome Isis não ouviu para dormir na casa dele. Esther revirou os olhos e o beijou na bochecha.

Do lado de fora, o clube parecia um comércio comum, nada de mais acontecendo. O salão de beleza no andar de cima, por sua vez, funcionava às mil maravilhas. Risadas eram perfeitamente audíveis a quem estivesse na rua. As duas adentraram o estabelecimento e se depararam com um rapaz de pelo menos dezesseis anos e duas mulheres adultas lavando o chão, esfregando os balcões e lustrando a louça. As cadeiras estavam sobre as mesas e poucas lamparinas estavam acesas, ao passo que aproveitavam os raios de sol.

— Raquel deve estar no escritório. Vamos lá.

As duas caminharam para a parte de trás do palco e encontraram um corredor com algumas portas. Alcançaram a última e a escritora bateu duas vezes.

— Ei, ruiva, está muito ocupada? — Esther perguntou, e Isis imediatamente sentiu uma pontinha de ciúme, pensando na proximidade das duas e no fato de não ter participado de nada daquilo, pelo menos não dos acontecimentos mais recentes.

Quando Raquel e Isis se conheceram, ambas tinham treze anos, mas Esther só se juntou ao grupo aos quinze, quando a mãe dela, uma professora de espanhol muito benquista, começou a dar aula para elas. Não demorou até que a mulher e dona Marisa conversassem e as meninas acabassem conhecendo sua filha, dois anos mais velha. Depois disso, as três seguiram melhores amigas, mesmo que a maior não participasse tão ativamente dos pecados que as outras duas insistiam em cometer. Mesmo assim, sempre as acobertava.

A dona do Som América permitiu a entrada delas e, sem as observar, continuou falando.

— Eu estou fechando os gastos do mês passado. Acho que houve algum erro, porque o valor não está batendo — comentou, e foi só aí que ergueu a cabeça, flagrando as novas visitas. — Deus do céu. De novo?

Isis bufou e olhou para Esther, esperando que fizesse alguma coisa. Afinal, tudo aquilo havia sido ideia dela.

— Eu só queria que vocês conversassem. A Isis nem sabia de toda a sua história, para começo de conversa. E o fato de ter nos procurado anteontem significa algo, não?

— Olha, eu estou ocupada. Não tenho tempo para isso.

Esther puxou uma cadeira e se sentou diante dela.

— Vocês não têm que fazer nada que não queiram. Eu só acho que seria interessante uma ouvir o que a outra tem a dizer.

— Discordo — rebateu Raquel.

— Mas o que custa?!

— Você *acabou* de dizer que não somos obrigadas a fazer o que não queremos.

A escritora relaxou as costas e respirou fundo, tentando se acalmar. Não podia acreditar que tinha ido até onde Judas perdeu as botas para nada.

— Raquel, somos mulheres. Precisamos nos unir — justificou.

Ela riu silenciosa e amargamente.

— Olha, você sabe que eu concordo plenamente com você em relação a alguns conceitos, mas outros não dá para levar ao pé da letra. Nem todas merecem minha cumplicidade, não.

Isis sentiu aquilo como um soco no estômago, e nem sabia o motivo de continuar ali. Deveria ir embora de uma vez e esquecer a ideia de reatar antigos laços, reviver amizades que já estavam enterradas. Mesmo assim, puxou a cadeira ao lado da de Esther e se sentou também, decidida a tentar pela última vez. Se não desse certo, sairia sem olhar para trás e esqueceria que um dia foram amigas.

— Eu não sabia os *detalhes* da sua história — iniciou —, realmente não sabia.

— Espere, você *contou pra ela*?! — a ruiva questionou Esther.

— Agora já foi, e você nunca disse que eu não podia contar.

— Era só o que me faltava — reclamou Raquel e encontrou um cigarro na gaveta, não demorando a acendê-lo.

— Só estou tentando dizer que sinto muito — Isis voltou a falar. — Não faço ideia do que é viver sendo uma mulher separada, nunca... nunca sequer conversei com uma para saber.

— Está conversando agora.

— Eu sei. É isso que estou tentando lhe dizer. Foi ignorância da minha parte não ter procurado saber mais. Também foi fraqueza, por medo do que o Diogo iria achar, do que ele iria fazer, mas eu deveria ter sido mais corajosa por você. É só o que quero que saiba.

Raquel tinha um olhar desconfiado, pensando mil vezes em suas palavras e se deveria acreditar nelas.

— Por que você veio? Qual o seu objetivo?

Isis piscou algumas vezes, em dúvida se deveria ser tão direta, mas logo se decidiu.

— Eu quero me reaproximar de vocês.

De sobrancelhas arqueadas, a escritora observou a reação de Raquel.

— Você sabe que isso jamais vai acontecer do dia para a noite, não sabe? — disse a ruiva.

— Isso quer dizer que há chance de acontecer em algum momento? — Isis sorriu.

— Provavelmente não. Eu ainda acho que você retrocedeu, ainda tenho pena da vida que construiu e não tenho certeza se conseguiria voltar a confiar no que sai da sua boca.

Impaciente, Isis decidiu não dizer mais nada. Recostou-se, cruzou os braços e olhou para Esther, a mediadora da situação.

— Bom, acho que podemos tentar, não é? — sugeriu Esther, olhando para as duas. — Quer dizer, podemos conversar um pouco mais, ver como as coisas fluem. Não eram ótimos os momentos que vivíamos juntas quando éramos mais novas? Por que não tentar outra vez?

As outras duas não disseram nada, mas ficou óbvio no rosto de ambas que se interessavam pela opção. Raquel tragou mais profundamente e aguardou alguns segundos antes de fazer a próxima pergunta.

— E então? Como vai a vida de boa esposa? O que você faz de interessante?

— Além de transar, é claro — disse Esther.

— Transar com aquele brutamontes do Diogo deve ser a coisa mais desagradável do mundo — especulou Raquel, tirando sarro e tentando irritar a visitante. — Não é, Isis?

— Muito pelo contrário, querida. É delicioso. E pelo menos eu *tenho* alguém com quem transar. Meu marido não é um bêbado que traz prostitutas para dormir em casa.

E, de repente, estavam se alfinetando outra vez, sem interesse em voltar a conversar civilizadamente.

— Você acha que é a única com vida sexual aqui? Para o seu governo, minha boceta não precisa de aliança para foder.

— Ora, nem a minha — vociferou Isis, adotando uma postura defensiva ao se lembrar do tal Daniel, com quem cogitara passar a noite, e dos últimos momentos com Alice.

Ah, lembrar-se dela imediatamente fez seu coração se apertar um pouco, tamanha saudade.

— Então, por que está sendo tão hipócrita?

— Não estou.

— Está, sim. Você disse que tem alguém para transar porque é casada, logo quem não é não tem com quem transar. Mas como você explica todas as coisas que fez *naquela época*?

— Ah, pelo amor de Deus. Você não entendeu o que eu disse, foi só isso.

— Certo, gente, vamos mudar de assunto — pediu Esther, notando que seu plano ia por água abaixo. — Por falar em *Deus*, Isis, como vai a igreja? Ainda frequenta a mesma de quando éramos adolescentes?

— Sim — respondeu friamente, revoltada com a teimosia de Raquel.

— Bom, eu não piso meus pés em uma desde que virei ateia, mas a arquitetura de algumas catedrais é realmente muito boni...

— Espere — interrompeu Isis. — Você virou o quê?

— Ateia, por quê?

— Você... não acredita em Deus?

Estava inconformada por ouvir aquilo. Esther não acreditava em Deus? Que ser humano conseguia viver sem acreditar em Deus?

— Não, não acredito. Nem em Deus, nem em espíritos, forças ou qualquer coisa semelhante. Pensei e estudei muito sobre isso quando estava na Espanha, entende? Não consigo enxergar ou sentir essas coisas, como fazem algumas pessoas. E gosto de ter esse olhar mais distante sobre religião quando vou estudar o texto de algum filósofo, por exemplo.

Isis estava de queixo caído, pensando em como aquilo era possível. Durante toda a sua vida recebera consolo e tirara forças da mensagem que Jesus passava. Sua fé sempre se baseara nele, ia à missa todos os domingos e, por mais que nunca tivesse seguido as regras à risca, sabia que Deus estava ali por ela sempre que precisasse.

— Como pode dizer uma coisa dessas? Esther, Deus é tudo de que precisamos, Deus é...

— Isis, você não vai realmente fazer isso, vai? — questionou a escritora, sentindo-se cansada só de perceber que teria que se afundar em mais uma discussão exaustiva, que não levaria nenhuma das partes a lugar algum e ainda renderia muita dor de cabeça.

— Eu *disse* que ela havia se tornado uma hipócrita — Raquel não perdeu a chance de apontar.

— Eu não estou sendo hipócrita! E você, Raquel, não acredita em Deus também?

— Bom, eu acredito em karma, em energia positiva e negativa, em destino, mas não necessariamente em um homem de barba branca controlando tudo e todos.

— Oh, eu não estou ouvindo isso. Vocês perderam a cabeça.

Sem paciência, Raquel decidiu não fazer sala, mas dizer as verdades que julgava que Isis precisava ouvir. Apagou o cigarro em um segundo e apoiou os cotovelos sobre a mesa.

— Está vendo, Isis? É por motivos como esse que fica impossível reconhecê-la. De todas nós, você sempre foi a que tinha a mente mais avançada, até fazia piada sobre certas coisas da sua religião, por mais que acreditasse nela. E olhe o tipo de pessoa que é hoje. Você se tornou antiprogressista, desrespeitosa e intolerante. Viveu por tanto tempo fechada em seu mundinho perfeito de esposa obediente, cercada de pessoas conservadoras, cristãs e totalmente previsíveis, que se tornou uma delas. Não deixou que a mente evoluísse. Você retrocedeu, e muito. É totalmente vergonhoso.

O balde de água fria e as verdades bateram forte na madame. Há tempos sentia falta da pessoa que tinha sido um dia. Sabia que havia se perdido dela, mas não tinha como dizer o que fora embora ou por onde. Tudo aquilo era um processo vagaroso que, aos poucos, ia se tornando natural. Moldar-se para ficar cada vez mais parecida com as outras damas da elite paulistana era inevitável, e pelo menos metade de si havia se quebrado nesse processo.

— Desculpe — pediu, envergonhada. — Eu nem pensei antes de falar. Eu só... só não esperava. E não entendo.

— Eu posso explicar depois, se prometer não ficar histérica e respeitar a minha opinião, porque eu respeito a sua — disse Esther.

Isis respirou fundo e sorriu.

— Eu adoraria. De verdade. Talvez... Talvez nós três pudéssemos nos encontrar novamente e... e quem sabe discutir isso — sugeriu, imaginando que aquela seria uma boa forma de convidá-las para mais um momento juntas e de seguir adiante no processo de reatar a amizade. — Na minha casa. O que acham?

— Mal começamos e já estamos marcando chá da tarde, é isso mesmo? — questionou Raquel, fazendo careta.

— Ou almoço. Vocês escolhem.

As outras duas mulheres se entreolharam, uma tentando adivinhar a opinião da outra.

— Acho que seria interessante — disse Esther e deu de ombros.

Por tudo o que havia acontecido, Raquel não pôde deixar de questionar se aquela era mesmo uma boa ideia. Depois de tanto aguardar acolhimento, ajuda, uma palavra de conforto que fosse quando mais precisara, a decepção com Isis foi grande, mas, após ouvir suas palavras quando entrou no escritório, começava a pensar que talvez ela não tivesse tanta culpa assim. Raquel sabia muito bem como Diogo podia ser exigente e agressivo caso suas vontades não fossem atendidas. Isis também não tinha como saber o que era a vida de uma mulher separada. Assim como ela, Raquel nunca havia conhecido uma ou sequer imaginado que obstáculos enfrentaria. Isso, é claro, até se tornar uma.

Provavelmente o convite era uma péssima ideia, mas só ia saber de fato quando tentasse. Olhou para as duas morenas, ambas esperançosas, e pensou na época em que formavam um trio inseparável.

— O idiota do seu marido vai estar lá? — perguntou.

— De forma alguma.

— Então prepare seu melhor almoço, porque segunda-feira eu vou aparecer e quero ser tratada como a rainha que sou.

Isis ergueu as sobrancelhas e sorriu de canto, com o coração se enchendo de alegria.

— Vou servir na tigela dos cachorros. Combina melhor com você.

Quando chegou em casa, já no fim da tarde, Diogo estava lá, sentado no sofá, esperando por ela. Fumava seu charuto e fingia não se lembrar das centenas de vezes que ela já havia reclamado do cheiro de tabaco.

— Posso saber onde a senhora estava?

Instantaneamente sentiu um frio correr a espinha e não soube o que responder.

— Como? — perguntou, tentando ganhar tempo.

— Onde você estava, Isis?

Ela se aproximou dele e afastou-lhe o charuto da boca.

— Ah, meu bem, esse negócio está deixando sua língua enrolada. Não estou conseguindo entender nada.

Ele bufou e segurou o pulso dela com a outra mão.

— Eu realmente não estou brincando.

Isis engoliu em seco e tentou pensar rápido.

— Eu estava na igreja. Não precisa me tratar desse jeito.

— Na igreja? — perguntou e riu com sarcasmo. — Fazendo o que na igreja?

— Ora, me confessando — respondeu, como se fosse óbvio.

— É mesmo? — Ele semicerrou os olhos, largou-a e cruzou os braços. — E o que é que estava confessando ao padre?

— Isso é particular, você sabe.

— Não existe segredo entre marido e mulher.

Ela tentou continuar andando e ignorar a pergunta, mas Diogo se levantou, puxou-a pelo braço e colou seus corpos, pressionando-a a dizer.

— Eu quero que você me fale. Agora.

— Fui me confessar sobre isso. — Colocou o indicador no peito dele e tentou empurrá-lo, sem sucesso. — Sobre a forma como você vem me tratando e o ódio que sinto quando isso acontece.

— E como eu venho tratando você?

— Ah, mal. Muito mal.

— Eu a tratei mal hoje de manhã, por acaso? — perguntou e agarrou sua cintura.

— Hoje de manhã foi exceção — respondeu e tirou as mãos grandes de seu corpo. — Vou tomar um banho e descansar, está bem? Pare de ficar imaginando coisas.

Ele sorriu de canto e umedeceu os lábios ao observar seu quadril se movendo enquanto subia as escadas.

— Vou tentar. Ah, outra coisa!

— O quê? — questionou alto, sem parar de caminhar.
— Alice ligou.

Parecia que havia encontrado uma parede invisível no meio do caminho, porque parar de andar imediatamente daquela forma não era nada normal.

— Ligou? — Virou-se para ele.
— Sim.
— E o que disse?
— Queria conversar com você. Não sei o que mais. Foi Cassandra quem atendeu.

Alice havia ligado. Finalmente. Precisava telefonar de volta para conversar sobre o que tinha acontecido, mas como faria isso com Diogo em casa, e ainda por cima decidido a ficar na sala, que era onde estava o telefone? Mas não tinha problema, o dia seguinte era domingo e as duas se encontrariam na missa. Depois teriam tempo para conversar, certo?

Errado. Horas mais tarde, uma chuva intensa se iniciou, persistindo por horas a fio. Parou por algum tempo durante a noite, mas, antes de amanhecer, retornou ainda pior. Quando o casal Almeida acordou naquela manhã, perceberam que sair de casa não seria uma boa ideia. Minutos depois, dona Marisa ligou avisando que iria perder a missa do dia e que Deus a perdoaria.

Desgostosa, Isis ainda assim trocou de roupa, ficando mais apresentável, e permaneceu sentada na poltrona do quarto, olhando para a janela e observando as gotas grossas caírem. Enquanto isso, seus pensamentos se perdiam na decepção que era ter que faltar à igreja e deixar de encontrar a loura que tomava conta de sua mente. Tentou ligar para a casa dela e avisar que não poderia buscá-la naquele dia para irem juntas à missa, mas o telefone não funcionou.

As horas foram passando; por volta das onze da manhã, Cassandra apareceu no quarto, e a madame imaginou que fosse para falar sobre o almoço.

— Com licença, dona Isis.

— Oi, Cassandra! Sente-se aqui, vamos conversar um pouquinho.

A mulher sorriu.

— Eu adoraria, mas a senhora tem visita.

Isis tombou a cabeça para trás e choramingou, odiando o fato de precisar receber alguém com um clima daquele, por mais que, àquela altura, a tempestade já tivesse se acalmado um pouco mais.

— Quem é o estorvo da vez?

— A srta. Alice.

Arregalou os olhos e levantou-se sem nem mesmo perceber, tamanho susto e animação que tomaram conta de si.

— Onde o Diogo está?

— Trabalhando no escritório.

— Certo. Então peça para a Alice subir, por favor.

— Sim, senhora.

Um minuto depois, ouviu três batidas na madeira. Isis passou a mão pelo vestido, nervosa, e abriu a porta devagar, logo fitando os olhos da moça de vestido rosa e cabelos um pouco úmidos.

— Alice. — Seu sorriso cresceu grandemente.

A loura, por sua vez, estava muito insatisfeita e procurava motivos para se enraivecer. Diferente da morena, permaneceu séria.

— Por que você não foi à igreja? — Seu tom era carrancudo e austero, sequer se preocupando com as saudações.

Isis piscou algumas vezes, sem entender seu aborrecimento.

— No centro da cidade não chove? — perguntou no mesmo tom.

Alice ficou boquiaberta e de súbito se arrependeu de ter ido até lá.

— Entre, por favor — pediu a madame. — Vou explicar.

A pupila cruzou os braços, a boca em um bico enorme. Caminhou a passos duros até o meio do cômodo, enquanto Isis fechava a porta e a trancava, temendo que começassem a conversar sobre o que ocorrera na casa de Alice e alguém chegasse, ouvindo algum detalhe.

— Bom, eu não fui por causa da tempestade. Nem a minha mãe, que é a pessoa mais devota que eu conheço, quis ir. E não me lembro da última vez que decidiu faltar à missa. Estava realmente forte, Alice. Eu tentei ligar para avisar, mas o telefone não funcionou. De novo, por conta do tempo.

Alice escondeu os lábios e olhou para baixo, sentindo-se tola e imensamente arrependida de ter se levantado da cama naquele dia.

— Eu fui à igreja — contou.

— Foi?

— Sim. Eu acordei, não liguei pra chuva, me arrumei, me sentei no sofá da sala e fiquei esperando você. Meia hora, Isis, então pensei que talvez você não tivesse conseguido ir me buscar e preferiu ir direto pra lá. Então eu pedi para o meu pai me levar e ele... ele brigou comigo, porque eu estava insistindo muito. Mesmo assim eu quis ir.

— Não sabia que era tão religiosa assim — provocou Isis, por mais que compreendesse o que ela queria dizer.

Alice pareceu ficar ainda mais desapontada. Afinal, ouvira xingamentos do pai o caminho todo, já que ele não era exatamente um homem de fé e não se importava tanto em estar na casa de Deus. A menos, é claro, que fosse Páscoa ou Natal. E o tempo estava horrível, perigoso, e sua filha não parava de insistir.

Quando chegou — atrasada — e percebeu que Isis não estava ali, quase chutou o primeiro banco que viu pela frente. Havia ficado a semana toda aguardando aquele momento, e a frustração foi inevitável, gigantesca. Sem desistir, pediu, ao fim da missa, que o pai a levasse até a casa da melhor amiga, e disse que depois ele poderia ir embora.

— O que foi? — perguntou Isis, notando suas feições de pura decepção, sem o brilho costumeiro.

— Nada. Eu só... só acho que fiz papel de boba.

Achando-a graciosa e genuína, Isis sorriu. Era impossível dizer que o beijo não havia mexido com Alice. Não estaria agindo daquela forma se não estivesse muito confusa, desejando explorar uma área totalmente desconhecida de sua vivência, costumes e sexualidade. A morena deu alguns passos adiante e segurou uma mecha de cada lado de seus cabelos, deslizando os dedos entre os fios vagarosamente.

— Não fez papel de boba. Muito pelo contrário. Eu adorei que veio me visitar. Além do mais, ouvir a palavra de Deus é sempre bom.

Alice, que havia prendido a respiração dado o nervosismo por tê-la tão perto, e ainda por cima tocando seus cabelos, soltou o ar e revirou os olhos.

— Eu sei que é — disse, tentando disfarçar. — Nem sei por que eu quis tanto ir, na verdade.

— Não sabe mesmo? — perguntou em tom mais baixo.

Alice engoliu em seco. Era tão difícil permanecer próxima daquela mulher, que insistia em continuar tocando seus cabelos, e que a olhava daquela forma tão pessoal e cheia de cuidado. Era difícil não misturar as coisas.

— O que quer dizer? — perguntou, ansiosa.

— Ora, eu acho que você foi porque... — aproximou-se — porque queria ouvir o sermão da vez, é claro.

Suspirando pesadamente, Alice balançou a cabeça em afirmativo.

— Foi. Foi por isso.

De repente, ficaram em silêncio. Isis observava seu colo meio descoberto e pensava como se deliciaria se pudesse se afogar ali naquele exato instante. Continuava acariciando os cabelos iluminados e longos, sentindo o nervosismo de Alice a cada passada de dedos. Entrementes, a mais nova não conseguia tirar os olhos da madame e não se perder em meio a tantas sensações que insistiam em aparecer. Com um pouco mais de força de vontade, conseguiu abrir os lábios e mudar de assunto.

— O que você fez essa semana?

— Como? — perguntou Isis.

— Essa semana. Nós... Nós só conversamos na terça-feira na... minha casa.

— Oh, sim. Aquele dia. — Sorriu fraco.

— O que você fez desde então?

Ela queria conversar, Isis percebeu. Era o certo mesmo. Segurou sua mão e a guiou até a cama, onde ambas se sentaram lado a lado.

— Eu saí sozinha à noite um dia desses e... — a morena começou a contar.

— Sozinha? À noite?

— Isso mesmo. Por quê? Queria ter ido comigo?

A loura sorriu timidamente e quase revirou os olhos outra vez.

— Continue, por favor.

— Fui visitar aquelas amigas antigas sobre as quais lhe contei.

Alice tentou se lembrar de tal menção, e sem muita dificuldade recordou o momento em que a fidalga citara suas "melhores amigas" e ela só faltara morrer de tanto ciúme.

— Ah, sim. E o que aconteceu?

— Bom, uma delas, a Esther, me recebeu muito bem e aparentemente está aberta a retomar o contato. A Raquel, por outro lado, não sei... Acho que vai ser mais difícil com ela.

Alice assentiu, observando o belo rosto, sem deixar de se perguntar como Isis podia ser tão atraente. Mas, em seguida, repreendeu-se por voltar a reparar.

— Por que será mais difícil?

— Ela passou por uns momentos complicados e eu não fui uma amiga muito boa. Não estive lá quando ela precisou. — Parou de falar um pouco, revivendo a conversa do dia anterior. — E me arrependo muito. Espero que ela acredite em mim algum dia.

— Vão se encontrar mais vezes para tentar corrigir as coisas?

— Sim. Vou recebê-las para um almoço na segunda-feira. Quer vir também? Ah, Alice, seria maravilhoso se você pudesse! Mas Diogo não pode saber.

Pensando sobre o convite, a pupila se encontrava em verdadeira dúvida. O ciúme não a deixava em paz. Ela achava que era a melhor amiga de Isis, e elas se beijaram daquela maneira... E se beijasse as outras amigas também? Alice não podia imaginá-la fazendo isso. Por outro lado, era impossível, não era? Afinal, a madame só a beijara uma vez, e para ensiná-la a fazer direito. Suas outras amigas provavelmente já sabiam muito bem como se virar naquele departamento. Mas... e se, no passado, Isis tivesse ensinado as duas a beijar?! Algo em seu âmago fervia ao imaginar.

— Não sei se é uma boa ideia. Eu sequer as conheço.

— Elas são pessoas ótimas. Muito inteligentes e divertidas, você vai ver. Que tal?

Ainda, Alice não conseguia gostar da ideia. A confusão em sua mente só lhe dizia para se manter longe. Não sabia lidar com nada do que estava sentindo, e era impossível não pensar o pior.

— Por que seu marido não pode saber?

— Ele não gosta delas porque Esther é escritora e filósofa, e ele acha que isso pode me fazer colocar pensamentos ruins na mente. E porque Raquel é dona de um clube de música, que na cabeça dele é um bordel.

Alice ergueu as sobrancelhas e Isis bufou, sem conseguir relevar a ignorância e a rigidez do marido.

— Como ela pode ser dona de um clube?

— Raquel é muito esperta e moderna. Você precisa conhecê-la!

Mordendo o lábio, a mais nova repensou. E outra vez. Não sentia vontade alguma de encontrá-las. Não por enquanto, pelo menos.

— Elas são suas... suas melhores amigas, então? — indagou, insegura, sabendo que aquele termo significava muito mais do que só o que parecia ser. — Ou eu sou sua melhor amiga?

Isis estranhou a questão. Desviou os olhos por um instante e logo os retornou.

— Uma pessoa pode ter quantas melhores amigas quiser, não pode?

— Estou perguntando se as amizades são iguais, Isis.

— Nenhuma amizade é igual.

— E o que eu devo pensar com isso?

— Ora, o que é que você *quer* pensar?

A dinâmica entre as duas estava esquisita, coisa que definitivamente não costumava ficar. Já estavam habituadas a se encontrar, rir, confiar segredos uma à outra e passar um tempo agradável juntas. No entanto, depois do que havia acontecido, parecia que viviam numa corda bamba, prestes a cair. A relação estava delicada como cristal, e uma palavra em forma de pedrinha poderia quebrá-lo. O que Alice queria, nem ela mesma sabia dizer.

— Você está estranha — comentou Isis, o que não ajudou nem um pouco.

— Eu não estaria se você respondesse o que estou perguntando.

— E o que é que você está perguntando, Alice?! — indagou, perdendo a paciência.

— Eu quero saber se o que aconteceu entre nós na terça-feira também acontece entre você, Raquel e Esther. É isso que eu quero saber!

A morena foi pega de surpresa. Não fazia ideia de que aquela era a dúvida de Alice, ou de que a moça estava preocupada com isso. Esperou um momento, realmente surpreendida.

— Não, ora essa. Por quê?

— Porque você me ensinou a beijar e disse que éramos melhores amigas. Mas você tem outras duas melhores amigas também.

Franzindo o cenho, Isis começou a rir, mesmo sem saber por quê. Aquela situação era, ao mesmo tempo que atípica, engraçada. Perguntou-se que outros tipos de absurdos não teriam passado pela cabeça da loura depois de seu último encontro.

— Nunca as beijei, Alice. Não precisa ficar com ciúme.

Sem suportar a reação de Isis, que ria e proferia insinuações absolutamente mentirosas — ao menos era o que Alice pensava —, a jovem levantou-se do colchão e virou-se para a madame, afastando-se um pouco e tentando fazer com que Isis a levasse mais a sério.

— Fico impressionada com a quantidade de asneiras que você fala!

Isis foi parando de rir aos poucos, surpresa com o termo escolhido. Quando a conheceu, Alice sequer chegava perto de ser tão direta e valente.

— Por que isso seria uma asneira?

— Porque é lógico que eu não tenho ciúme de você.

— Nem mesmo se eu lhe disser que, assim como você, eu também dei meu primeiro beijo em uma mulher? Nem mesmo se eu disser que essa mulher foi a Raquel?

Alice ficou boquiaberta. O que aquilo queria dizer? Seria Isis uma praticante da sodomia?

— Então, vocês têm um caso ou algo assim?

— Sim, nós temos. Já faz anos.

Alice mordeu o interior da bochecha e apertou as unhas na própria mão. Suas pernas se firmaram com mais força e uma respiração profunda a ajudou a se acalmar um pouco.

— Devem se amar muito, então. Como aquelas mulheres dos quadros do museu.

A expressão da mais nova refletia zanga e indignação, características que não faziam parte do seu perfil. Ao observá-la e perceber a verdade dos sentimentos expostos, Isis levantou-se devagar com um sorriso, estudando-a com tanta atenção quanto um artista que tivesse esculpido sua mais nova obra de arte, atentando-se a cada detalhe de seu projeto de perfeição.

— Na verdade, nem é sobre amor. É sobre desejo, entende? É sobre tesão. Aquela coisa que você sentiu quando eu a beijei.

Alice engoliu em seco e sentiu seus pensamentos ficarem ainda mais confusos. Tudo o que sua professora do beijo havia dito provava que ela realmente era como as mulheres do *Le Sommeil*. Mas algo dentro de si não conseguia acreditar.

— O que foi? — perguntou Isis, abrindo o sorriso um pouco mais. — Não se lembra de como é sentir tesão? Quer que eu faça seu corpo recordar?

Alice permaneceu encarando-a, sem conseguir pensar em outra coisa que não o fato de que, sim, Isis d'Ávila Almeida era a favor e praticante ativa da sodomia.

— Alice? Você está bem?

— Você e essa... essa Raquel. Vocês realmente vivem um romance?

Isis revirou os olhos e não pôde acreditar no que estava ouvindo.

— Claro que não. Eu estava brincando. Eu sou casada, lembra? Longe de mim trair o meu maridinho. — Fez uma pausa para observar a expressão da loura vacilando outra vez. Ela havia sentido algo ao ouvir aquilo. — E meu primeiro beijo foi com um coroinha, na verdade. Eu tinha doze anos, e ele, quinze.

O vulcão de sentimentos de Alice começou a se acalmar. Certo. Tudo fora uma brincadeira. Isis não gostava de mulheres de verdade, da forma romântica. *Assim como eu. Eu também não gosto de mulheres. Apenas como amigas, e Isis é minha amiga. É desse jeito que nós nos gostamos.*

— Doze anos, por Deus — murmurou ela, chocada.

— Ah, foi excelente. Eu já tinha uma ideia de como era, porque tinha espiado minha irmã uma vez. Ela é outra que diz ter esperado o casamento para dar o primeiro beijo, mas eu sei bem a verdade.

Alice não disse mais nada. Observou o chão e ficou remoendo as provocações, que não deveriam ter surtido um efeito tão gritante dentro do peito. Começava a pensar que talvez fosse mesmo a figura de nojo e vergonha que sua mãe tanto desprezava. Sabia que não era normal se sentir quase traída ao imaginar sua melhor amiga com outra mulher. Não era normal se entristecer ao escutar "eu sou casada e nunca trairia meu marido". Não se sentia mal por Isis não querer trair Diogo, e sim por ela ser casada, por ter uma aliança no dedo, por dormir e acordar com o marido todos os dias...

Sentir aquelas coisas era tudo, menos normal. Abraçou o próprio corpo ao pensar em como estava perdida, e que talvez tivesse se enganado quando achou que se mudar para o Brasil fora uma boa ideia. Talvez fosse exatamente ali que Deus decidiria desistir de sua alma e entregá-la nas mãos do dono do inferno.

— Você está quieta outra vez — percebeu Isis.

Estavam a um passo uma da outra.

— Só estou pensando.

— Sobre o quê?

— Sobre mim.

— Quer dividir suas questões comigo? Dúvidas sobre casamento outra vez?

— Não. Quer dizer, sim. Mais ou menos.

— Você pode perguntar. Sabe disso.

Alice negou com a cabeça; jamais falaria sobre tal assunto com ninguém.

— São dúvidas sobre beijo, não são? — perguntou Isis e falhou miseravelmente ao tentar esconder o sorriso.

A jovem fechou os olhos e copiou o ato de contentamento. Ela realmente não queria, mas a expressão apareceu sem que pudesse controlar.

— Não, Isis, não estou pensando nisso.

— Bom, você é quem sabe. — Deu de ombros e voltou a se sentar na cama, cruzando as pernas e apoiando o peso do corpo na palma das mãos, levemente inclinada para trás. — Eu sei que sou uma excelente professora e, levando esse fato em consideração, asseguro que estou aqui para tirar quaisquer dúvidas da minha única aluna.

Alice sorriu ainda mais e umedeceu os lábios quando se lembrou de suas bocas acarinhando-se juntas, num movimento repleto de carinho e fervor.

— Seus serviços são realmente ótimos — comentou a loura, em tom divertido. — Eu deveria recompensá-la de alguma forma.

— Deveria mesmo.

Ansiosa e desejante, Alice não teve coragem de agir de acordo com seus desejos, como tanto imaginara, noite e dia.

Já Isis a observava atentamente. Os cabelos louros iluminados não conseguiam disfarçar o rubor da pele. Tudo nela remetia a algo muito além dos níveis terrenos de graça e formosura. Tinha certeza de que, quando os romancistas descreviam suas musas em livros de amor trágico e intenso, era uma moça como aquela que imaginavam. Era o amor dela que tanto desejavam conquistar.

— Eu queria conversar sobre o que aconteceu terça-feira — proferiu Alice, interrompendo o devaneio da morena.

— À vontade.

— Aquilo foi... apenas uma aula, certo?

— Podem ser duas, se você quiser.

Alice olhou para cima e bufou.

— Eu estou falando sério, Isis.

— Ora, eu também.

— Certo, certo. Então... você não contou a ninguém o que houve, contou?

— É evidente que não. Para quem eu contaria?

— Para suas queridas melhores amigas, talvez.

Apercebendo resquícios do sentimento de antes, Isis não pôde conter o sorriso.

— *Você* é a minha melhor amiga, Alice.

A jovem a fitou nos olhos, mas logo desviou. Não queria que Isis visse a felicidade que explodiu em seu peito ao ouvir a frase proferida com tanta ênfase. Queria ser importante para ela, como a sentia em seu peito.

— Será que realmente sou?

— Claro que é.

Após alguns segundos de um olhar mais intenso do que podiam suportar, Alice quebrou o contato visual e enfim fez a pergunta, que saiu queimando da garganta:

— E você tem novas lições, por acaso?

Isis sorriu de canto.

— Eu sempre tenho.

Engolindo em seco, Alice pensou melhor e considerou que sofreria mais se se permitisse beijá-la ou tocar seu corpo da forma que fosse. Por outro lado, daria tudo para sentir o corpo de Isis sobre o seu outra vez, seus beijos na pele, os sussurros que a faziam perder os sentidos.

— E sobre o que essas lições seriam? Digo, especificamente.

Isis pensou por um instante, decidindo por qual lado escolheria caminhar. Na realidade, seu desejo era se afogar no meio das pernas da loura e assisti-la sair da linha pelo menos uma vez. Queria saber se seria tão graciosa quando sentisse o corpo inteiro tremer e suar em resposta aos beijos úmidos, quentes e deliciosos que Isis sabia ser capaz de dar. Ainda assim, dizer tudo isso seria demais para ela.

— Uma vez ouvi dizer que quando estudamos algo precisamos estar sempre revisando. Precisamos estar sempre em contato com o conteúdo para não esquecer — contou. — Talvez você esteja precisando revisar seu beijo.

Alice apertou as pernas, pensando que, se aceitasse, aquela sensação boa a invadiria sem piedade. Tesão, como sua melhor amiga dizia.

— Acha que meu beijo não está bom o bastante?

— Não sei. Não me lembro — mentiu.

Essa seria uma justificativa plausível para retomar a aula, não seria?, Alice se perguntou. Sua professora não se lembrava se ela já estava boa o suficiente; não custava ajudá-la a recordar. Começou a andar vagarosamente em sua direção, e o nervosismo a fazia pensar que de fato não conseguiria se lembrar do que fazer com os braços ou até mesmo com a boca. A morena a deixava tão ansiosa com um simples olhar que se apercebia mais perdida do que se estivesse em um labirinto do tamanho daquela cidade.

— Sente-se aqui — disse Isis, colocando uma das mãos ao lado.

Virando-se devagar, Alice se acomodou muito próximo dela, até mais do que a morena sugerira. Sentiu, em seguida, uma das mãos pousar em sua coxa. Virando o pescoço num ângulo de mais ou menos noventa graus, Alice não pôde deixar de se encantar com os lábios entreabertos que a aguardavam.

— E agora? — sussurrou, sentindo-se fraca a ponto de obedecer a qualquer ordem que Isis decidisse dar.

— Bem, agora você deve me beijar. — Tocou seus fios dourados e afastou-os do pescoço, tão terna que a fez estremecer.

Alice não contou, mas sentiu a pele toda se eriçar com a aproximação e o mero toque da ponta dos dedos de sua professora, melhor amiga, amante ou perdição. Já nem sabia como nomeá-la. A única coisa de que tinha a mais absoluta certeza era que precisava sentir seus lábios unidos outra vez, e que jamais, em toda a sua vida, passara por uma sede tão intensa. Em seguida, moveu o braço que as separava, o que fez com que ficassem ainda mais próximas do rosto uma da outra. Alice engoliu em seco, umedeceu a boca e sentiu sérias dificuldades de olhá-la nos olhos.

— Eu ainda deixo você nervosa, não deixo? — perguntou Isis.

— Muito.

— Por quê? — indagou e subiu a mão em sua coxa alguns centímetros.

— Não sei dizer — a loura respondeu e colocou a mão sobre a da mais velha. — Acho que é pelo simples fato de ser você. E... para mim, você é muito especial.

Isis ficou encantada. Diferente das outras sensações, aquilo tocou justamente seu coração. Alice, no entanto, mal teve tempo de assistir ao sorriso que começava a se formar nos lábios avermelhados, já avançando sobre eles e decidindo matar toda a sede e a necessidade que sentia fazia dias. Não havia outra boca no mundo que quisesse tanto quanto aquela, não havia toque mais quente ou presença mais preciosa que a da madame. Decidiu que Deus haveria de perdoá-la, só por aquele dia.

Quando Isis a apertou mais forte e aproximou seus corpos, a respiração de Alice se intensificou. Suas bocas se moviam numa deliciosa sincronia, e a loura pensou que, se aquilo realmente fosse pecado, com certeza seria o mais saboroso deles. Suas línguas moviam-se com certa pressa e necessidade, sem suportar mais tempo separadas.

Ao sentir o centro pulsar, como da primeira vez, Alice gemeu baixo e voltou a desejar poder esfregar-se em algo. A mão de Isis não se movia mais para cima, e deduziu que talvez a morena estivesse receosa de ir longe demais. Pensando nisso e sabendo quanto uma onda de tesão poderia descontrolá-la, levantou-se e rapidamente se sentou no colo da morena, deixando as pernas juntas do lado direito. Abraçou seus ombros e continuou beijando-a profundamente.

Isis tentava controlar a respiração para não precisar finalizar aquele beijo tão cedo. Devagar, subiu a mão e a acomodou na cintura da loura. Deixou a ponta dos dedos tocarem seu traseiro por cima do vestido, num movimento inocente, como se não percebesse onde estava de fato. Apertou-a e ouviu mais um gemido baixo de Alice, que moveu o quadril um pouco mais, regozijando-se de tão lasciva sensação.

Numa tentativa de evoluir ainda mais as coisas, Isis continuou a subir a mão curiosa. Chegou em sua barriga, acariciando-a de leve, e em seguida seus dedos encontraram um dos seios.

— Tenho uma nova ideia — contou Isis. — E se invertêssemos os papéis daquele dia, para ver se você se sai bem em ambas as posições?

— Não acho que eu seria tão boa quanto você. — Beijou-a outra vez, devagar, as línguas acariciando-se. — Mas seria interessante tentar.

Alice levantou-se e Isis foi mais para o meio da cama, deitando-se. Lembrando-se de como a outra havia feito na terça-feira, a loura ergueu a saia, subiu sobre seu corpo de joelhos e arrastou-se até que seus quadris estivessem alinhados. A umidade em sua calcinha fazia com que continuasse a sentir a intensa necessidade de esfregar-se, até conseguir aliviar aquela sensação intrigante e recheada de ardência, e nisso não era diferente de sua tutora. Isis notava toda a sua estrutura ferver ao ver Alice sobre si, seus olhos ansiosos, como se não vissem a hora de engoli-la, de devorá-la por inteiro. Queria ouvir cada um dos pensamentos que passavam por sua mente. Queria poder desvendá-la inteira, ouvir sua alma e sentir seu coração. Queria muito mais de Alice do que jamais quisera de outra pessoa.

— Essa posição é divertida também, não é? Deixa você livre para centenas de possibilidades — falou a morena.

Respirando pela boca e desejando aquela mulher como se fosse seu maior sonho, Alice confessou que não sabia o que fazer. A visão do decote mais acentuado, agora que Isis estava deitada, hipnotizava-a o bastante para que não conseguisse olhar para nenhuma outra coisa. Lembrou-se dos seios nus, dos mamilos castanhos de quando ela havia tirado toda a roupa em seu quarto. Suspirou, sedenta.

— Faça tudo o que tiver vontade de fazer ao olhar para mim — sugeriu a madame, percebendo que seus seios haviam se tornado o centro das atenções de uma hora para a outra.

Avaliando todas as possibilidades em aberto, Alice umedeceu os lábios e pensou em beijar cada centímetro do colo descoberto, cada pedaço da pele cor de oliva, que remetia a tamanho sabor e sensualidade. Inclinou-se sobre ela, exatamente como Isis tinha feito alguns dias antes, aproximando seus rostos e sentindo-a respirar pesadamente com a expectativa, assim como ela mesma.

— Há tantas coisas que eu gostaria de fazer ao olhar para você — confessou Alice, pensando que, muito mais do que seu corpo, seu coração já estava mais entregue do que poderia dizer. Nunca sentira tanta saudade, desejo e necessidade de alguém como Isis a fazia sentir.

— Eu estou aqui, Alice. E sou sua. Absolutamente sua, pelo tempo que quiser.

A frase fez ambas se arrepiarem e sentirem um calor ainda mais instigante do que aquele que pulsava entre suas pernas. Era um tipo de conexão inexplicável, como se de repente descobrissem que não havia lugar melhor e mais correto no mundo do que exatamente onde estavam. Isis sabia que sua paixão estava crescendo rapidamente, mas a coragem que já havia nascido consigo não a deixava se preocupar. Sabia que era forte o bastante para enfrentar o que viesse pela frente, se Alice aceitasse fazer o mesmo. A loura, por sua vez, não deixava de se assustar com tantos enigmas que nasciam todas as vezes que olhava para Isis e sentia o coração bater mais forte. De onde vinha tudo aquilo? No entanto, o mais curioso era que o medo a excitava mais que qualquer outra coisa, fazia-a se sentir viva e no topo da montanha mais alta, vivendo a mais perigosa e épica aventura.

Seus lábios se encontraram novamente, mas o beijo não durou tanto. Logo Alice abaixou o rosto e começou a beijar seu pescoço, sentindo o calor daquela pele abraçá-la. Era o melhor sabor que já tinha sentido, o melhor cheiro, a melhor sensação. Amava estar afundada em meio aos fios castanhos e à pele morena, em tal grau de devassidão. Faria qualquer coisa para sentir aquilo todos os dias, o tempo todo, e teve ainda mais certeza quando ouviu a respiração de Isis tornar-se mais acelerada.

Queria que sua melhor amiga sentisse o mesmo prazer que sentira quando os papéis estavam invertidos. Queria saber se Isis a valorizava e a adorava tanto quanto ela fazia.

Com o mesmo tipo de pensamento, Isis segurou uma das mãos da loura e a colocou sobre seu seio. Queria mostrar a ela que não havia problema naquilo, que era bom e, já que tinha observado com tanta atenção o decote de sua mentora, também poderia tocá-lo, se quisesse. Inicialmente Alice recuou, sentindo que estava passando dos limites, mas, quando sentiu a morena pressionar a mão no mesmo lugar e gemer baixinho em resposta, decidiu continuar e descobrir aonde aquilo poderia levá-las.

— Isso é bom? — perguntou e apertou o volume outra vez, sem deixar de reparar que tocá-lo era ainda mais excitante.

— Você não imagina quanto.

Ainda que insegura, a curiosidade tomou conta de seus pensamentos. Alice refletiu por um instante e, em seguida, assim como Isis havia feito, segurou a mão da amiga e a acomodou sobre seu próprio seio. A fidalga suspirou ainda mais intensamente com a permissão que lhe fora dada e as duas voltaram a se beijar, ao passo que a mão da mais velha massageava as curvas da pupila.

Dois minutos mais tarde, Alice decidiu voltar a segurar o seio volumoso de sua professora — que lecionava muito bem, por sinal. Com isso, Isis agarrou a cintura de Alice, apertando-a, mas logo abaixou ainda mais a mão. Seus nervos já estavam fartos de serem colocados à flor da pele, sem que a situação evoluísse. Assim, aproveitando o espaço entre seus corpos, enfiou uma das mãos por baixo do vestido da mais nova e acariciou o interior macio de uma das coxas, sem tocá-la em sua intimidade. Isso, no entanto, foi suficiente para fazer com que Alice recuasse de um jeito diferente. De um jeito que mostrava que o momento tinha chegado ao fim.

A loura interrompeu o beijo de súbito e saiu de cima da mulher, absolutamente constrangida.

— Eu... fiz alguma coisa errada? — perguntou Isis, imediatamente arrependida.

De cenho franzido, revelando sua incredulidade, Alice retrucou:

— E você ainda pergunta?

— Desculpe, eu... eu queria lhe mostrar mais do que estávamos fazendo. — E tentou se reaproximar, mas a jovem levantou-se, esquivando-se de mais toques.

— Não podemos nos tocar assim.

Totalmente embaraçada e lamentando o que havia acabado de fazer, Isis tentou controlar a própria respiração para se desculpar.

— Sinto muito, Alice. Eu não queria fazer você se sentir mal, juro que não queria.

Era muito mais do que se sentir mal, a loura pensou. Um beijo e alguns toques poderiam, quem sabe, receber o perdão de Deus, mas permitir que outra mulher tocasse sua intimidade? Um lugar que deveria ser sagrado e reservado ao futuro marido? Não podia consentir aquilo. Tinha honra, acima de tudo.

— Acho que essas aulas precisam de limites — disse, ainda sem acreditar no que Isis havia feito. A madame quase sentira sua calcinha totalmente úmida. O que pensaria se a notasse daquela forma?

— Tem razão — concordou a morena, pois o choque e o constrangimento da jovem a fizeram perceber algo: Alice era muito mais recatada do que a própria costumava ser quando mais nova. Assim como a maioria das mulheres, ela deveria se casar e descobrir tudo aquilo com o sortudo que colocasse uma aliança em seu dedo. Isis só estava atrapalhando o processo. E, ainda por cima, alimentando uma paixão sem futuro. — Eu já ensinei tudo o que você precisa saber. Essas aulas não precisam de limites, porque elas já chegaram ao fim.

— Como? — questionou Alice, sem poder acreditar, porque a única coisa que queria era que Isis não a tocasse tão intimamente. Adoraria continuar beijando-a pelo resto do dia. — Você disse há alguns minutos que eu tinha muito a aprender.

— Eu me equivoquei. Professoras se enganam às vezes, sabia? Acontece. — Levantou-se, tentando desamassar o vestido.

— Não acredito que esteja fazendo isso.

— Seu marido vai lhe ensinar o restante de tudo o que precisa saber.

Mesmo insatisfeita, Alice se lembrou de como a prática da sodomia era algo feio e repugnante. Talvez fosse um sinal de Deus, talvez fosse Ele lhe dando uma nova chance de receber o perdão e nunca mais fazer aquele tipo de coisa. Quando viu Isis abrir a porta e dizer que deveriam verificar se o almoço estava pronto, Alice se aproximou devagar e, mesmo com o coração partido, disse:

— Eu agradeço a generosidade por ter me ensinado tanta coisa, mas sei que gosto de homem, e vou me concentrar em resguardar cada centímetro do meu corpo para o meu marido. Apenas para ele. Você está certa. É melhor para nós duas que nada disso volte a acontecer. Nunca mais.

12

Você manda e eu obedeço

Aquela quinta-feira estava especialmente quente. A relação de Isis e Alice, por outro lado, ocorria da forma contrária. Se o clima estava caloroso, as duas permaneciam tão frias quanto a mais nova podia se lembrar do inverno de Portugal. Durante a semana não conversaram, não se visitaram nem se preocuparam em telefonar. Novamente o silêncio havia tomado conta de sua amizade, e nenhuma delas parecia preocupada em resolver o assunto.

No entanto, o que nenhuma das duas sabia era que ambas não conseguiam pensar noutra coisa. Alice estava ansiosa e se assustara com a reação da morena, que não havia demorado a concordar quando ela disse que as aulas deveriam acabar. No dia seguinte, ao acordar, seu primeiro pensamento foi um questionamento incessante, que a fazia tentar adivinhar o que teria acontecido se não tivesse interrompido o beijo ou a ação. O que aconteceria se Isis de fato tivesse tocado seu ponto de fervor e o centro de sua agonia? Se tivesse permitido? Ainda assim, pensando melhor, não conseguia se ver aceitando tal toque. Fora a primeira vez em sua vida que se sentira daquela forma, e ir além parecia assustador demais. Por mais que confiasse em Isis, a ideia de ter seu corpo invadido ainda a amedrontava.

A fidalga, por sua vez, sentia um imenso arrependimento por ter começado tudo aquilo, por ter dado a ideia de terem aulas, por ter tocado naquele assunto em sua casa. Havia sido tremendamente irresponsável. Mesmo que Alice fosse a personificação de uma obra de arte, nascida dos versos mais devaneadores ou das pinceladas mais delicadas, não significava que Isis poderia se deixar ser fraca. E, após a decisão dela de se guardar para o marido, a madame decidiu ser igualmente forte e trabalhar para tirar essa questão de dentro de si.

O problema era que não sabia como esquecê-la, visto que seriam obrigadas a se encontrar por muito tempo, principalmente pelo fato de o sr. Charles ter reencontrado o sr. Henrique e dona Marisa juntos no fim da tarde de terça-feira e os três terem decidido marcar o jantar que estava pré-combinado. E justo para aquela quinta-feira quente.

Alice e Isis estavam sentadas lado a lado à mesa, sem se olhar, conversar ou fazer qualquer outra coisa. A sala de jantar estava o mais bem alumiada que o casal d'Ávila poderia proporcionar. A mesa bem posta tinha algumas travessas pela metade e outras vazias, visto que já estavam sentados fazia algum tempo e seguiam degustando o frango assado, o peito de peru, a salada grega e todos os outros pratos que dona Marisa providenciara.

— É por isso que eu digo que a polícia precisa ser mais firme com esses bandidos. Isso de levar para a prisão é a mesma coisa que oferecer hotel de luxo — comentou Diogo depois de ouvir o caso que Charles estava contando, interrompendo-o e erguendo a mão para gesticular.

Henrique estava em uma das pontas e Marisa na outra, dois metros à frente. Adjacentes ao dono da casa estavam o jornalista, Isis e depois Alice, incomodada com os constantes toques da mãe da morena em sua mão para conversar. Estava a ponto de pedir que alguém trocasse de lugar com ela. Do outro lado sentavam-se Charles, Berenice e João Pedro, que não parava de deixar uma migalha ou outra cair no chão. Quando o molho de tomate escorreu em sua camisa branca, Berenice quase infartou, mas não disse nada.

— Acho que existem casos e casos — replicou Charles e continuou a história.

Berenice o ajudava nos detalhes, enquanto Pedrinho roía o osso da quinta coxa de frango daquela noite. Assim que percebeu que não tiraria mais nada dali, deu um chute de leve na perna de Marisa e sorriu docemente, encarando-a sem proferir uma só palavra. A dona da casa sorriu de volta e reparou em sua boca melada. Quando voltou a se atentar ao que o visitante contava, João Pedro a chutou outra vez e mostrou o osso, fazendo uma expressão muito decepcionada.

— Você quer mais, anjinho? — sussurrou Marisa, para não atrapalhar Charles. Ainda assim, Berenice ouviu e virou o rosto para fitá-los.

— Pode pegar. — A anfitriã tirou a tampa da travessa, em que restava apenas mais uma coxa.

— João Pedro... — a mãe o repreendeu, já pegando um guardanapo e começando a limpar seu rosto. — Desse jeito dona Marisa vai pensar que você passa fome em casa.

Ele riu de leve e mordeu a carne, pensando que era uma das mais saborosas que já havia experimentado.

— Não se preocupe. Criança é assim mesmo — respondeu Marisa, voltando a se atentar ao assunto e percebendo que a filha dizia alguma coisa com a qual Henrique concordava, pois não parava de acenar positivamente com a cabeça.

Alice encarou um ponto em seu prato para não ver Isis falar, por mais que fosse obrigada a ouvir. Depois que a morena dissera que realmente não deveriam continuar com as aulas, as duas foram para o andar de baixo, Diogo aparecera e os três almoçaram juntos, mas só a visitante e o jornalista falaram. Em seguida, a loura pedira licença para ligar para o pai e perguntara se ele poderia buscá-la. Ouvira mais broncas por estar dando tanto trabalho num dia como aquele, mas ele fora encontrá-la.

— É uma quadrilha — finalizou Berenice. — E eles não vão parar.

— Bandidos poderosos fazem parcerias duradouras mesmo. É como uma forte amizade — concluiu Henrique.

Pelo menos eles têm amizade, pensou Alice, mas não se atreveria a dizer. Adoraria alfinetar Isis de alguma forma para ver como ela reagiria. Não estava exatamente arrependida de não ter aberto as pernas naquele dia, mas também não podia negar a curiosidade.

A intenção dos donos da casa com aquele jantar estava longe de ser genuína. Ambos acreditavam veementemente que, se tivessem lábia o bastante, poderiam convencer os Bell Air a investir em sua fazenda e salvar seus bolsos. No entanto, ainda não haviam tocado no assunto nem uma vez, mesmo que Marisa não perdesse a chance de se gabar dos valiosos frutos plantados em seus muitos hectares. Charles e Berenice, por sua vez, jantavam com aquela família apenas por acreditar que, de alguma forma, seus anfitriões poderiam fazer com que o nome deles fosse mais famoso e valorizado na cidade, o que com certeza ajudaria nos negócios.

Depois que a sobremesa foi servida, Berenice soltou um comentário ambíguo sobre o fato de estar muito doce. Numa tentativa de disfarçar o provável erro da cozinheira, Henrique engatou uma longuíssima metáfora sobre açúcar e amor, que conseguiu conquistar o interesse de João Pedro — pela primeira vez, o garoto passou a prestar atenção em alguma palavra que estava sendo dita. Ao fim do monólogo, Berenice aproveitou o assunto "amor" e quase constrangeu todos ali quando fez uma piada dizendo que parecia que Isis estava com algum problema de memória, pois aparentemente se esquecera de seu compromisso com a família Bell Air: a promessa de arranjar um marido para Alice. De início ninguém disse nada, até que Isis começou a rir, como se tivesse se dado conta da diversão em tal brincadeira, e respondeu que eram poucos os rapazes à altura de sua filha. E essa foi a primeira vez que ambas trocaram olhares. Berenice murmurou alguns outros comentários insatisfeitos, sem deixar o ambiente voltar a se constranger, e depois mudaram de assunto.

Quando todos acabaram de comer, Henrique teve a ideia — que pareceu legítima por um momento, mesmo que ele e a esposa a tivessem ensaiado por toda a tarde — de convidar os joalheiros a fazer um passeio pela propriedade.

Berenice torceu os lábios e trocou olhares com o cônjuge. Já estava farta de tanto comer e conversar, assim como a maioria ali.

— Vocês não vão se arrepender, eu garanto — afirmou Marisa, levantando-se. — É uma casa ótima, vão ficar impressionados!

Henrique pôs-se de pé também, o que acabou pressionando os Bell Air a responderem de forma positiva. Levantaram-se e a mulher chamou João Pedro e Alice para acompanhá-los. O menino bufou, sentindo-se sonolento por ter comido tanto, mas segurou a mão da mãe e encostou a cabeça em seu braço.

— Já alcanço vocês — informou Diogo, pondo-se de pé e ajeitando o paletó. — Vou dar uma olhada na noite antes.

Não era preciso dizer mais nada para que quem o conhecesse soubesse que aquilo era um eufemismo para "estou indo fumar lá fora". Isis respirou fundo ao pensar no mau cheiro que seria obrigada a suportar quando voltassem para casa.

Apenas as duas amigas — isto é, se ainda o fossem — permaneceram sentadas.

— Alice, vamos — repetiu Berenice, chamando-a com um gesto.

Percebendo que Isis era outra que não planejava acompanhá-los no passeio, a loura viu ali a oportunidade de retomar o assunto que deixara a relação delas abalada. Depois de alguns dias, tivera chance de madurar a ideia e ficar menos assustada com o que tinha acontecido. Talvez pudessem conversar.

— Acho que vou ficar por aqui, não estou me sentindo muito bem. — E representou uma expressão de desconforto, franzindo as sobrancelhas.

Mesmo sem acreditar muito, sua mãe assentiu e virou as costas para acompanhar os donos da casa.

— E você, Isis? — perguntou Marisa, sendo deixada para trás.

— Vou esperar a comida assentar. — Não precisava ser muito inteligente para notar que Alice usara aquilo como desculpa para ficar perto dela e tentar um diálogo, e estava demasiado curiosa para ouvir o que ela tinha a dizer.

Marisa seguiu o grupo, o qual já adentrava o corredor que ia em direção à escadaria larga de madeira escura.

Quando ambas se viram sozinhas no silêncio da sala de jantar, apenas com o som das velas crepitando nas luminárias nas paredes, sentiram as palavras lhes dizerem adeus. Isis umedeceu os lábios e olhou para o próprio prato, balançando a perna calmamente e imaginando o que estaria se passando na cabeça de Alice.

Esta, por seu turno, mordia o lábio inferior e recordava-se da mão da morena caminhando até o interior de suas coxas.

Se Isis pedisse, teria coragem de fazer de novo?

— Quer um remédio ou algo assim? — questionou Isis, devagar e baixo, ainda sem observá-la, por mais que estivessem lado a lado.

— Remédio? Para quê?

— Você não disse que não está se sentindo bem?

A loura se lembrou.

— Ah! Não preciso de remédio.

Mesmo tentando evitar o máximo possível as palavras, Isis olhou-a e insistiu:

— Tem certeza?

— Está querendo cuidar de mim, por acaso?

Por mais séria que estivesse, Isis não suportou segurar o sorriso quando viu a expressão divertida e o tom leve que a jovem havia usado para perguntar aquilo. Ainda de lábios curvados, ela fechou os olhos brevemente e balançou a cabeça em negativo.

— Acho que pode tomar conta de si mesma sozinha.

De forma natural e íntima, Alice afastou os pratos, apoiou o braço na madeira e o rosto na mão, a fim de observá-la melhor. As duas permaneceram se olhando por alguns segundos, apenas admirando o rosto da outra e pensando em tudo o que poderia acontecer se o mundo em que viviam não fosse tão complicado e problemático.

Isis, por mais que não quisesse, não conseguia deixar de pensar no carinho que nutria por Alice, na vontade de contar toda a verdade sobre como se sentia. Para ela, os momentos que passaram juntas nunca foram apenas aulas ou amizade. Sabia o que sentia desde o primeiro instante, desde quando vira a loura de máscara no Carnaval, e o sentimento só aumentou depois de conhecê-la melhor. Era impossível dizer o que esperava do futuro, o que de fato queria fazer, se desejava lutar por um amor tão complicado ou apenas senti-lo em seu peito, sem que ninguém jamais descobrisse. A única coisa que sabia é que era bom, era suave, divertido, quente e reconfortante. Mais uma vez pensou se deveria revelar isso a Alice, mas um lado de si repetia sem cessar que aquela era a pior ideia que já tivera na vida.

— Você está brava comigo, não está?

Sorrindo de leve, Alice negou com a cabeça.

— Isso seria impossível. — Os olhos da loura brilhavam quase tanto quanto seus cabelos claros.

— Eu fiquei envergonhada com o que aconteceu. E surpresa com a sua reação, imaginei que não fosse mais querer minha amizade e...

Imediatamente Alice segurou seu pulso e, com uma feição muito mais preocupada, tentou fazer com que ela jamais pensasse aquilo outra vez.

— Isis, nós somos *melhores amigas*, esqueceu?

Inicialmente a madame não reagiu. Pensou que não fosse possível Alice de fato acreditar naquilo. Que tudo o que sentiram juntas tinha sido apenas fruto de uma amizade diferenciada.

— Eu só fiquei um pouco nervosa porque... bom, você sabe o porquê. Isso é algo importante, principalmente para alguém que logo vai se casar.

Isis assentiu, relembrando as palavras de dona Berenice dizendo que ela precisava arranjar um marido para sua filha. Para a morena, a castidade nunca fora algo de tão grande valor. Desde o dia em que perdera a própria, sabia que quando se casasse a única coisa que deveria fazer era parecer medrosa e inexperiente, e fingir dor quando o falo do marido a penetrasse. Mas devia ser diferente para Alice. Eram de diferentes famílias e contextos, seus ideais e vivências não se deram da mesma forma.

— Desculpe, Alice, de verdade — pediu Isis.

— Não se preocupe. — Ainda segurando seu pulso, Alice a observava em silêncio, e em segundos envolveu a mão da melhor amiga e entrelaçou os dedos nos dela, iniciando um carinho com o polegar em sua pele cálida.

— Eu sinto a sua falta, sabia? — perguntou a loura. — Não gosto quando ficamos sem nos falar.

— Nem eu. Acho que precisamos parar com isso.

— Concordo. Então, se tivermos algum problema daqui em diante, vamos nos encontrar o mais rápido possível para resolver, combinado?

— Como quiser — respondeu Isis, sem conseguir parar de olhá-la e de vibrar com a percepção de que Alice tentava fazer o máximo que podia para não deixar que se afastassem, para não estragar a amizade entre elas ou o que quer que tivessem.

Deveras perdida no olhar profundo e no sorriso oblíquo da morena, Alice demorou um tanto até ter a seguinte ideia:

— Por que você não me mostra a fazenda também?

— Você quer dizer ir com nossos pais até o andar de cima?

— Não. Acho que poderíamos começar pelo lado de fora. Estou com um pouco de calor.

Franzindo o cenho levemente, Isis desconfiou de seus motivos.

— Calor?

— Sim. E talvez nós pudéssemos conversar melhor.

Não negaria, ainda mais diante do que aquilo parecia ser. Ambas se levantaram, ainda de mãos dadas, dedos entrelaçados e olhares entretidos.

— Acho que eu poderia lhe mostrar o... hum... o gramado? — questionou, pois, pela situação em que seus pais se encontravam, não havia muito o que exibir.

— Eu adoraria. Gramados são muito interessantes. Como eu moro no centro, quase não vejo nenhum — justificou a loura.

Isis riu e envolveu seus ombros em um meio abraço.

— Ótimo. Vamos ver gramados.

Quando saíram da sala de jantar e passaram para o lado de fora, viram Diogo encostado na parede, fumando seu charuto, alguns metros depois da porta.

— Aonde as princesas pensam que vão? — indagou, desencostando-se.

— Vamos dar uma volta pela fazenda, não se preocupe — respondeu sua esposa.

— Eu adoraria acompanhá-las.

— Não precisa, não vamos muito longe.

— Pois bem. E, Isis, não demore. Já estamos indo.

Sem fazer questão de responder, a morena envolveu um pouco mais o corpo da amiga e voltaram a caminhar pela estreita trilha de pedras cinza e amarelas que costumava enfeitar o sítio de maneira fabulosa quando Isis era mais nova, mas que agora, um tanto maltratada e com o mato crescido, parecia muito mais um caminho de sujeira que esqueceram de limpar.

— Ele é bem preocupado com você, não é? — perguntou Alice, sentindo uma pontinha de inveja por não poder demonstrar seu afeto em voz alta também.

— Ele gosta de inventar motivos para se preocupar. Essa é que é a verdade.

Caminharam mais um tanto, certificando-se de estar longe o suficiente para que o jornalista não pudesse ouvi-las.

A noite era iluminada pelas luzes que vinham da mansão, pelas muitas estrelas no céu e a lua cheia sobre a cabeça delas. A cada poucos metros, ainda, havia alguns postes com lamparinas que as auxiliavam em seu caminho. Conversando sobre os últimos acontecimentos — os dias em que permaneceram afastadas —, as duas fizeram uma curva, passando diante da entrada para o cafezal de árvores com saúde duvidosa.

— Foi bom morar aqui? — perguntou Alice, um minuto depois. — Digo, nesta fazenda.

— Foi. Era um ambiente melhor na minha infância e adolescência, quando minhas irmãs também moravam aqui. Nós nos divertíamos muito por ser um lugar tão grande.

— E onde elas estão agora?

— Amélia está em Pernambuco, se casou com um senador de lá. Laura mora no Rio de Janeiro como freira. E é enfermeira, acredita? Elas vêm nos visitar uma ou duas vezes ao ano. Laura poderia vir com mais frequência, já que mora mais perto, mas aparentemente as regras no convento são bastante rígidas. — Fez uma careta, revelando que o fato de a irmã mais nova estar naquele lugar a incomodava. Seu julgamento não se dava por preconceito contra a vida santa que as freiras levavam, mas por sempre se recordar do choro de amargura e desespero de Laura no dia de sua partida. Aquele era o último lugar para onde a irmã caçula queria ir.

Notando sua expressão sombria, Alice se viu curiosa o bastante para perguntar:

— Por que ela foi para um convento? Sempre soube que queria se tornar freira?

— Oh, não. Quando fez vinte e um anos e continuava espantando cada pretendente com seus modos terríveis, minha mãe decidiu mandá-la para longe, para parar de envergonhá-la. Laura conseguia ser bem-educada quando queria, mas bastava começar a ser cortejada para se sentar de pernas abertas, enfiar o dedo no nariz ou forçar um arroto. Era engraçadíssimo — contou com um sorriso nostálgico. — Lembro que tinha muitos homens atrás dela. Recebeu o primeiro pedido de casamento aos quinze anos, de um advogado paranaense. Mas nem sequer cogitou dizer sim, por mais que meus pais estivessem ávidos com a possibilidade. Ela sempre chamou muita atenção. Sempre foi a mais bonita de nós três.

Alice semicerrou os olhos.

— Mais bonita que você? Duvido.

Isis riu alto, e sua mão não demorou a iniciar um carinho no ombro da jovem.

— Ela é. Estou falando sério. Tem o cabelo mais cacheado e brilhante que o meu, além de olhos marcantes e um nariz perfeito. Você se apaixonaria se a visse.

Um pequeno susto quase fez Alice parar de andar, como se a mera menção de uma paixão por outra mulher pudesse deixá-la em pânico. Fechou a cara imediatamente.

— Me apaixonaria? Pelo amor de Deus, Isis.

— Ah, tenho certeza que sim — respondeu com ar divertido. — No entanto, isso só aconteceria, é claro, se você já não estivesse apaixonada *por mim*.

A loura arregalou os olhos e se desvencilhou do meio abraço, sentindo o pânico aumentar dentro de si e uma indignação que não sabia de onde vinha.

— Apaixonada por você? Está ficando louca?

— Não precisa se envergonhar, meu amor — afirmou e aproximou-se devagar, parando a alguns centímetros de sua face. — O sentimento é recíproco.

Alice pressionou os olhos com os punhos, firmando os pés no solo seco da fazenda e sentindo uma irritação de ar imaturo. Não conseguia acreditar no que estava sendo obrigada a ouvir.

— Sim, você realmente está ficando louca. Absolutamente insana. Deveria consultar um médico, para dizer o mínimo.

Rindo outra vez, Isis umedeceu os lábios e mordeu o inferior, animando-se tanto que sentiu as batidas do coração acelerarem ao presenciar o nervosismo da jovem.

— Você parece chateada.

— Chateada? Estou brava, muito brava com você por ficar insinuando essas coisas.

Isis arqueou uma sobrancelha e cruzou os braços.

— Entendi. Brava. Muito brava. Parece deixá-la nervosa também, no sentido de "ansiosa". Estranho, não é?

Alice negou com a cabeça e olhou para o outro lado, buscando evitar contato visual e impedir que Isis enxergasse sua alma através das íris.

— Não. Me deixa apenas brava.

— E por quê?

Respirando fundo, Alice ergueu os olhos para encarar a amiga e aguardou alguns segundos antes de proferir em voz alta o que tinha a dizer. E torcia com força para que aquilo fosse a mais pura verdade.

— Porque eu gosto de homem, Isis. Não sou como aquelas mulheres dos quadros. Eu gosto de homem e apenas de homem. Jamais me apaixonaria por uma mulher.

Segurando-se para não revirar os olhos, a dama escondeu os lábios e continuou a encará-la com um olhar travesso. Perguntava-se quanto tempo ainda iria demorar até que Alice percebesse que estava mentindo para si mesma.

— Em momento algum eu insinuei que você não gosta de homem — respondeu. — Mas o fato de estar com isso na cabeça a ponto de salientar o assunto com tanta veemência faz parecer que suas certezas são no mínimo questionáveis, não?

Talvez a única coisa que a mais nova precisasse fosse de um pequeno empurrão, pensou Isis.

Alice pregou o pé direito nas pedrinhas e bateu as mãos nas coxas.

— Você está sendo totalmente desrespeitosa, sabia? Totalmente! Eu só disse para que ficasse claro de uma vez. Eu gosto de homem!

— Se gosta tanto assim, por que está há tanto tempo fugindo da mera possibilidade de conhecer um?

A pergunta a pegou desprevenida, não fazia ideia da resposta. Silenciou-se e constrangeu-se, demorando vários segundos até que sua mente pensasse em alguma saída.

— Porque não me sinto segura o bastante *naquelas áreas* do casamento. É por isso. Não quero decepcionar meu futuro marido.

Achando a justificativa demasiado superficial e fraca, Isis viu ali uma oportunidade imperdível.

— Quer receber mais das minhas aulas, então?

Mirando-a, a loura decidiu não responder. Um lado de si estava louco para aceitar e beijar Isis naquele instante. Outra parte repetia que dessa forma estaria piorando sua própria situação. Quando fosse para casa, levaria horas para dormir pensando nos lábios da fidalga, em seu corpo tão bonito e em todas as sensações que causava nela. E, quando finalmente acordasse no dia seguinte, seu primeiro pensamento seria o colo quente e os suspiros em seu ouvido, a mão firme lhe apertando a cintura e os beijos cálidos prontos para fazê-la sair da linha e não pensar em outra coisa que não fosse sua melhor amiga.

Ainda que sem resposta, a madame logo percebeu a ansiedade no olhar da loura, que confessava como estava louca para dizer "sim". Voltou a caminhar na mesma direção, sem olhar para trás.

— O que está fazendo? — perguntou Alice.

— Indo lhe mostrar a fazenda.

A mais nova bufou e começou a segui-la, sem saber o que esperar. Um minuto se passou até que fizessem uma segunda curva e alcançassem o celeiro, uma construção alta e larga de madeira bege.

— Já entrou em um lugar assim, srta. Alice? Ou sua vida de europeia só permite visitas a teatros, catedrais, lojas luxuosas, viagens de nav...

— Eu sei o que é um celeiro, se é o que está perguntando.

Antes que terminasse de falar, viu Isis dar uma pancada com a lateral da mão em uma das poucas janelas do armazém, pelo lado de fora, fazendo-a abrir de repente.

— Duvido que já tenha entrado em um, foi isso que eu disse — esclareceu, sentou-se na moldura de madeira e, com um pouco de dificuldade, conseguiu puxar todo o tecido do vestido e colocá-lo para dentro, logo dando um pulo para adentrar o local, quase sem iluminação. Apenas a luz intensa da lua cheia entrava pela janela, mas era o suficiente para conseguirem ver onde pisavam e o que havia dentro do depósito.

Alice permaneceu parada do lado de fora, encarando-a de cenho franzido e se perguntando o que Isis estava planejando.

— Não seria mais fácil passar pela porta? — perguntou.

— A porta está trancada, Alice. Eu sabia que você não entendia nada de celeiros. Vamos, entre. — E estendeu a mão.

Alice deu alguns passos adiante e segurou sua mão. Sentou-se da mesma forma que Isis havia feito e recebeu ajuda para passar as pernas para dentro.

Já no interior do armazém, Isis encostou uma das folhas da janela e Alice estudou o ambiente amplo e altivo. Estava um tanto escuro, mas a loura notou sacos enormes atados e recostados em alguns cantos, conjuntos de palha amarrada em outro e mais sacos, um deles rasgado, dando-lhe a chance de ver grãos espalhados pelo chão e imaginar que fossem sementes. Da mesma maneira, equipamentos de jardinagem, agricultura e carpintaria jaziam a alguns metros dali.

— O que viemos fazer aqui? — questionou Alice.

— Você não disse que queria novas aulas comigo?

— Não, não disse.

— Tem certeza? Acho que me confundi, então — respondeu Isis, e umedeceu os lábios tão devagar quanto a velocidade de seus passos enquanto caminhava. — Mas... já que estamos aqui... quer dizer... — Um de seus dedos acariciou a pele no pulso da pupila, fazendo um carinho calmo e delicado.

Alice engoliu em seco, imediatamente voltando a sentir o nervosismo com que seu corpo respondia todas as vezes que Isis se aproximava. Arrepiou-se quando a mão que a acariciava começou a subir e descer, e seus olhos não se desviavam.

— Você entendeu o que eu disse antes? Sobre gostar de homem? — indagou, ouvindo a voz falhar. — Tudo o que fizermos será somente por motivos didáticos.

— Como quiser. — Com a mesma mão que antes a acariciava, Isis alcançou sua cintura e, devagar, puxou-a mais para perto.

Alice sabia que, estando naquele cenário, seria incapaz de se controlar. No entanto, precisava agarrar-se aos últimos resquícios de sanidade que lhe restavam, já que sua racionalidade costumava evaporar sempre que sentia o toque da madame, e fazer as coisas da maneira correta.

— E, nesse caso, eu acho que o certo seria mudarmos algumas coisas.

— Que coisas, meu amor? — perguntou Isis e tentou alcançar seus lábios para dar um selinho, mas Alice inclinou o pescoço e afastou a boca de perto da dela.

— Como a aprendiz sou eu, não faz o menor sentido ser você a pessoa a fazer tudo, não acha?

A morena piscou algumas vezes, começando a acompanhar seu raciocínio, mas uma parte de si não conseguia acreditar que a tão amável Alice estava sugerindo tal coisa. Talvez, na verdade, ela não fosse tão inocente assim.

— O que quer dizer?

Segurando as mãos de Isis, a jovem as tirou de sua cintura e entrelaçou seus dedos. Dessa vez, foi ela que decidiu se aproximar mais, até que ambas conseguissem sentir a respiração uma da outra, fazendo com que a tentativa de atrasar o beijo se tornasse insuportável.

— Quero dizer que o que você pedir vou obedecer. Quero aprender tudo.

E, pela primeira vez naquela noite, a moça conseguiu deixar sua melhor amiga sem palavras, arrebatada pelo pedido corajoso e decidido. Isis jamais se negaria, principalmente quando Alice se mostrava tão desejosa de uma situação que poderia se tornar inesquecível.

— Acho que deveríamos continuar de onde paramos na sua casa — sugeriu Alice, com os joelhos começando a ficar bambos.

Quando Isis balançou a cabeça de modo afirmativo, a loura estudou o lugar mais uma vez e notou que, na área em que a palha estava estocada, alguns fardos tinham sido desamarrados e espalharam-se pelo chão, o que provavelmente tornara o lugar confortável para se acomodarem. Ainda segurando seus dedos, Alice a guiou até lá e a fez se deitar na exata posição em que estivera no quarto de sua casa, enquanto a jovem se posicionava sobre seu corpo, observando o decote de dar água na boca. Ainda assim, decidiu que seu lugar favorito teria de esperar um pouco. Inclinou o corpo e enfim alcançou os lábios entreabertos da melhor amiga, não demorando a beijá-la calma e profundamente.

Isis segurou-a pela cintura e puxou seu quadril, para que se sentasse sobre ela. Alice arrastou-se um pouco mais para baixo e deslizou os lábios para o colo da morena. Ela cheirava ao aroma francês com o qual presenteara a jovem quando esta a visitara pela primeira vez, tinha a pele macia como um algodão fino. Alice questionou-se, em certo instante, se seria daquela forma que Isis a sentia quando a tocava. Será que a madame também tinha o estranho desejo de nunca mais tirar os lábios de sua pele?

— Você é uma aluna muito aplicada, sabia? — disse Isis entre suspiros.

— Eu quero tudo o que você puder me mostrar — confessou ao aproximar os lábios de seus seios e beijar toda a superfície. Não havia perfume ou sensação melhor no mundo. Nem mesmo quando ganhava um vestido novo ou viajava para um país quente se sentia tão excitada e aprazível como quando beijava Isis d'Ávila Almeida.

— Sexo com um homem é diferente do que estamos fazendo aqui, Alice — alertou a mais velha, temendo que, ao suspirar tantas vezes entre seus peitos, houvesse uma pequena possibilidade de ela estar, na verdade, ainda pensando no futuro marido.

— Não tem problema — murmurou Alice e tentou puxar o tecido um pouco mais para baixo para, quem sabe, ter uma visão mais ampla do volume perfeito que sua mentora escondia. — Tenho certeza de que vou tirar alguma lição. Eu só... só preciso continuar sentindo isso.

E foi então que as dúvidas, ainda que não muito concretas, foram respondidas. Alice podia pensar inúmeras coisas ao beijar seu colo, mas a última delas seria um homem. Elas eram parecidas, não iguais, porém, a cada momento em que tais sinais apareciam com mais obviedade, mais forte o coração de Isis batia e maior revelava-se o desejo de apresentar Alice ao mundo a que de fato pertencia. Se pudesse, a morena seguraria suas mãos e diria toda a verdade, enfrentaria todas as consequências ao seu lado. De todas as mulheres que em sua vida já estiveram, Isis jamais sentira tamanha confiança como sentia quando estava com Alice. Em seus olhares, falas e segredos confessados, ela sabia que, com os devidos cuidados, elas poderiam ter o que uma pequeníssima parcela da população tinha. Poderiam ser quem de fato eram e unir forças para explorar juntas uma realidade sempre rejeitada.

A morena abaixou as alças do vestido e da anágua, e Alice não pensou duas vezes para ajudá-la. Impacientemente, logo deixaram ambos os seios de Isis à mostra. Alice os encarou e mordeu forte o lábio inferior, pensando que durante toda a sua vida jamais tinha visto um corpo tão bonito. Antes de voltar a se mover, fitou os olhos cheios de expectativa da dona dos mamilos enrijecidos.

Um pouco insegura e sentindo um tanto da timidez anterior retornar, a loura esperou, extasiada, apaixonada, titubeando entre o sim e o não.

— Faça o que você quer fazer — pediu Isis.

Fosse o timbre grave, a voz rouca, a alta temperatura corporal, o perfume, a luz fraca, o corpo em total estado de desejo e vulnerabilidade, todas essas coisas juntas ou nenhuma delas, podia-se dizer e ver que revelaram em Alice, tanto para Isis quanto para si mesma, um lado jamais conhecido. A loura abaixou o corpo outra vez e sua língua escorregou ousadamente entre os seios da melhor amiga.

Isis contraiu os músculos internos, arqueou levemente as costas e gemeu ao sentir seus mamilos aumentarem o nível de pressão e luxúria que não pensava ser capaz de sentir. Realmente Alice havia nascido para aquilo, era parte de quem ela era, porque nenhuma mulher que não se sentisse prostrada perante o corpo de outra sugaria sua pele com tanto desejo e anseio quanto a loura era capaz de fazer.

Alice logo passou a atentar-se mais a um dos seios, ainda segurando o outro e o massageando com dedos firmes. Não tinha pressa ou vontade alguma de parar, era como se tivesse vivido a vida toda aguardando aquele momento, aquele sabor e aquele desespero inebriante dentro de si. Sugou o mamilo com mais força, e o som dos gemidos de sua melhor amiga ficando mais altos a encorajou a fazer aquilo de novo. A mesma sensação de antes — "tesão", como Isis uma vez denominara — já estava clara e acentuada entre suas pernas. Alice abaixou um pouco o quadril, voltando a sentar-se sobre ela, e pensou quais seriam as chances de a mulher notar caso ela esfregasse sua intimidade ali, apenas para tentar aliviar aquela sensação e se manter calma e controlada.

Ao notar o que a loura estava começando a fazer, Isis ergueu o tronco, interrompendo os beijos, mordidas e sugadas em seus seios, e ambas se sentaram. A morena a puxou para um beijo ardente, não demorando a mexer freneticamente em suas saias, à procura da barra do vestido.

— Me deixe tocar você — implorou.

Queria sentir sua intimidade molhada, assistir aos olhos de Alice revirarem enquanto seus dedos e sua língua escorregavam por entre os grandes lábios...

A jovem segurou seus pulsos e a fez deitar-se outra vez, ficando sobre ela.

— É para você me ensinar, lembra? — advertiu e seus olhos escureceram tanto quanto os de Isis quando se preparava para insinuar certas coisas.

Um arrepio percorreu o corpo da morena. Aquilo queria dizer que... que sua pupila teria o destemor de passar para a próxima etapa? Alice voltou a ficar de joelhos. Estranhamente intrépida e excessivamente excitada, começou a levantar a saia e o forro do vestido de Isis. Quando as pernas apareceram, sua expectativa duplicou, mas não foi nada comparado a como se sentiu ao observar o quadril seminu, coberto apenas pela roupa íntima branca.

— Existem várias coisas que você pode fazer aqui — comentou Isis. Com uma das mãos, começou a massagear sua própria intimidade por cima do tecido, devagar e firmemente. — Isso, por exemplo, é tão bom...

Inicialmente chocada, a loura logo somou dois mais dois e perguntou-se se era aquilo que precisava fazer quando o peso em sua intimidade surgia, quando a vontade frenética de se esfregar não a deixava em paz. Não conseguia tirar os olhos dos dois dedos que a amiga usava para pressionar a si mesma, logo abaixo de seu rosto, mas tudo piorou — ou melhorou — quando Isis enfiou a mesma mão dentro da peça de tecido e continuou a se masturbar.

O fato de não conseguir mais visualizar a cena com perfeição fez Alice se sentir ainda mais instigada. Uma curiosidade enorme tomou conta de seus sentidos, e ela umedeceu os lábios quando ouviu os gemidos de Isis retornarem com mais volume e liberdade. Queria que fosse ela lhe proporcionando tamanho prazer. Queria tocá-la e conhecer cada centímetro daquela região tão escondida, frequentemente proibida até mesmo de ser mencionada. Foi o suficiente para que, antes de ter qualquer chance de refletir, notasse uma de suas mãos deslizando pelo interior da coxa da melhor amiga e, em segundos, seus dedos encontrassem os dela dentro da peça íntima. Alice finalmente, e pela primeira vez, conhecia o que o calor e o desejo feminino poderiam provocar.

Isis, que até então estava de olhos fechados para sentir a si mesma com mais concentração, impressionou-se com a presença desbravadora da pupila. Trocaram olhares longos e ansiosos, até o instante em que a fidalga segurou os dedos da loura e os esfregou sobre seu clitóris inchado. Não demorou muito para tirar a mão dali e se permitir sentir os movimentos curiosos e ávidos que Alice lhe proporcionava.

Seus dedos mostravam-se mais ousados do que Isis poderia acreditar, mas, antes que tivessem a chance de partir para o próximo passo, ouviram uma voz grossa do lado de fora do celeiro.

— Isis! — gritou Diogo, aproximando-se.

Imediatamente a morena se lembrou de que ele havia dito para não demorar, pois já estavam indo embora. *Argh!*, pensou.

Alice retirou a mão no mesmo instante, e a pressa e o desespero que as atingiram não se comparavam ao momento em que dona Berenice batera à porta do quarto da filha após o primeiro beijo delas. A janela do celeiro estava metade aberta, e o jornalista com certeza poderia ver a movimentação lá dentro.

Enquanto Isis se levantava e ajeitava as alças do vestido a fim de esconder os seios, Alice batia as mãos na saia dela, tentando tirar os fios de palha grudados ali. A alça do vestido se enrolou no braço da mais velha e ela puxou o tecido quase a ponto de rasgar. Sentiu o coração parar de bater quando seus ouvidos notaram alguns nós de linha arrebentando.

— Alice, meu vestido! — rosnou em desespero.

— Espere aí — respondeu a loura, tão nervosa quanto, ainda batendo uma das mãos na parte de trás da indumentária, com a certeza de que todos descobririam o que estava acontecendo.

— Pare de bater na minha bunda e me ajude a desenrolar essa merda!

— Isis! — gritou Diogo outra vez, e sua voz estava muito mais alta, sinal de que continuava se aproximando.

O afobamento fez com que Alice percebesse sua prioridade e ajeitasse a região superior do vestido de Isis rapidamente.

— Agora o outro lado, vire-se — a jovem mandou em um tom jamais usado antes, que fez Isis erguer as sobrancelhas, impressionada. Sorriu em resposta, tentando reviver a sensação dos dedos dela em sua intimidade. — Do que está rindo, Isis? Pelo amor de Deus!

A morena preferiu não responder, mas estava sorrindo porque seu coração estava sorrindo. Ele se enchia de alegria ao perceber que estavam bem de novo, que haviam voltado a se unir e que a briga de domingo não existia mais. No entanto, algo logo fez sua alegria evaporar. Precisava voltar à realidade e se lembrar de que, não importava quanto a quisesse, quanto pensasse nela, não poderia cortejá-la, lutar pelo seu amor ou sequer lhe dar uma família. Mas outra pessoa poderia. Um homem.

Depois de tanta demora, devaneio e fantasia, e depois de tanta pressão imposta por dona Berenice, que não era nada boba, não havia mais para onde fugir. Todas as brincadeiras e aulas haviam sido divertidas, mas, depois daquele jantar e de tantos meses postergando, Isis sabia que não poderiam mais esperar.

— Alice, eu acho que você já sabe fazer coisas suficientes.

Sem acompanhar seu raciocínio, a loura levou aquilo como um elogio e sorriu ao terminar de ajeitar seu vestido.

— É mesmo?

— Sim. E você sabe o que isso significa.

Pelo tom utilizado, Alice não demorou a perceber que havia algo de negativo naquela afirmação. Não era um elogio, era outra coisa, e teve certeza quando Isis abriu os lábios para concluir seu pensamento:

— Vamos arranjar um marido para você.

13

Príncipe encantado

Gabriel Antônio Carvalho tinha vinte e oito anos, era advogado e nas horas vagas divertia-se com seu grupo de amigos em um puteiro subterrâneo próximo ao Som América — um segredo. Gabriel era poucos centímetros mais alto que Isis, tinha pele branca, cabelos ondulados num tom escuro de cobre, olhos pretos e barba semelhante à de Diogo.

Quando Cassandra serviu o uísque, ele tomou tudo num só gole, fazendo a dona da casa erguer as sobrancelhas, um tanto surpresa com a pressa do rapaz. Estavam na sala de estar, logo após o horário de almoço. Isis sentava-se na ponta de uma poltrona, enquanto seu convidado se acomodava no sofá mais próximo.

— Então, seu Gabriel... — disse ela, reparando em cada detalhe de sua estrutura, certificando-se de que a roupa estava realmente limpa. Era o primeiro critério que deveria preencher, no mínimo. — O que estava dizendo sobre o seu pai?

— É advogado, como eu. Advogado e coronel.

— Sim — respondeu e olhou rapidamente para sua contratada, que devolveu um olhar divertido, como quem já sabia que a patroa não estava lá tão satisfeita com o resultado da entrevista. — O que mais?

— É só isso. Degusta vinhos às vezes, mas...

— Não, seu Gabriel. Você. *O que mais* sobre você?

— Ah, sim — proferiu, envergonhado. — Eu tenho meu próprio escritório no centro da cidade. Uma equipe com outros sete advogados.

Ela arqueou as sobrancelhas outra vez, e novamente dividiu um olhar com Cassandra.

— Estamos crescendo rápido — acrescentou ele.

— E acha que seu trabalho pode atrapalhar em algo a relação que pretende construir com sua esposa?

— Não. De forma alguma. Darei tudo o que ela precisar.

Resposta errada. Não era sobre bens materiais que Isis estava falando. Os critérios iniciais de dona Berenice eram bem claros. O futuro marido de Alice precisava ser erudito, ter a mente aberta e menos de trinta anos. Gabriel era, com certeza, muito inteligente e intelectual, o que ficava evidente principalmente pelo rápido crescimento profissional e pela forma de se comportar e vestir. No entanto, o quesito "mente aberta" encontrava-se em falta. Encontrava-se em falta, aliás, nos últimos quatro rapazes com quem Isis tinha conversado. Dois deles eram amigos de Diogo, um era sobrinho do padre de sua igreja e o outro, além disso, era feio demais, tendo sido automaticamente riscado da lista.

— Talvez, sr. Gabriel, o que sua futura esposa precise seja de espaço e apoio nos próprios negócios. Qual sua opinião sobre isso?

— Negócios como, hum, aulas?

— Negócios como administrar uma joalheria internacional.

Ele assentiu e pensou por alguns segundos.

— A srta. Alice vai gerenciar a Ouro Bell, então? — questionou.

— Ela vem estudando há anos para isso.

Sua cabeça balançou em concordância outra vez e ele observou o fundo do copo, onde uma única gota de uísque escorregava.

— Tudo bem — disse.

— Como?

— Não vejo problema. Ela quer trabalhar? Ótimo, nós dois teremos algo de útil para fazer.

Um milagre?, pensou Isis. Depois de quatro diálogos exaustivos, ela finalmente havia encontrado o par ideal? Bom, na verdade, sabia muito bem que não existia naquele mundo um par ideal para Alice. Gabriel, por mais galante, esperto, engraçado, educado e espontâneo que pudesse tentar ser, jamais seria o par ideal da donzela luso-americana. Um *homem* jamais seria. E uma mulher, muito menos — por motivos que a entristeciam demais só de pensar. Talvez Alice morresse sem sentir o sabor do amor, e, ao pensar nisso, a fidalga percebia seu coração desfalecer. Quisera ela ter nascido com um par de bolas entre as pernas.

— Provavelmente ela ficará bem ocupada em alguns dias, por conta do trabalho — contou, imaginando que aquilo pudesse fazê-lo mudar de ideia.

— Eu também fico muito ocupado, às vezes. Vamos nos entender.

Mais um olhar trocado com Cassandra foi o suficiente para que Isis percebesse que Gabriel estava no jogo. Talvez tivesse acabado de conhecer o futuro marido da mulher que conquistava seu coração a cada olhar trocado. Em breve a perderia para sempre.

Sabia que esse momento chegaria mais cedo ou mais tarde. A pupila não poderia ficar eternamente solteira. Não se quisesse ter paz, pelo menos. Enquanto isso, Isis tentava não pensar no futuro e na enorme chance que existia de jamais se tocarem outra vez. Era provável que, com o tempo, assim como a madame fizera, Alice aprendesse a dar total atenção às suas prioridades, que inevitavelmente eram maiores que as dela. Alice tinha uma empresa para cuidar, em breve um marido e muito provavelmente filhos. Isso tomaria todo o seu tempo e todos os seus pensamentos. Com isso em mente, decidiu fazer mais uma pergunta:

— E em relação ao tempo que Alice poderia querer usar para outras coisas? Por exemplo, se quisesse visitar uma conhecida ou... ou ir à igreja. O senhor iria se opor a isso?

— De forma alguma. Ela pode ir, se quiser.

Não parecia real. A sentença soava verdadeira. No entanto, Isis não conseguia acreditar que estava conhecendo um homem que conseguia ser o exato oposto de seu marido. Aquele era definitivamente o contrário do tipo de resposta que Diogo daria. Será que achara o que poderia ser chamado de O Príncipe Encantado de Alice Bell Air? Ela sabia que não encontraria nenhum outro homem com aquele tipo de personalidade.

— O senhor parece tão compreensivo — murmurou, ainda impressionada.

Gabriel olhou para dentro do copo outra vez e percebeu que sua mão estava tremendo. Deixou-o sobre a mesa de centro e limpou a garganta.

— Eu sou, realmente. Muito compreensivo. E muito generoso, se for disso que ela precisar.

Por mais que a maior parte das suas respostas fosse correta, era impossível não notar o desassossego. Talvez nunca tivesse tido esse tipo de conversa, Isis pensou.

— A ideia de casar ainda este ano o agrada? — perguntou ela e engoliu em seco, sentindo como se sua própria voz a golpeasse no estômago.

— Com certeza. Acho que já estou passando da hora de arrumar uma companheira.

Isis assentiu e desviou o olhar. Era tão difícil lidar com aquela situação de forma ética e honesta. Afinal, era sobre Alice. Tudo aquilo era sobre ela, e significava que ela estava indo embora. Aos poucos, talvez, mas iria. Porém essa sequer era a pior parte.

Por mais que a loura ainda não soubesse, Isis tinha conhecimento de quem ela realmente era. Isis sabia que Alice era uma mulher diferente, especial, e que sua característica diferenciada deveria ser cuidada com apreço. Mas, na verdade, se alguém descobrisse, ela não receberia menos do que chutes e humilhações. Alice não era como a mãe, não era como uma parte de sua melhor amiga ou como a noiva que o mundo dizia que precisava ser. Ela tinha seu próprio eu, sua própria forma de amar. Contudo, jamais poderia viver a felicidade de maneira verdadeira e genuína. *Essa* era a pior parte. Era saber que, pelo resto da vida, Alice seria obrigada a viver como outra pessoa, seria obrigada a sorrir forçado, a dizer "eu te amo" com falsidade, a agradar familiares que, no fundo, jamais poderiam saber quem ela realmente era. Além disso, ainda precisaria se submeter às noites íntimas em que deveria se sentir atraente, libertina, sensual, livre e amada, mas que seriam sentidas como momentos de dor, vergonha, desconforto, pressa e nojo.

— Dona Isis? — Cassandra chamou pela segunda vez quando Gabriel tentou falar com ela, que parecia demasiadamente distraída para perceber.

— Ah, perdão — disse, suspirou e piscou algumas vezes. — Alice é muito bonita, sr. Gabriel, mas não é só isso. Ela é inteligente, muito esperta mesmo. É determinada, bondosa e tão compreensiva quanto o senhor. É calma, boa, divertida e leal. Ela se preocupa com as pessoas, é cuidadosa, tem uma voz tão terna e envolvente, tantas histórias diferentes sobre sua infância, ela...

Aos poucos, Isis ia percebendo o que estava fazendo, ia se ouvindo e, como se fosse possível, começou a sentir seu ser cada vez menor, sua voz cada vez mais baixa e melancólica, seus olhos cada vez mais taciturnos e o coração mais apertado. Era como se já estivesse se despedindo de sua pessoa favorita.

— O que quero dizer, na verdade, é que ela é um ser humano, sr. Gabriel. E eu não posso deixar que nossa conversa de hoje passe para a próxima etapa se não tiver absoluta certeza de que Alice será plenamente feliz ao se casar com você.

O homem umedeceu os lábios e seus olhos vacilaram. Isso acontecia com certa frequência. No entanto, quando retornou, ele usou as técnicas aprendidas na faculdade e em sua vivência de advogado para exibir toda a confiança possível.

— Não há homem no mundo tão capaz quanto eu de fazer a srta. Alice feliz. Não há homem no mundo tão disposto quanto eu a fazer essa relação funcionar. Ainda não a conheço pessoalmente, mas, pela nossa conversa hoje, sei que podemos ter um futuro muitíssimo promissor. A única coisa que preciso é de uma chance.

Era o príncipe encantado. Se não fosse, Alice precisaria acreditar que era, porque Isis duvidava muito que pudesse aparecer algum melhor. A conversa se estendeu por mais alguns minutos, até que a madame se viu satisfeita. Ainda assim, sentia os pedaços de seu coração rachado caírem a seus pés.

Quando Raquel e Esther chegaram a sua casa no fim da tarde, não puderam deixar de notar o aspecto triste que a amiga adotara. Sim, *amiga*, porque semanas antes, após o almoço juntas e outros encontros na mansão, as três se viam cada vez mais próximas novamente. A amizade da adolescência parecia retornar um pouco mais a cada dia, de forma tão singela e natural que mal notavam.

As duas estavam voltando de uma viagem até o litoral e decidiram passar pela casa de Isis para uma rápida visita, antes de finalmente chegarem em casa e descansarem.

Era impossível não notar a diferença no comportamento daquela que não perdia uma oportunidade de fazer alguma piada ou ser sarcástica com quem quer que aparecesse. Isis estava lastimosa e absorta em seus próprios pensamentos. Não conseguia parar de pensar em Alice e no rosto dela quando descobrisse que já havia lhe arranjado um noivo e que muito breve seria a sra. Alice Carvalho.

— Tenho certeza que o Diogo fez alguma coisa e deixou você assim — afirmou Esther e acomodou-se ao lado da dona da casa.

Estavam as três na copa, sentadas à mesa, enquanto as visitantes provavam cada uma um pedaço de bolo de cenoura.

— Dessa vez não foi nada com ele — contou Isis, e seus olhos escorregaram até o relógio na parede, percebendo que o marido chegaria em trinta minutos.

Ele continuava sem ter a menor ideia de que sua mulher havia se reaproximado da "dona de bordel" e da "metida a filósofa", como costumava chamá-las. E era melhor, depois de todos os acontecimentos, que continuasse alheio à reunião.

— Impossível — disse Raquel, negando com a cabeça. — Você só fica assim quando aquele idiota faz alguma coisa, mas nunca conta o que acontece.

— Não foi o Diogo. Só estou com alguns problemas com outra pessoa.

— Um amante?! — exclamou Esther, arregalando os olhos e batendo palmas ligeiras, com uma intensa onda de satisfação.

— Não vou contar para vocês. Quem me garante que não vão sair espalhando para todo mundo do Som América?

Raquel revirou os olhos, descrente do que estava ouvindo.

— Não acredito que, depois de tudo o que aconteceu, você acha que Esther e eu somos esse tipo de pessoa.

— Não é isso — disse Isis, irritando-se um pouco. — Nem há o que contar.

A empresária e a escritora se olharam, como quem não acreditava em uma palavra sequer. Sabiam que existia mais naquela história do que Isis queria dizer.

— Se não tem nada para contar, por que está cabisbaixa desse jeito?

Isis respirou fundo, encarando a ruiva.

— Talvez tenha alguma coisa — murmurou, por fim. No fundo, sentia-se boba por estar tão preocupada com o futuro de Alice. Não era como se pudesse ou devesse fazer alguma coisa, não era sua responsabilidade, e sabia que não ouviria resposta diferente de suas amigas. — Eu conheci uma pessoa e...

— Ah, eu sabia — interrompeu a escritora com um sorriso vitorioso. — É algum amigo do Diogo, não é? Eles sempre a olharam de um jeito...

— É uma mulher, Esther.

A amiga parou de respirar por um instante, sentindo uma leve estranheza naquela frase. Não era como se já não soubesse quem Isis realmente era, mas sabia também que se envolver com outra mulher poderia lhe trazer dor de cabeça em dobro.

— De novo? — perguntou, recordando-se dos romances prévios da morena.

— Pois é. Eu sei.

— Quem é? — indagou Raquel após uma tragada no cigarro que não saía de seus dedos, interessando-se cada vez mais. Diferente de Esther, ela estava prontíssima para ouvir sobre a nova aventura.

— O nome dela é Alice, ela é filha dos donos daquela joalheria que inaugurou há alguns meses. Ouro Bell, conhecem?

Elas se entreolharam e negaram com a cabeça. Não frequentavam os mesmos lugares que os Almeida, ainda mais depois das escolhas que fizeram para as próprias vidas.

— Bom, é uma joalheria nova. O pai dela é americano e a mãe portuguesa, vieram abrir uma filial aqui e eu estou procurando um marido para ela.

Raquel soltou uma risada inesperada e Esther ergueu as sobrancelhas.

— Como assim *procurando um marido para ela*? Quantos anos ela tem?

— Vinte — respondeu e deu de ombros. — A mãe me pediu. O que eu ia fazer? Ficou me elogiando, minha mãe também estava na conversa, o que não ajudou em nada. Tive de aceitar.

Esther meneou a cabeça, inconformada, e esperou pela resposta de Raquel, que sorria com o queixo apoiado na mão. Não podia negar que sentia certa satisfação ao ver sua antiga melhor amiga em um dilema como aquele — aquilo a fazia se recordar de quem Isis era antes de se tornar uma dama de prestígio, a fazia recordar de sua coragem inspiradora. Jamais pensara que a nova versão de Isis pudesse voltar a viver um cenário tão complicado.

— O que mais? — perguntou a ruiva. — Ela não gosta de homem e quer se casar com você, mas você está muito ocupada cuidando do Diogo para viver o que quer que seja com essa tal Alice?

Isis revirou os olhos e bufou. Pensando bem, tinha certeza de que estaria mais feliz se aquela fosse a situação que estivesse vivendo. Se Alice já tivesse se encontrado, se soubesse exatamente quem era e não quisesse um marido, mas uma esposa.

— Ela diz que gosta de homem, na verdade — contou. — Fica insistindo nisso.

— E é normal, não é? — perguntou Esther e recostou-se na cadeira. Tirou o cigarro dos dedos de Raquel, deu uma tragada e devolveu, buscando algum tipo de resposta esclarecedora naquele ato. — Você também gosta de ambos, não gosta?

— Sim. É difícil explicar, mas sim. Só que não sinto isso na Alice. Ela realmente tem muito receio de se casar com um homem, tem mil restrições, mil dúvidas e, por mais que eu responda a todas as suas questões, ela ainda parece totalmente insegura. Porém, quando está comigo... — E devaneou, recordando-se da última vez que haviam tocado uma à outra, no celeiro da fazenda de seus pais. Ali, nenhuma das suas insistências sobre "desejar um marido" parecia verdadeira. Quando estavam juntas, sozinhas, sendo quem realmente queriam ser, Alice se tornava outra pessoa. — Quando ela está comigo, tudo é diferente.

— Hum... — murmurou a empresária. — Talvez ela seja como a sua cunhada.

A cunhada, Victoria Almeida, a mulher que marcara a vida de Isis para sempre. Lembrava-se dela vez ou outra, bem raramente, já que não se viam fazia anos. Havia falado sobre ela uma única vez com Alice, no dia em que foram até a floricultura depois da missa.

— Será? É, pode ser. Mas Victoria se casou com um homem, no fim das contas.

— Todas se casam — Raquel lembrou a ela. — Você sabe.

Pensou na história de sua amiga e na própria. *Todas as mulheres têm o mesmo fim*, concluiu. Não havia muito a ser feito.

— Mas ela sequer admite o que sente, entendem? Ela insiste em dizer que quer um homem, por mais que seus olhos me contem exatamente o oposto. E, quando temos nossos momentos, ela diz que é apenas amizade.

— Amizade! — exclamou Raquel e riu outra vez, com a mão na boca. — A mesma amizade que eu e o Augusto temos. É ótima, aliás.

Com mais alguns minutos de conversa, Isis contou como tinha sido o primeiro beijo na casa da loura, que se sentia cada dia mais louca por ela e revelou alguns de seus momentos íntimos — que fizeram Raquel rir a cada nova frase proferida e Esther perguntar mais e mais. Além disso, também contou que havia conversado mais cedo com um pretendente que com certeza seria ótimo para Alice, e sobre a dor em seu coração ao pensar em tudo o que poderia acontecer se ela realmente se casasse. Ou seria eternamente triste, ou se apaixonaria por ele e seria a mulher mais feliz daquela cidade. As duas opções pareciam horrorosas, porque imaginar sua melhor amiga vivendo cheia de amargura, afundada na infelicidade, a fazia querer abraçá-la e protegê-la e não deixar que nenhum homem jamais a tocasse. No entanto, seu lado racional sabia que, se a jovem conseguisse sentir por Gabriel o mesmo que Isis sentia por ela, seria muito feliz, logo essa era a melhor opção. Mesmo que elas jamais ficassem juntas outra vez, mesmo que a loura se afastasse para sempre, mesmo que Isis fosse obrigada a superar uma paixão totalmente platônica, aquele era, sim, o melhor caminho.

— E ela sabe como você se sente? — perguntou Esther, ainda de cenho franzido, mas agora por estar concentrada na história.

— Não. Eu tento contar, mas não consigo. — Bufou e olhou para o outro lado. — Talvez eu esteja ficando louca e confundindo as coisas. Talvez ela realmente não sinta nada por mim.

— Não sei. Se não sente nada, por que ela se importa tanto com você? E por que faz tanta questão de demonstrar isso o tempo todo? — questionou Raquel.

— Talvez por sermos *melhores amigas* — respondeu a morena com total desprezo e sarcasmo no tom de voz, ouvindo a gargalhada da ruiva em resposta.

— Sinceramente, Isis, eu fui sua melhor amiga por anos e nem por isso enfrentei uma tempestade para vê-la ou quis transar com você, pelo amor de Deus — contrapôs Raquel.

— Isso que você e ela têm não é só amizade. Então, não, você não está ficando louca — comentou Esther.

— Então por que ela não diz a verdade? Por que não confessa de uma vez? Por que não me dá abertura quando levo o assunto até essa possibilidade?

— É, você não está ficando louca, está ficando burra — comentou a ruiva. — Ela deve estar morrendo de medo. Pelo que você contou, Alice vem de um contexto bem diferente do seu e, bem, tem personalidade diferente. É tudo novo para ela. Não vai dizer a verdade tão cedo. Talvez até precise se casar para, depois da noite de núpcias, notar que vara realmente não está entre seus objetos favoritos.

Isis massageou as têmporas, fechou os olhos e urrou, impaciente. Que tragédia.

— Às vezes eu só tenho vontade de dizer toda a verdade, de falar o que sinto por ela. Vocês acham que é uma boa ideia?

— Não — respondeu Esther. — E se ela contar para alguém? O que acha que vai acontecer com você?

— É melhor ir deixando as coisas acontecerem, e em algum momento sentirá que é a hora certa. Sentirá abertura da parte dela e saberá que deve contar. — Raquel mirou o prato vazio, pensando por um momento e de repente notando que não era bem assim. — Não. Na verdade, a melhor coisa a fazer é cortar esse romance de vocês de uma vez por todas. Pense bem: se você disser que está apaixonada por ela e por um milagre o sentimento for recíproco, e depois? O que vão fazer? Fugir?

— Não é uma má ideia — respondeu Isis na defensiva e deu de ombros.

— Jura?

— Sim. Qual o problema?

Uma frase muito interessante, que ecoou pela mente de Raquel. *Qual o problema?* Aquilo era mesmo uma pergunta? Bom, poderia listar pelo menos trinta tópicos que responderiam a questão, provando à amiga que existiam inúmeros problemas. Todavia, a fala lhe revelava algo que ela fez questão de contar.

— Nossa... — Respirou fundo. — Eu sempre soube.

— Sempre soube do quê? — questionou Isis, ainda se utilizando de um tom passivo-agressivo, numa tentativa de se proteger.

— Que você não tinha mudado. Que ainda tem a mesma essência de sempre, a mesma valentia e os mesmos ideais. Durante algum tempo eu tive certeza de que seu marido tinha ofuscado você por completo, mas agora eu vejo. Você ainda é a mesma Isis que eu conheci. Só precisa da motivação certa para aparecer.

Diante de tal declaração, a fidalga não viu mais motivos para permanecer com aquela atitude resistente. Além da genuína felicidade por saber que a amizade entre elas se fortalecia cada dia mais, havia o orgulho de si mesma ao notar que não se perdera em meio às obrigações, que não havia se tornado só mais uma madame fútil, cuja personalidade é tomar chá todos os dias às três da tarde. Ao saber que ainda tinha o espírito autêntico, e que nem os gritos ou a mão pesada de Diogo eram capazes de matar sua verdadeira natureza.

Queria contar a Raquel, queria que a amiga soubesse como fora importante ouvir aquilo, queria agradecê-la. Conquanto, antes que pudesse fazer isso, Cassandra interrompeu-as, anunciando uma visita que não esperou que seu nome todo fosse proferido, mas foi entrando pela porta da copa sem se importar com maiores cerimônias.

— Isis, você não faz ideia do que o seu pai... — dona Marisa veio dizendo, mas parou assim que notou a presença das mulheres ali.

Houve um silêncio, uma pausa demasiadamente dramática, e ninguém soube o que dizer. A mais velha não as cumprimentou, e as outras duas também não sentiram necessidade de fazer diferente. Após alguns segundos de estranheza, Raquel e Esther levantaram-se e começaram a se despedir de Isis.

— Já? — perguntou ela, levantando-se também, decepcionada.

— Pelas minhas contas, seu marido chega em cinco minutos. É melhor irmos logo.

Mesmo sem querer que elas partissem, Isis sabia que na verdade estavam saindo na hora certa. Se o jornalista chegasse e as encontrasse ali, estaria perdida. As três foram para a porta e se despediram muito rapidamente, deixando Marisa sozinha, chocada com o que havia acabado de presenciar. Isis, quando retornou ao cômodo, já sabia que seria obrigada a enfrentar uma discussão cheia de exageros.

— Pelo amor de Deus — começou a mãe, muito pausadamente e de olhos fechados. — O que significa tudo isso?

— Elas são minhas amigas, você sabe. — Cruzou os braços, decidida a não abrir fissura alguma para que ela se achasse no direito de imitar Diogo e controlá-la nisso também.

— Amigas? Você está louca? — exclamou e olhou para a mesa. — E ainda deixam esse monte de sujeira para trás.

Isis puxou o ar e arregalou os olhos, percebendo do que ela estava falando. Além dos três pratos sujos, o cigarro que Raquel fumava antes de se despedir jazia no cinzeiro. Empilhou tudo numa mão só e pediu que Cassandra levasse para longe.

— Esconder as provas não muda o que aconteceu. Que história é essa de amigas, Isis?

— Elas estiveram comigo durante toda a minha adolescência e eu quis me reaproximar. É isso. E não é da sua conta.

Marisa arregalou os olhos e virou o rosto, como se nunca, em toda a sua existência, tivesse sido tão ofendida.

— *Não é da minha conta?* Você acha que está falando com quem? Fale desse jeito comigo de novo que a mesma surra que eu lhe dava quando criança sou capaz de dar agora. E não me importo se já é mulher feita! Suas atitudes continuam as mesmas!

— Elas são minhas amigas e ponto-final.

— Isis, pelo amor de Deus, aquela Raquel é dona de bordel! E ainda recebe um monte de gente preta naquele lugar horroroso!

— Nossa, como eu queria que você se ouvisse — proferiu, sentindo uma pontada no coração. — As pessoas que Raquel recebe são iguais a você, mãe. A única diferença é que elas têm cérebro, já a senhora...

Marisa ficou boquiaberta e sentiu um desejo excruciante de arrancar um dos saltos do pé e atirar na direção da filha.

— Não acredito que você tem coragem de dizer isso para a sua própria mãe!

— E eu não acredito que a tão boa mulher virtuosa, de Deus, faz esse tipo de comentário de ódio contra os próprios irmãos de espírito. Jesus está apagando seu nome do Livro da Vida neste exato instante. — Inclinou o corpo para a frente, olhou para o teto e colocou uma das mãos na orelha. — Se prestar bem atenção, pode até ouvir o som da borracha.

Dona Marisa sentia o sangue ferver diante de tamanho sarcasmo. Não a impressionava, pois lidava com aquilo desde a infância. No entanto, o desejo de dar um tapa forte em Isis crescia a cada segundo. Mesmo assim, sabia que não conseguiria dar a surra que a filha merecia para aprender a respeitá-la. Talvez outra arma que usasse pudesse mudar isso. Umedeceu os lábios e endireitou a coluna, pronta para apertar o gatilho.

— Certo. Você é impossível e não serei eu a pessoa capaz de enfiar um pouco de juízo na sua cabeça. Estou velha demais para continuar tentando. Além do mais, você não está mais sob minha responsabilidade, mas sob a responsabilidade do marido que eu escolhi para você. É ele quem vai resolver isso.

Suas palavras eram indiretas, mas a intenção era transparente. Um frio estranho percorreu a espinha de Isis quando ela compreendeu o que a mãe quis dizer.

— Como assim? — perguntou com a voz mais baixa.

— Diogo chega em três minutos, certo? Bom, vou me sentar aqui e, quando chegar, serei obrigada a contar a ele a cena que presenciei hoje. Você e suas amiguinhas putas e progressistas. O tipo de gente que quer destruir este país e desrespeitar a Deus. Ah, e é claro que também vou contar sobre o seu desrespeito comigo. Uma das coisas que eu sempre admirei no seu marido, minha filha, é que ele realmente sabe valorizar os mais velhos. Tenho certeza de que suas ironias comigo não passarão em branco.

E foi ali que Isis, mais que em todos os outros momentos, desejou que a declaração de Raquel fosse verdade, que ela ainda fosse a mesma Isis corajosa, livre e autêntica de sempre. Engoliu em seco, custando a acreditar que sua mãe fosse capaz de tão cruenta atitude. Pior que as brigas era o medo do que poderiam causar. Sua mente viajou até a lembrança dos berros graves, do suor escorrendo pela testa do marido quando ele se enfurecia, dos punhos cerrados, prontos para dar um murro na primeira parede — ou no primeiro rosto — que surgisse. Por mais difícil que fosse, Isis sabia que podia dar conta de tudo isso. Não podia, no entanto, suportar o que aconteceria se os gritos e o ódio todo explodissem e ele quisesse descontar nela. De novo. Até aquele dia, não havia levado um soco ou um tapa na cara, pois sempre soubera gerenciar as situações e acalmá-lo, acabando por fazer sua vontade. Mas, naquele cenário, Isis tinha consciência de que não seria possível reverter a situação. Eram muitas mentiras da parte da esposa. Ele iria explodir. Ele iria machucá-la do jeito que sempre prometia, mas jamais havia feito. Dessa vez, seria trágico.

— Mãe... — murmurou com a voz falhando e a respiração pesada. — Você não pode...

— *A senhora!*

— A senhora. Certo. A senhora não pode fazer isso. Ele... A senhora sabe como Diogo fica quando está nervoso — disse, mesmo percebendo de repente que, na verdade, sua mãe não fazia a menor ideia de como ele ficava. — Mãe, por favor.

— Agora eu ouço um "mãe, por favor", não é? O que aconteceu com o desrespeito e o sarcasmo de antes?

— Desculpe. Eu não quis magoá-la. Eu juro que não — insistiu, por mais que soubesse que seria capaz de repetir tudo aquilo, talvez de forma muito pior. — Não conte para ele, por favor.

— Pelo menos o Diogo você respeita. Sinto muito, mas vou contar.

— Mãe! Eu estou pedindo *por favor*! — exclamou, ainda mais ofegante. Recordar os hematomas roxos ficando amarelados em seu pescoço costumava provocar esse efeito desesperado.

— Não há negociação com você.

Isis respirou fundo de olhos fechados, buscando se manter calma. Contou até três devagar. Precisava achar uma saída.

— Se você contar para o Diogo, eu conto para o meu pai que você o trai.

Marisa franziu o cenho e a olhou em completo choque.

— Eu o quê?

— Vou contar para o meu pai que você o trai! É isso.

— Eu nunca traí o seu pai, garota! Está ficando louca?

— Agora traiu. E será a sua palavra contra a minha em ambos os cenários. Você é quem sabe. Se quer me levar ao inferno, eu a levo junto — proferiu com o máximo de agressividade que conseguia demonstrar. Não podia abaixar a cabeça. Não faria isso de novo.

— Seu pai não vai acreditar em você. Ele sabe que eu o amo e vivo por ele.

— Vou dizer que você o trai com o padre. Você não sai da igreja mesmo. Algum motivo há.

— Que motivo, Isis?! Pare de ser idiota!

— É você quem sabe. Eu não vou... — Parou de falar quando ouviu o barulho familiar de passos pesados e a voz grave se aproximando. Era Diogo.

Ambas se calaram, entreolhando-se em pânico, tentando decidir que caminho tomariam. Não demorou para Isis resolver que não seria tola a ponto de permitir que sua mãe estragasse sua paz e lhe causasse mais um enforcamento. De novo, não. Saiu apressada pelo corredor e alcançou a sala de estar em segundos, ouvindo Marisa chamá-la atrás. A moça estava claramente nervosa, a respiração descompassada e a expressão assustada, mas isso não a impediria de pelo menos *tentar* salvar a própria pele.

— Oi, meu amor! Ah, senti tanto a sua falta — disse, aproximando-se, então tirou a maleta pesada de sua mão e beijou-o com voracidade. Quando o beijo rápido, mas intenso, terminou, Marisa já estava diante deles de braços cruzados e expressão fechada.

— Quanta saudade, hein? — disse Diogo e enlaçou sua cintura. Então a envolveu em um abraço apertado e mordeu o lábio inferior ao senti-la tão carinhosa, coisa que não acontecia fazia tempo. — E como vai minha sogra querida? — perguntou em tom divertido depois de virar o rosto para observar a mais velha. A essa altura, Isis já estava enchendo seu rosto e pescoço de mais beijos. — Amor... a sua mãe.

— Tenho certeza que ela entende. Eu estava agora mesmo dizendo que estava louca de vontade de ver você de novo. Ah, meu bem, precisamos tirar umas férias juntos, não acha? Você não acha, mãe?

Dona Marisa semicerrou os olhos e negou sutilmente com a cabeça, como se não pudesse acreditar no que estava vendo a filha fazer. Era inacreditável que fosse tão insolente.

Outra vez, uma visita chegou. A campainha tocou e os três olharam para a porta.

— Ah, eu sabia que era aqui — contou Diogo. — Vi uma carruagem parando na frente da nossa casa antes de entrar.

— Vá atender, Isis — pediu Marisa com um sorriso falso.

— Alguém vai atender — afirmou e apertou um pouco mais o corpo do jornalista junto ao seu. — Cassandra já deve estar chegando.

— Não está, na verdade. Ela está cuidando dos pratos, lembra?

Isis voltou a sentir o pânico de antes. Sua mãe realmente ia fazer isso. Ia falar dos pratos, do cinzeiro, depois de suas amigas, e já seria o bastante para tirar Diogo do sério.

— Não me esperaram para jantar? — indagou ele.

— Não foi bem isso que aconteceu, querido — comentou a mais velha, sem tirar os olhos de sua filha desesperada.

A campainha tocou outra vez.

— Vá atender, Isis — a mãe repetiu.

— Alguém vai atender. Eu já disse.

— Vá atender. Agora.

— Se eu for, saio daqui direto até o meu pai, para ter uma conversa muito importante com ele.

Diogo a observou, confuso.

— Por que vocês duas estão estranhas assim?

Nenhuma delas respondeu, e outra onda de silêncio se aproximou, silêncio esse rapidamente quebrado quando a campainha ressoou no espaço do casarão pela terceira vez.

— Amor, você pode atender, por favor? Estou com um pouco de dor de cabeça, e esse barulho não está ajudando — pediu o jornalista antes de soltá-la e dar alguns passos para trás, sentando-se no sofá. Quando percebeu que sua mulher permanecia imóvel, ele a apressou:
— Vamos, Isis.

Dona Marisa sorriu de canto, e, ainda que tentasse disfarçar, mesmo quem não a conhecesse perceberia que estava tramando alguma coisa. Isis demorou-se, buscando uma alternativa, logo chegando à conclusão de que, se dispensasse a visita assim que atendesse a porta, rapidamente se veria livre para continuar a lutar pela própria proteção.

Bateu os pés apressadamente, até alcançar a maçaneta. Antes de abrir, olhou para trás e viu sua mãe sentando-se ao lado do genro, que já acendia um charuto. Puxou a porta em sua direção e viu a madeira se movimentar rápido o bastante para assustar o moço que aguardava.

— Boa tarde — disse Isis rápido e virou o rosto outra vez. Marisa estava ouvindo algo que Diogo falava. — Pois não?

O rapaz parecia ter pelo menos vinte e cinco anos. Era branco e magro, tinha barba rala e cativantes olhos azuis, além de dentes iluminados, que Isis notou assim que flagrou seu sorriso. Estava bem-vestido e muito perfumado, o que não demorou a entregar sua boa condição financeira.

— Boa tarde — respondeu com os lábios curvados para cima. — Sra. Isis Almeida?

— A própria — confirmou e entortou o pescoço mais uma vez para se certificar de que Diogo ainda não sabia que Raquel e Esther haviam estado ali. — Em que posso ajudar?

— Desculpe aparecer sem avisar. Isso geralmente não é do meu feitio, mas é que eu estava um tanto desesperado para falar com a senhora.

Enquanto o rapaz não via a hora de conversar com ela, Isis fazia um esforço excruciante para não bater a porta e ir se sentar no colo do marido, pronta para se declarar como se tivessem acabado de se apaixonar.

— O que mais?

Mesmo percebendo sua antipatia quase palpável, o homem de cabelos pretos não se deu por vencido. O objetivo ali era grande e importante demais para desistir tão facilmente.

— Bom, deixe-me me apresentar. Meu nome é Benvindo Amado Jesus e eu...

— Como?

— Benvindo Amado Jesus.

— Chama-se "Bem-vindo, amado Jesus"? Que engraçado... — E virou a cabeça outra vez, tentando ler as palavras que saíam da boca de sua mãe, mas a voz do visitante interrompeu sua concentração.

— Me chamam de Benví — contou, já acostumado com a reação das pessoas. — O meu pai é bem religioso, entende? Mas disse que a ambiguidade do meu nome foi totalmente desproposital, se bem que eu duvido, porque certa vez minha mãe disse que...

— Sim, do que precisa mesmo? — insistiu Isis, nervosa.

— Então, eu ouvi dizer que a senhora é como uma mentora para a srta. Alice Bell Air, e que está...

— A Alice? Como você a conhece? — perguntou, virando o pescoço tão rápido a ponto de quase quebrá-lo. Como assim, aquele Boas-Vindas, ou seja lá como o chamavam, conhecia sua Alice?

— É exatamente sobre isso que quero lhe falar. — E sorriu outra vez. — Eu a conheci há algumas semanas na loja da família dela e...

Por mais interessada que estivesse em ouvir aquilo, não conseguia se desconcentrar da possibilidade de brigas que nascia atrás de si. Virou a cabeça pela milésima vez e sua mãe trocou um olhar demorado com ela, levando Isis a se perguntar se sua vida estaria prestes a chegar ao fim.

— Não quero que pense mal dela, por favor — continuou Benví. — É uma moça muito boa, de respeito. Pude perceber como estava desconfortável ao conversar sozinha comigo.

— Vocês conversaram sozinhos?! — questionou Isis, com uma pontada de ciúme e grande surpresa ao descobrir as coisas que Alice andava fazendo longe dela. Certamente um cortejo em particular estava longe de ser admissível segundo o comportamento esperado de uma moça solteira.

— Bem, estávamos num lugar aberto, na Ouro Bell. É que não havia clientes naquele momento. — Engoliu em seco e sorriu de canto. — O que, deveras, foi a melhor coisa que aconteceu na minha semana.

Isis franziu o cenho, sem se preocupar em esconder seus óbvios "não, não e não" a qualquer coisa que saísse da boca do rapaz. Olhou para trás, flagrando os lábios de sua mãe proferirem as palavras "sobre a Isis" em tom baixo, enquanto a mulher inclinava o corpo e se aproximava de Diogo, como se fosse contar um segredo.

— Olhe, sr. Benjamin, eu...

— Benvindo, na verdade. Desculpe.

Ela fez mais uma careta, dessa vez bem rápida. Começou a fechar a porta, sem se importar com o que ele poderia dizer ou deixar de dizer.

— Estou demasiado ocupada no momento. Tenho certeza de que o senhor entende. — Quase selando a entrada, olhou em direção aos seus parentes e viu Diogo a encarando.

Marisa havia contado? Estava contando? Ela realmente faria isso?

— Por favor, dona Isis... — Benví insistiu, segurando a maçaneta e impedindo-a de bloqueá-lo. — É um assunto muito importante.

— Eu não posso falar agora. Se quiser voltar amanhã...
— Precisa ser agora!
— Eu já falei que...
— Eu estou apaixonado pela Alice!

De todas as frases, não imaginava que aquela seria proferida. Paixão era um termo muito forte, pelo menos no vocabulário de Isis d'Ávila Almeida. Mesmo sendo intensa o bastante para se permitir sentir aquilo, compreender e respeitar a profundidade e o poder do coração, não era capaz de fazer o mesmo com aquele casal em potencial.

Havia confessado em alta voz, o tal Benví. Tanto que dona Marisa parou de contar a Diogo que estava farta de tanto se preocupar com Isis — e aquilo também fora suficiente para que o jornalista deixasse de se concentrar em seu charuto hediondo. A madame, por sua vez, mal notou quando Cassandra regressou para atender a porta. Sequer sentia a madeira em sua mão. Só escutava aquela frase ecoar em sua mente. Além disso, imaginava o que teria desencadeado tal sentimento, porque, se ele existia, muito provavelmente havia algo em ambos os lados da história.

— Eu estou aqui porque sei que a senhora está ajudando a família Bell Air a encontrar o par ideal para a moça. Sei que sou o homem que procuram. Eu quero me casar com Alice.

Mais disputada que Claude Monet em leilão, pensou Isis. Não havia mais apenas um, mas dois príncipes encantados dispostos a lutar por ela. No entanto, além deles, Alice também tinha uma princesa a seus pés, uma que seria capaz de lutar com aqueles homens que insistiam em ter o prazer de chamá-la de esposa.

Alice manifestava desejos por um príncipe, mas seu corpo, seu olhar e sua essência confessavam que estava pronta para receber outro alguém. Quem dera Isis pudesse ser essa pessoa de sorte.

Quem dera também pudesse dizer com toda a coragem que estava apaixonada por Alice Bell Air.

Quem dera Deus desse asas a quem sabe voar.

14

Respostas

Aquela cidade parecia sempre refletir seu humor, pensava Alice. Era impressionante como despertava felicíssima e animada em dias de sol, mas completamente deprimida nos que nasciam nublados. Por algum motivo, sempre que coisas ruins aconteciam, Deus resolvia liberar aquilo que, segundo a teoria da moça, representava suas lágrimas.

De manhã ficou assistindo à garoa através da janela do quarto. Permaneceu pelo menos trinta minutos com a cabeça encostada na parede, vendo o céu cinza se desmanchar aos poucos. Aproveitando a manhã de paz, sem os gritos da mãe ou do irmão, permitiu-se ficar quieta, enrolada numa manta fina, deixando que seu pranto aliviasse parte do peso e do medo que sentia. No dia anterior, Isis havia ligado para ela, e por sorte fora Alice a atender. Na breve conversa, sua amiga revelou, de maneira rápida e nervosa, que havia encontrado dois ótimos pretendentes. Dois homens que gostariam muito de conhecê-la melhor e, dentro de um curto período, pedir sua mão em casamento.

Alice descobriu que um dos homens era Benví Jesus, um cliente que havia ido até a Ouro Bell duas vezes na mesma semana. Ele era bem-apessoado, ela tinha que admitir, mas nada que chamasse sua atenção. Percebendo a simpatia do rapaz enquanto o atendia, Alice até imaginou que poderia encontrar nele um amigo. Estava enganada. Não sabia muito sobre a vida dele, apenas que era demasiado amistoso e elegante. Isis prometeu que contaria mais detalhes num outro momento.

Dona Berenice não demorou a tomar o telefone da mão dela e comemorou a notícia da possível união como se jamais tivesse se sentido tão feliz em toda a sua vida. Finalmente a filha se tornaria uma esposa, uma mãe, uma mulher completa.

Outra lágrima escorreu pela bochecha de Alice, até que o pai bateu na porta com o objetivo de perguntar se estava tudo bem, já que ela nunca demorava tanto para se levantar.

Algumas horas depois, a loura e sua melhor amiga se encontraram em um restaurante do centro paulistano. Eram três da tarde quando finalmente se sentaram à mesa.

— Não é tão ruim assim — comentou Isis, observando-a com carinho. — Digo, se casar. É ótimo. É... É romântico.

Alice respirou fundo, de olhos baixos e um pouco de dor de cabeça. Sequer havia tirado as luvas de renda para comer. Seu prato estava intacto e frio, enquanto Isis pedia que ela provasse ao menos um pouquinho.

— Não consigo enxergar romance algum nisso.

— Mas vai enxergar. Você vai ver. Vai ficar tudo bem. — Tentou sorrir para tranquilizá-la, mas a outra não ergueu os olhos para mirá-la. Talvez fosse melhor assim, já que o sorriso reto e contrafeito de Isis não faria nada senão desanimá-la ainda mais.

Elas ficaram sentadas até que a madame terminasse sua refeição leve. Às quatro, saíram do restaurante.

— Foi bom ver você — afirmou Alice quando chegaram à calçada, por mais que seus olhos dissessem exatamente o oposto.

— Por que não está sorrindo, então?

A mais nova a encarou por alguns segundos, depois observou a rua movimentada e deu de ombros.

— Ah, Isis, você sabe. Não me lembro da última vez que me senti tão mal. Realmente não me lembro. Nem quando recebi a notícia de que partiria de Portugal me senti tão desanimada como agora.

A morena engoliu em seco, e seu coração ardia a cada pausa da jovem para explicar como se sentia. Ambas ficaram em silêncio, lado a lado. Alice encarava a avenida; Isis, o chão. Quase um minuto se foi, até que a madame teve uma ideia.

— Vamos para a minha casa. Vamos conversar melhor lá.

Alice deu um sorriso fraco e negou com a cabeça.

— Nós sequer conversamos no restaurante. Não consegui responder quase nada do que você me perguntou.

— Não tem importância.

— Só não quero frustrá-la. Não me sinto bem para conversar ou fazer qualquer outra coisa e não quero que isso atrapalhe nossa amizade. Ela é uma das únicas coisas neste mundo que ainda me faz feliz — disse a loura com dificuldade, pois até abrir os lábios era difícil. Sentia que, se forçasse demais a própria voz, em segundos estaria chorando outra vez.

A expressão lúgubre na face de Isis assemelhava-se muito à de Alice. No entanto, a primeira expressava uma dor mais ativa, enquanto a segunda mostrava um sofrimento linear e resignado. Já havia aceitado seu futuro, já estava entregue a ele, mas doía. Doía como o inferno querer fugir para qualquer lugar do mundo, só para não precisar se tornar Alice Jesus ou Alice Carvalho.

— Nada disso me frustra. Não estou chateada com você. Jamais seria tão insensível — respondeu Isis. — Mas eu quero tentar conversar em um lugar seguro e privado, sem o risco de ouvidos alheios escutarem e fazerem intrigas mais tarde.

Alice voltou a negar com a cabeça e a olhar para o outro lado. Sua tristeza era tanta que nem um passeio com Isis conseguia deixá-la melhor. Em outros tempos, estaria pulando de felicidade apenas por estar ao lado da amiga. Mas, após receber a notícia de que o casamento estava próximo, seria impossível se sentir tão feliz de novo.

Percebendo que a resposta permanecia negativa, a fidalga se aproximou e segurou seus braços com suavidade e afeto. Permaneceu olhando-a, até receber o gesto recíproco.

— O que foi? — perguntou Alice.

— Você não precisa dizer nada, se não quiser. Eu falo. E depois que eu parar ficaremos em silêncio juntas.

Alice engoliu em seco e pela primeira vez naquele dia conseguiu sorrir de verdade. Estava tão melancólica e sensível que aquela simples frase fora capaz de despertar em seus orbes diminutas gotículas. Engoliu, respirou fundo e decidiu que tentaria continuar se mantendo forte.

— Tudo bem — respondeu.

No caminho, a janela da carruagem recebia uma partícula ou outra da chuva que ameaçava voltar a cair. Alice olhava para a janela, e Isis, para ela. Continuava linda, como em todos os dias de sua vida, mas sua luz tinha sido apagada. Era como se a antiga Alice estivesse morrendo, e uma parte de Isis se culpava por isso. Talvez, se jamais tivesse lhe dado uma amostra de quem realmente era, a loura não se sentisse tão intensamente como um peixe fora d'água quando o assunto fosse casamento.

— Eles parecem ótimos, sabia? — falou a morena. — O Benvindo você já conhece, e o...

— Eu não o conheço — rebateu. — Só o atendi duas vezes.

Isis assentiu, hesitante.

— Certo. Hum... Bom, você provavelmente o conhecerá melhor mais tarde. Tudo depende de como será o jantar dele com seus pais. Particularmente eu acredito que Gabriel se sairá melhor, por mais que seja um pouco mais sério que Benvindo. Creio que passe mais credibilidade e seja mais maduro também. Além disso... — Parou de falar quando ouviu Alice bufar alto.

A loura não proferiu uma só palavra, mas seu ato impaciente foi o bastante para calar a melhor amiga. Isis mordeu o canto da bochecha e mentalmente ofendeu a si mesma ao notar que não estava ajudando.

— Você não quer falar sobre isso, não é?

Alice maneou a cabeça em um gesto negativo e apertou os próprios dedos com mais força. Estava mexendo as mãos freneticamente, além do calcanhar, que não parava de bater no chão.

— Desculpe.

O caminho pareceu triplicar de tamanho, como se a casa tivesse se mudado para o outro lado da cidade. Quando enfim chegaram, andaram rapidamente até a entrada, já que a garoa estava tomando forma e virando chuva. Adentraram e se acomodaram no sofá. Isis pediu que Cassandra levasse suco para as duas. Mesmo a contragosto, Alice aceitou, para não ter que gastar mais energia discutindo.

— Você se sentiu assim também antes de se casar com Diogo? — perguntou alguns momentos mais tarde, depois de beber metade do copo. Sua cabeça permanecia apoiada no estofado, ao passo que abraçava o próprio corpo.

— Não — disse a mais velha. — Eu gostava dele.

Alice bufou outra vez e sentiu os olhos voltarem a lacrimejar.

— Era isso que eu queria, entende? Eu até desejo me casar, mas com alguém de quem eu goste de verdade.

— Você quer amar — percebeu Isis.

— Sim. Eu quero.

— E se você amasse alguém que não fosse exatamente o que espera?

— Como assim?

— E se você se apaixonasse por alguém muito mais pobre que você ou... ou alguém que sua família odiasse?

Alice piscou algumas vezes, encarando-a, confusa.

— Isso não está me ajudando, Isis. Só está fazendo com que eu me sinta ainda mais perdida.

Engolindo em seco, a madame decidiu parar de falar. Estava sendo egoísta ao colocar seus próprios desejos, sonhos e amor platônico acima da dor dela, mesmo que a jovem não percebesse. No entanto, nos minutos de silêncio que se seguiram, Alice refletiu sobre a pergunta. Não tinha nada muito melhor para pensar mesmo.

— Eu viveria — respondeu em voz alta, seguido de todo um pensamento, uma linha de raciocínio que só ela conhecia.

— O quê?

— O amor. Se eu me apaixonasse por alguém muito mais pobre que eu, ou por alguém que minha família odiasse, eu viveria esse amor. Eu enfrentaria.

A madame sentiu o coração perder algumas batidas e uma esperança sem tamanho começar a brotar dentro de si, sem acreditar que de fato estava ouvindo aquilo.

— Eu já disse muitas vezes quanto a admiro, Isis — acrescentou a loura. — E uma das coisas que mais me impressionam é a sua coragem. Você tem uma personalidade tão livre e decidida. Isso me inspira. Eu quero e preciso ser desse jeito, só não encontro a oportunidade ideal. Mas esse seria o momento, se eu me apaixonasse de verdade por alguém que não é o que eu esperava que fosse. Qualquer coisa é melhor do que sentir o que estou sentindo. Eu não deixaria a oportunidade passar.

Aproveitando que os olhos de Alice não estavam nela, a morena respirou fundo e um sorriso enorme brotou em seus lábios. Outra vez sua imaginação fértil a levava a lugares utópicos. Sendo assim, decidiu falar mais.

— Acho que a decisão pode ser sua.

— Como assim?

— Você pode escolher a pessoa com quem quer estar, Alice. Se quer ser corajosa, apenas seja. Faça o que quer fazer.

Alice demorou a desviar o olhar de sua mentora. Por mais que estivesse virada para ela, não a via de fato, mas visualizava seu próprio cenário perfeito.

— Se eu fosse mesmo fazer o que quisesse, estaria planejando viagens, praticando meu ofício no dia a dia e deixando os livros um pouco de lado. Estaria abandonando essa ideia de casamento e convencendo meus pais a parar de falar sobre isso. Ah, eu estaria indo a mais lugares desta cidade, conhecendo mais pessoas. Eu estaria aproveitando mais a cultura deste país, porque, desde que cheguei aqui, me parece que não fiz outra coisa senão estudar e pensar em casamento. Eu estaria buscando novas oportunidades. Estaria trabalhando, viajando, vendo a vida acontecer — revelou devagar, com o peito doendo e um constante incômodo na garganta, como um nó que a impedia de chorar quanto quisesse. — É isso que eu faria se fosse corajosa.

Isis a observava atentamente. Como uma corrida infinita, buscava observar cada um dos músculos que se moviam enquanto a pupila falava. Perder qualquer um de seus movimentos era a representação de sua perda diária. A cada dia ela ia para mais longe. A cada dia, sua amizade e a possibilidade do amor pareciam mais inalcançáveis.

— Eu gostaria tanto de ver você fazendo tudo isso. Eu juro, Alice. Mesmo estando presa aqui, eu daria qualquer coisa para ver você viver a liberdade que não tenho. Isso me traria tanto alívio e conforto. Ver você nesse mundo extraordinário, sem correntes, sendo absolutamente feliz.

Mesmo de olhos baixos e feição aparentemente distraída, a loura estava muito atenta. Piscou algumas vezes e pela primeira vez no dia parou de imaginar mil cenários diferentes e terríveis como vívidas opções de futuro. Ergueu a cabeça e, cheia de curiosidade, questionou:

— Como poderia se sentir tão feliz ao me ver vivendo um sonho seu? Ninguém é tão generoso.

— Estranho, não é? Mas é exatamente como me sinto. Você tem um lugar muito, muito especial no meu coração, e vê-la melancólica e insegura faz com que ele rache tão devagar e tortuosamente que quase não posso suportar. Se eu soubesse que está bem, um peso seria tirado das minhas costas, e eu estaria mais disposta a resolver meus outros problemas.

Alice manteve os olhos bem abertos, observando-a com atenção. Segundos mais tarde, depois que seu cérebro processou cada um dos termos proferidos, os lábios se curvaram para cima e sentiu o coração bater mais forte, aquecendo-se.

Isis era uma pessoa verdadeira, afinal de contas. E a melhor parte disso era saber que ela se importava realmente. Sorrindo, a jovem umedeceu os lábios e aguardou alguns segundos antes de continuar.

— Posso... lhe dar um abraço?

Foi a vez de a morena sorrir também. Ajeitou a coluna e abriu os braços.

— Sempre que quiser.

Imediatamente Alice se levantou e, ainda que se sentisse mal, permanecia com o sorriso suave nos lábios, feliz e satisfeita por ter conhecido alguém tão singular. Sentou-se ao lado da amiga e a abraçou, encostando o queixo em seu ombro. Não tinham pressa para se separar, então apenas permaneceram ali, uma fazendo companhia e carinho à outra.

Mas não acabaria naquele momento.

Enquanto acariciava o longo cabelo claro, Isis fechou os olhos, colou suas bochechas e inspirou o aroma que dele saía. Um aperto no peito a fez querer chorar ao imaginar que talvez muito em breve a perderia para sempre. Alice iria embora assim que uma aliança fosse colocada em seu dedo, e Isis jamais poderia acariciar seus fios ou sentir o cheiro doce de sua pele outra vez. Talvez não mais a ouvisse desabafar, rir ou simplesmente contar uma história. Pensando nisso, engoliu em seco e respirou fundo, encaixando ainda mais o próprio rosto no dela.

Alice, por sua vez, sentia uma estranha satisfação a cada centímetro que sua mentora se aproximava. Seu abraço acolhedor acalmou o coração agitado em questão de segundos. Após um momento, uma voz interna repetiu que tudo ficaria bem. Isis estava ali, então tudo ficaria bem. Apertou a amiga mais forte, e foi essa a sua tentativa de dizer "obrigada". Palavras ainda sairiam com dificuldade, mas não se permanecessem ali, unidas como nunca.

— Eu já disse o que sinto por você? — questionou Alice num sussurro muito baixo, um minuto depois.

— Não — respondeu e sorriu. — O que você sente por mim?

Alice umedeceu os lábios e acariciou levemente o braço da morena. Suas peles estavam quentes e pareciam combinar juntas, como se uma chamasse a outra.

— Eu amo você.

Isis pressionou os olhos, mas não como de costume. Usou força, a força que não podia usar para cerrar os punhos, para não machucá-la. Era impressionante, mas a existência do amor de Alice conseguia feri-la ainda mais do que a ausência dele. *Desse jeito como vou te esquecer?*

— Por quê? — indagou num murmúrio desapontado, desejoso e dolorido.

— Porque é você, ora — respondeu a loura, como se fosse óbvio. — Porque você é composta por um castelo de coisas boas. E, por mais que atirem pedras, jamais conseguirão quebrar uma janela sequer.

Isis respirou fundo e continuou a carícia em seus cabelos, com lentidão ainda maior. Queria aproveitar cada segundo ao seu lado.

— Porque você me faz sentir esperança — continuou Alice. — Porque me faz sentir como nenhuma outra pessoa jamais fez. Eu te amo porque seu abraço parece ter sido desenhado para o meu. E porque você é a pessoa mais iluminada que eu conheço. Vejo que se importa comigo de verdade. Eu sinto isso. Sinto sempre que estamos juntas. Às vezes, parece irreal.

E, dentro de si, Isis podia ouvir e sentir cada pedaço de seu coração arrebentar. Um nó na garganta fez com que seus olhos se enchessem de lágrimas.

— Eu também te amo — murmurou.

Ambas, depois disso, permaneceram em silêncio. A morena passou a acariciá-la nas costas. Sua mão deslizava desde a nuca até quase alcançar o quadril. Por algum motivo, quanto mais devagar seus dedos passeavam, maior era o deleite em seu interior.

— Você quer que eu converse com a sua mãe? — perguntou, mas teve que repetir, pois Alice estava demasiadamente distraída.

— Para quê?

— Para convencê-la de que é melhor esperar mais um pouco. Para dizer que você precisa de mais tempo.

— Eu já tenho vinte anos, Isis. Não há mais tempo.

— Será?

— Tenho certeza. Não quero que ela fique com raiva de você e tente nos afastar.

Suspirando e exibindo cansaço, ambas voltaram a ficar em silêncio. Aquele abraço eterno as confortava tanto. Os problemas tornavam-se menores do que realmente eram. Pensando em sua última frase, Alice aguardou até que a mão de Isis retornasse à parte superior de seu corpo e perguntou:

— Como estão você, Raquel e Esther?

Estranhando a indagação repentina, Isis aguardou alguns segundos antes de responder.

— Bem. Nossa amizade está voltando a ser o que era. Por quê?

— Nada. Eu só... bem, às vezes fico pensando se não vai me trocar por elas.

Um sorriso divertido bambeou nos lábios de Isis ao pensar como ambas podiam ser tão tolas, já que estavam com o mesmo medo.

— Eu jamais trocaria você por qualquer outra pessoa no mundo.

— Trocaria, sim.

— Por que diz isso?

— Eu lhe dou trabalho demais.

Isis riu baixo e o corpo da pupila balançou levemente.

— Eu nem percebo, acredita? — esclareceu, numa tentativa de tranquilizá-la. — Sinto tanto a sua falta. Não me incomodo quando está precisando de ajuda.

— Você sente a minha falta? — perguntou Alice, verdadeiramente curiosa, já que também sentia falta de sua melhor amiga. Queria que ela estivesse por perto o tempo todo.

— Sempre — confessou. — Estou sempre pensando em você.

— Eu também estou sempre pensando em você.

Riram de leve e suas mentes se perderam juntas naquelas verdades, naqueles vívidos sentimentos, que não iam embora nunca. Naqueles fatos estampados, apesar de meramente disfarçados. Isis queria dizer a verdade; Alice não conseguiria admitir que sentia o mesmo.

— Às vezes fico distraída em casa pensando em nossos momentos juntas — confessou a loura e se soltou do abraço, sentindo falta de olhá-la nos olhos.

— Do que você mais se lembra?

— De tudo.

Vaga e intensa, era como a mais velha poderia denominar. Aquilo poderia significar tudo ou nada, mas como descobriria? Engoliu em seco, respirou fundo, enquanto seus olhares deixavam Alice ainda mais nervosa.

— Sinto falta de ficarmos mais próximas — Alice confessou no pé do ouvido, o que pegou a outra desprevenida. Estavam num agradável enlace de pernas e braços, e só uma coisa as tornaria mais próximas que aquilo. Isis estava longe de se sentir humanamente capaz de responder. A boca secou, o cérebro deu-se por paralisado, não piscava e mal respirava.

— Sente?

Mas o nervosismo de Alice borbulhou. Desaprendeu a falar em segundos. Não queria ter que dizer com todas as letras. A intensidade de sua resposta a assustava mais que tudo no mundo. Não podia ser daquele jeito. Não podia decepcionar a todos. Mas era mais forte do que ela, e seu maior desejo ali era não dizer, mas mostrar. Talvez, se beijasse Isis como seu coração ordenava, voltasse a sentir paz. Porém não tinha coragem o bastante. Ainda não, pelo menos. De qualquer forma, mesmo que fosse incapaz de expressar seus sentimentos sem ofegar, Isis merecia saber a verdade.

— Sinto que nenhuma aproximação é suficiente. — A voz estava medrosa, insegura, mas um calor estabeleceu-se em todo o seu corpo quando as palavras finalmente saíram. Baixou o olhar, com desejo pelos lábios entreabertos da madame. Sentia-se estranhamente orgulhosa, e uma adrenalina começou a nascer. — Acho que a falta que sinto de você é muito maior do que deveria.

Isis estava perplexa. E completamente apaixonada.

— Por que não disse antes?

— Não sei — respondeu. — Não é errado que eu sinta isso?

— Claro que não. Nós temos... alguma coisa, Alice. Você não acha? Seria magnífico se pudéssemos descobrir o que é.

— Me dê um pouquinho da sua coragem — a jovem sussurrou no ouvido de Isis, que se viu arrepiada.

— Não preciso fazer isso. Ela já está aí. Você só tem que aceitá-la.

— Você fala como se fosse fácil.

— Não precisamos complicar as coisas.

Os músculos da jovem estavam cada vez mais travados, a mente borbulhava em pensamentos que daria tudo para ignorar, mas não seria capaz. Alice ficou quieta. Para ela, não existia uma resposta. Soltou-se de Isis outra vez, evitando fitar seus olhos. Uma voz interna repetia que, se seus olhares se cruzassem, viraria uma estátua de sal ou algo do tipo.

— O que foi? — indagou a morena, sem suportar mais tanto mistério.

— Nada. Só estou pensando.

— Em quê?

A jovem negou com a cabeça.

— Alice... — insistiu Isis, colocando uma das mãos em sua coxa e balançando de leve. — Quantas vezes vou ter que dizer que não precisa esconder nada de mim?

A loura engoliu em seco.

— As nossas aulas. Eu estava pensando nisso.

Isis trancou a respiração por um instante. Aquilo queria dizer que elas finalmente teriam um diálogo decente sobre o assunto. Mesmo que no lugar menos seguro possível — o meio da sala de estar do casarão. Tão instável que era, não permitiu que a conversa continuasse.

A porta se abriu e Diogo, exasperado, passou por ela. Carregava uma maleta pesada, e o terno bem passado trazia algumas gotas da garoa que caía do lado de fora. Quase não notou a presença das duas mulheres, mas a mais nova — muito bem-educada que era — levantou-se de imediato para cumprimentá-lo.

— Bom fim de tarde, seu Diogo.

— Ah... Alice... — murmurou, notando-a, e logo se aproximou. — Como vai?

Isis colocou-se de pé também, mesmo que a contragosto, e assistiu ao marido dar um beijo nas costas da mão da jovem. Suspirou, frustrada.

— Estou bem, na medida do possível, eu diria. E o senhor?

— Na mesma situação. Tive um dia extenuante. E você, meu amor? Como está? — Achegou-se à esposa e a beijou na testa.

— Como vocês, na medida do possível estou bem.

A infelicidade e a insatisfação reinavam como nunca. Diogo falou com ambas brevemente sobre seu dia, reclamando de cada uma das atitudes dos demais colaboradores do jornal. Quando percebeu que estava havia vários minutos descarregando seu amargor, pediu licença para ir se banhar para depois acompanhá-las no jantar.

— Jantar? — perguntou Alice, assim que o homem virou as costas. — Isis, não posso ficar tanto.

— Por quê?

— A minha mãe vai me cortar ao meio se eu não estiver em casa em quinze minutos.

Revirando os olhos, Isis riu do drama, mesmo que uma parte de si não duvidasse de que aquilo fosse possível.

— Eu posso ligar e pedir permissão para que você chegue um pouco mais tarde hoje.

— Ah, não sei. Sair tarde, mesmo de carruagem, pode ser extremamente perigoso.

— E se você dormisse aqui hoje?

— Dormir aqui?

— É claro! Por que não? Já está tarde mesmo, e acho que você precisa de um tempo para espairecer. Precisa de um tempo longe de pessoas que a pressionam o tempo todo a fazer algo que não quer.

E foi dito e feito. Elas se sentaram ao redor do telefone e Isis discou duas vezes, até que dona Berenice atendesse. A conversa foi relativamente longa, pois a dama portuguesa insistia em dizer que poderia enviar um empregado para buscar sua filha. Isis rebateu dizendo que na região que morava estava caindo uma chuva assustadora, e que seria perigosíssimo atravessar a estrada de terra naquele momento. Aproveitou até para inventar uma história sobre um barão vizinho que voltava para casa numa chuva como aquela, no ano anterior, e, após ter a carruagem atolada em tanto barro, morreu quando outro veículo veio de encontro e não o enxergou com a neblina. Foi um horror, Isis repetiu cinco vezes. A morte mais triste que já presenciara.

Finalmente convencida, dona Berenice permitiu que a donzela dormisse longe de suas asas. Com um pouquinho mais de insistência, ainda conquistou seu "sim" para que as deixasse aproveitar o dia seguinte juntas por mais algumas horas.

— Obrigada — falou Alice assim que o telefone foi desligado. — Eu não sei o que seria de mim sem você.

— *Eu* é que não sei o que seria de *mim* sem você.

— Isis, a única coisa que venho fazendo nos últimos tempos é choramingar.

— Últimos tempos? Últimas horas, você quer dizer. Fora hoje, você é sempre luz. Está sempre me mostrando algo bom, mesmo que não perceba.

Sorrindo sinceramente, Alice sentia o peso em seu coração bem menor que antes. Estava aliviada e agradecida por não ter que voltar para casa e por aperceber tamanha sinceridade na fidalga.

Em seguida, Cassandra apareceu, cumprimentou-as e avisou que o jantar estava servido. Como se adivinhasse, Diogo começou a descer as escadas. Morto de fome, segundo ele. Já eram quase sete e meia quando o casal Almeida e sua convidada se acomodaram na copa. O homem permanecia no assento principal, separando as duas, que se sentaram uma de frente para a outra.

— Imagino que seja muito difícil mesmo — comentou Alice para o jornalista. — Confesso que preciso me esforçar para me concentrar num texto, que dirá corrigi-lo perfeitamente, como o senhor faz. Para ser sincera, prefiro os cálculos. Prefiro o exato.

— Os cálculos? — questionou Diogo e gargalhou em seguida. O banho certamente o tinha acalmado do dia cheio. — Para mim, é tão estranho ver uma mulher que saiba matemática. Aliás, não *qualquer* matemática. Estou acostumado com as que sabem contar quantos filhos têm e nada mais do que isso. — A menção àquele assunto delicado o fez olhar de relance para Isis, como quem silenciosamente a avisava de que não havia esquecido de suas obrigações de esposa. A criança deveria vir, cedo ou tarde. Ela, por sua vez, não deixou de se sentir desconfortável.

— Para o senhor pode ser estranho, mas para mim é normal. Eu adoro aprender coisas novas, especialmente as que sei que serão bem aproveitadas.

— E os cálculos serão bem aproveitados pela senhorita? Como?

— Ora, quando eu estiver administrando os negócios da família, é claro.

— Administrando os negócios da família? Ah, senhorita...

E houve um silêncio. Ele cruzou o olhar com o da esposa, que mastigava uma fatia de tomate, e deixou transparecer sua pena — era o que sentia pela jovem estrangeira.

— Continue — a loura pediu, desejando ter entendido errado.

Diogo negou com a cabeça e respirou fundo, ao passo que cortava ao meio o peixe cozido.

— Essa coisa de administrar os negócios da família. Isso não existe.

— É lógico que existe. Meu pai administrou depois de meu avô. E em breve serei eu.

Com a mesma expressão de pena, ele voltou a negar com a cabeça. Isis já tinha parado de comer e apenas observava. Se o marido começasse a passar dos limites, interviria sem pensar duas vezes, nem que aquilo lhe custasse um tapa quando estivessem sozinhos.

— Você vai se casar em breve, não vai? — perguntou o jornalista, o que acabou acionando a antiga melancolia. De repente, Alice se sentiu pequena.

— Vou, sim.

— Quando se casar, todas essas coisas estarão sob responsabilidade do seu marido, não sua. Não se preocupe e deixe-o fazer o trabalho pesado. Você só terá que recompensá-lo da maneira correta depois.

Outro momento de silêncio. Mas este, muito mais constrangedor. A jovem sentiu o estômago se contorcer. *Recompensá-lo da maneira correta*? O que queria dizer com isso? Sequer sentia vontade de imaginar. Uma onda de nojo a incomodou, cutucou o âmago de todos os seus medos e frustrações.

— Desculpe, Alice. Não foi isso que ele quis dizer — comentou Isis, já segurando a mão da amiga, preocupada com o que poderia estar passando por sua mente.

— Eu certamente não quis dizer nada de mais. Nada que não seja verdade.

— Diogo... — sua esposa tentou intervir.

— Alice, não entendo o motivo de estar tão nervosa. Milhares de jovens dariam tudo para estar no seu lugar agora.

— Tenho certeza que não — falou, referindo-se à própria confusão mental.

Enquanto a comida ia esfriando, o sangue dos três esquentava cada vez mais.

— Tem certeza que não? Bom, desculpe dizer, mas está *redondamente* equivocada.

— Na verdade, seu Diogo, estou *redondamente certa* de que sou eu a única pessoa a saber o que se passa na minha vida. Obrigada pela preocupação, mas a dispenso.

Geralmente Alice não era tão direta, mas diante daquele assunto, e num péssimo dia, não conseguiu se segurar. Por dentro sentia-se orgulhosa do que havia falado, mas não mais que sua melhor amiga. Isis tentava a todo custo disfarçar o sorriso.

— Não entendi a ofensa. Eu só queria ajudá-la a compreender a importância das tradições, do casamento, da união, dos costumes...

— Alice já ouviu muita coisa sobre isso, querido — respondeu a madame. — Só está tentando se manter calma para o que está por vir.

— Calma para quê? Eu imaginei que estivesse feliz. Feliz assim como você estava. Lembra, amor?

A loura engoliu em seco e fechou os olhos por três segundos, respirando fundo.

— Lembro, claro, mas cada pessoa tem seu próprio tempo.

— Bom, vinte anos é tempo demais.

— Diogo! — exclamou Isis cerrando o punho, seu interior fervendo com o desejo de dizer "Cale a boca, imbecil".

Todo o efeito do diálogo carinhoso e sincero que as duas haviam tido parecia escorrer para longe, junto da chuva, que agora caía mais forte. A melancolia de Alice retornou e a fez querer gritar de desespero, a fez querer ordenar que os dois ficassem quietos, que sua mãe ficasse quieta, que a memória de suas amigas portuguesas ficasse quieta, que o mundo todo se calasse, parasse, a ouvisse e não rebatesse.

A moça largou os talheres e desistiu de tentar comer. O barulho e sua expressão de desconforto intenso fizeram o jornalista perceber que o melhor era desistir do assunto. Isis e ele terminaram de jantar enquanto a visitante apenas aguardava o momento de poder se recolher. Assim que percebeu que a morena havia terminado sua refeição, disse:

— Estou cansada. Pode, por favor, me mostrar o quarto em que devo dormir?

Isis assentiu e levantou-se, irritada com o comportamento inconveniente do marido. Lançou um olhar exasperado para ele e observou a jovem ir na frente, em direção às escadas, sem fazer questão de se despedir do dono da casa — mais uma atitude que jamais fizera parte de si.

Ambas seguiram em silêncio pela casa mal alumiada, com velas cujo fogo balançava por conta da ventania vinda de alguma janela aberta. Ouviram um trovão, mas nada que pudesse deixá-las pior do que já estavam.

— Aqui. — Isis abriu a porta.

Uma de suas criadas já havia deixado o cômodo pronto para receber a hóspede pela noite. Era um quarto um pouco mais simples que o principal, onde os Almeida dormiam. Localizava-se a quase seis metros de distância deste, tinha uma janela comprida e uma passagem para a varanda ao lado. As cortinas estavam abertas, então ambas conseguiam visualizar os raios e a abundância de água que despencava do céu. Havia um vaso de planta ao lado da porta e uma cômoda em seguida. Uma penteadeira branca, escrivaninha e guarda-roupa de madeira também faziam parte da decoração. A cama larga localizava-se no fundo do quarto, no meio da parede. Um dossel com mosquiteiro a envolvia, tornando o ambiente ainda mais aconchegante, com as colchas estendidas.

— Eu pedi para deixarem algumas opções de roupa para você aqui — disse Isis e foi abrir o guarda-roupa apressadamente. — Mas acabei não conferindo. Hum... que tipo de tecido você prefere usar para dormir?

Alice respirou fundo, sem querer conversar ou sequer abrir a boca para responder. Sentia que, se tentasse desgrudar os lábios, desmoronaria.

— Qualquer um — falou mesmo assim.

— Ora, mas você pode escolher. Bom, ao que parece Cassandra lhe deixou boas opções por aqui. E nessa outra parte há vestidos para amanhã de manhã, está bem? Escolha qual quiser. — Fechou a porta de madeira, virando-se para ela e notando sua feição fúnebre.

Isis não quis falar muito no jantar, pois conhecia bem a si mesma e sabia que falaria mais que o necessário, causando um inferno assim que

Diogo começasse a retrucar. Além disso, não queria que ele explodisse, fizesse algo ruim e Alice presenciasse. Aquilo a envergonharia tanto.

Mas, quando se virou e viu a expressão chorosa, ainda mais na baixa luminosidade que as envolvia, sentiu o coração se partir.

— Ah, Alice... — E aproximou-se, segurando seus braços e os acariciando levemente. — Me desculpe pelo Diogo. Ele não sabe dos seus motivos e sequer os entenderia, se tentássemos explicar.

— Eu sei.

— Quer conversar um pouco? O que posso fazer para...

— Eu quero ficar sozinha.

— Sozinha? Mas... Alice... eu estou aqui, você pode dizer o que quiser.

Além de tristeza, agora a loura começava a se irritar. Queria ficar sozinha, ela não tinha ouvido? Não sabia respeitar uma decisão?

— Eu sei. Mas quero ficar só. Pode, por favor, me dar licença?

— Não leve em consideração as coisas que o Diogo disse, ele...

— Isis! — exclamou, erguendo a voz a ponto de assustar a outra. Imediatamente seus olhos se encheram de lágrimas e falar se tornou ainda mais difícil. — Eu quero ficar sozinha!

Quando a primeira lágrima caiu, Alice virou o rosto e a limpou o mais rápido possível. Não queria nada daquilo, sequer estar tendo aquela conversa. Queria fugir para nunca mais voltar.

A mais velha engoliu em seco e abraçou o próprio corpo. Ficou em choque por alguns segundos, mas depois virou as costas e andou em direção à porta. Segurou a maçaneta e já ia fechando quando parou por um instante, pensou e a observou outra vez, mesmo que já estivesse com o pé sobre o carpete do corredor.

— Eu deveria, sim, conversar com seus pais e pedir mais um tempo. Vou dizer que você não está pronta. — Sua voz saía rápido, revelando nervosismo. Só queria deixá-la bem. — Podemos inventar alguma história, algo que os faça aceitar que você não se case por agora.

Alice riu baixo e com amargura, negando com a cabeça, sentindo o peito doer, queimar, e o nó na garganta ficar ainda mais intenso.

— Isso não vai resolver.

— Como você sabe? Nós podemos tentar.

A jovem se aproximou da porta e, enquanto a morena segurava a maçaneta do lado de fora, ela fazia o mesmo do lado de dentro.

— Alice, isso pelo menos iria adiar o acontecimento, então...

— Você não está entendendo *mesmo*, não é? — inquiriu de forma ríspida, imaginando que estava chateando a amiga com seu descontrole e desespero inéditos, mas precisava confessar a verdade e não encontrava outra forma de fazê-lo. — Isso não vai dar certo porque eu não quero me casar, Isis. Eu não quero que eles me deem um tempo a mais, mas que me libertem desse fardo.

Sua melhor amiga não soube o que dizer. Quis abraçá-la, mas segurou-se, limitando-se a encará-la em silêncio, sem conseguir imaginar qual seria a saída ideal.

— Eu não quero me casar — repetiu mais para si mesma que para qualquer outra pessoa, e foi fechando a porta do quarto. — Boa noite. Desculpe.

Não havia sentimento pior que o de impotência, concluiu Isis. O que mais desejava era resolver a situação. Queria poder fazer com que o mundo todo mudasse e se adaptasse a Alice. Queria salvá-la de todo o medo. Uma parte de si repetia que era tudo culpa de Diogo. Bem, não exatamente dele, mas dos costumes de modo geral. No entanto, a loura estava melhor antes do que quando ele começou a relembrá-la de todas as suas supostas obrigações.

Mesmo com o peito dolorido e a decepção queimando-a, Isis virou as costas e começou a andar em direção ao próprio quarto. Não retornaria à mesa para fingir alegria e ainda ser obrigada a sentir o fedor de charuto. Assim que entrou, só quis se jogar sobre os lençóis e esquecer tudo o que estava acontecendo, mas precisava se banhar antes — e assim o fez. Quando terminou de vestir a camisola branca, deitou-se e cobriu o corpo com uma manta fina.

— Não vai me desejar boa noite? — questionou o jornalista ao adentrar repentinamente.

— Esqueci — mentiu. — Boa noite. — Girou o rosto para o lado contrário e torceu para que pudesse ficar em silêncio de uma vez por todas, sem que ninguém a perturbasse.

— Ah, querida, assim? Não, não, não... — Deslizou a mão grande aberta pelo vão entre seu ombro e pescoço.

A fidalga estremeceu e se desvencilhou do toque, deixando clara a repulsa.

— O que foi?

Ela bufou e revirou os olhos.

— Estou falando com você. O que foi? — o marido insistiu.

— O que foi é que você é extremamente insensível e inconveniente!

Diogo andou até o meio do quarto e começou a tirar a roupa, fazendo pouco caso da declaração.

— Nada do que eu disse é mentira, e você sabe disso.

A mulher cerrou os dentes e seus batimentos cardíacos começaram a acelerar. Ele tinha o dom de dizer a coisa errada na hora errada, e havia escolhido a pior pessoa para fazer isso.

— Você sequer a conhece para dizer aquelas coisas — Isis o relembrou. — A Alice não precisa de mais gente colocando pressão num assunto tão delicado.

— A forma como vocês duas descrevem o casamento é tão esquisita.

— Ela está nervosa, Diogo. Está preocupada. O mínimo de consideração da sua parte já seria bem-vindo.

— Quanta frescura, pelo amor de Deus! — exclamou ele, começando a se exaltar. — Essa menina deveria estar pulando de alegria por finalmente desencalhar.

Isis mordeu o canto da bochecha, tentando controlar a língua e não soltar um palavrão.

Ele era um brutamontes. Ficava cada dia pior — ou era o afeto no coração da morena que se esvaía com o tempo. Nunca alguém a irritara tanto quanto Diogo falando sobre Alice, nunca sentira o rosto queimar com tanta intensidade ou a respiração ficar tão pesada a ponto de se cansar.

Breves minutos se passaram até que Diogo se deitasse e virasse o corpo para o lado contrário, indiferente. Havia apagado a luz da única lamparina acesa e ficaram no escuro silencioso. Aliás, quase silencioso. A chuva tornava-se cada vez mais rigorosa. Isis concentrou-se no vidro da varanda, que recebia pancadas de água o tempo todo, no céu que brilhava de repente, logo se apagando outra vez, e assim deixava o rancor um pouco de lado.

Apesar de ainda desejar esfolar o próprio marido, a chuva constante aflorava seus sentimentos mais profundos, aqueles que a raiva tentava maquiar. Respirou fundo uma, três, cinco vezes, até que uma lágrima caiu e umedeceu a fronha do travesseiro.

Alice estava triste.

Alice ia se casar a contragosto.

Ela era boa demais para terminar a vida extenuada como a própria mãe, aprisionada como sua melhor amiga ou ignorante como Marisa. Ela era um poço de possibilidades e ideias, era calma e paciente, generosa, boa, corajosa, tão bonita... Como seria injusto entregá-la às garras de qualquer um.

Ali, em suas tantas reflexões, Isis lembrou-se da conversa que tiveram mais cedo. Nunca tinha escutado alguém com os ouvidos tão abertos, e jamais ouvira pessoa alguma falar sobre ela com tamanha sinceridade e beleza quanto Alice. Jamais houvera, em toda a sua vida, um "eu te amo" que tanto quis ouvir quanto o que a pupila havia proferido. Ela a amava também. E muito. Amava tanto que não conseguiria dormir sem resolver aquela situação.

Isis levantou-se e disse para si mesma que teria sua resposta definitiva. Descobriria, naquela mesma noite, se estava louca ou se poderia abrir os olhos de sua melhor amiga e fazê-la parar de chamá-la exatamente disso.

Nem se preocupou em pegar o robe ou vestir sapatos. Estava apressada. Saiu do cômodo e fechou a porta com delicadeza, para não fazer barulho e acordar Diogo, que a essa altura já roncava. Andou rápida e decidida até o quarto de Alice. Não queria refletir, pensar em consequências ou fazer uma lista de prós e contras — até porque nunca tinha sido e jamais seria esse tipo de pessoa. Só queria ter respostas, dar respostas e descobrir se o que havia no coração da loura era o mesmo que havia no seu.

Bateu à porta.

— Isis? — perguntou Alice baixinho.

Ao abrir, viu a jovem sentada na ponta da cama, de onde observava a chuva em silêncio. Assim que a morena estudou suas feições, o coração doeu. Alice definitivamente carregava uma dor e um medo enormes dentro de si, e Isis daria o próprio sangue para tirar aquilo dela, caso não aceitasse seu amor no lugar.

— Eu já estava indo dormir — justificou Alice, levantando-se e indo para a cabeceira da cama. Então se deitou e se cobriu com uma manta semelhante à que a dona da casa tinha em seu quarto. — Estava esperando o sono chegar.

Sem dizer palavra alguma, Isis fechou a porta do quarto e a trancou devagar. O barulho da fechadura chamou a atenção da jovem, que estranhou o movimento.

— Isis? — disse. — O que você está fazendo?

A morena sorriu morosamente enquanto caminhava para perto. Ao passo que se colocava mais próxima, podia observá-la melhor, ainda que a luz das três velas em cada uma das paredes não fosse suficiente para enxergar todos os detalhes perfeitos de Alice.

— Uma vez você enfrentou uma tempestade como esta só para me ver — relembrou. — Hoje eu decidi fazer o mesmo.

Fosse por tudo o que já sentia, ou pela noite, ou talvez pela chuva, Alice não sabia explicar, mas naquele instante sentiu um arrepio percorrer seu corpo todo.

Isis parou diante dela e, muito corajosa, não desviou o olhar dos seus nem por um instante. Ali, naquele momento, tocou as próprias coxas, sentiu o calor da própria pele e desejou que fossem as mãos de um outro alguém naquele mesmo lugar. Enrolou os dedos na seda branca e vagarosamente a ergueu acima dos joelhos, deixando a barra no meio das coxas.

Em questão de segundos, Alice sentiu como se saísse do inferno e fosse jogada de volta para a terra, para a parte favorita de sua vida. Mesmo deitada, ela abaixou os olhos e observou Isis em completo êxtase. Não sabia explicar o motivo, mas de repente toda a sua tristeza transformou-se em expectativa para descobrir o que a morena iria fazer em seguida. Era como se estivesse se transformando em outra pessoa, ou simplesmente viajando para outra dimensão.

A madame, por sua vez, subiu na cama, ficando de joelhos sobre o colchão. Seus olhos sequer piscavam, a adrenalina começava a aumentar. Sabia o que queria. Começou a arrastar as pernas, como se caminhasse de joelhos para cima da jovem. Um momento depois, soltou a seda que revelava parte de suas pernas e apoiou as mãos sobre o colchão macio. As pernas de Alice estavam embaixo dela, depois o tronco, e finalmente seus rostos ficaram alinhados. Nem a própria Isis sabia explicar o motivo de tanta impulsividade. Aquele não era o comportamento de uma pessoa normal, uma voz interna proferiu. Alice poderia nunca mais querer respirar no mesmo ambiente que ela, poderia bater em sua face, praguejar sobre ela para a cidade toda, destruir seu casamento, sua amizade, mas não havia mais o que fazer. Já estava ali. Seus olhos já estavam no mesmo eixo, seu corpo já estava sobre o dela, e silenciosamente já confessara que, para ela, Alice era muito mais do que uma simples amiga.

Após breves segundos, Isis teve certeza de que a qualquer momento a loura começaria a gritar ou a ofendê-la. No entanto, impressionou-se quando notou que ela estivera o tempo todo com a respiração trancada, para então dizer:

— O que vai me ensinar hoje?

Nervosa, Alice encontrava-se novamente dividida por tantos desejos e deveres, mas naquele momento escolheu fingir que a divisão não existia. Mais uma aula de sua professora favorita seria o bastante para repor suas energias, para devolver sua felicidade.

— Não estou aqui para lhe ensinar nada.

— Não? — perguntou, desapontada. Já olhava para os lábios entreabertos da madame com volúpia e saudade imensurável.

— Não.

— Nesse caso, o que veio fazer?

Isis sorriu. O interesse da pupila a divertia. Alice também queria. Não estava ficando louca. Achando graça dos olhos que dançavam dos seus até a boca, ela elevou os próprios dedos e os deslizou com calma sobre os lábios da loura.

— Hoje eu não quero lhe ensinar coisa alguma — sussurrou, assistindo à boca da donzela se abrir em total obediência. — Eu quero lhe entregar as respostas.

Inclinou-se, naquele instante, e a beijou com voracidade. Não estava com pressa ou qualquer coisa do tipo, apenas desesperada para dizer o que sentia sem estar cercada pelo medo de perdê-la para sempre. A jovem, por sua vez, foi completamente surpreendida, mas não demorou para retribuir. Também não queria ter de refletir, medir as consequências de suas ações e de seu desejo; só queria permitir que Isis tirasse a tristeza de seu coração e a fizesse se sentir tão mulher quanto sempre fazia.

Seus braços acariciaram os da mais velha e logo escorregaram até suas costelas. Não tinha a menor ideia do que estavam fazendo. Mas, honestamente, a resposta não importava. Poderia beijá-la pelo resto da vida.

A forma como Isis a fazia se sentir era tão única e especial que Alice a queria ao seu lado para sempre, queria protegê-la consigo. Desse modo, ergueu um pouco o tronco e abraçou-a decidida, o bastante para fazer seus corpos colarem. Queria sentir seu calor, ouvir seu coração, sentir sua língua adentrá-la cada vez mais fundo.

Eu te amo, pensou Isis, mas não ousaria dizer. Sentia as mãos de Alice tocando-a com necessidade e apertando-a com força. Aquilo era tudo que precisava. A respiração das duas ficou mais forte, ao contrário da chuva, que começava a acalmar, como se estivesse o tempo todo pedindo pelo encontro delas e agora pudesse descansar.

Quando alguns minutos se passaram e elas precisaram de um tempo para respirar, a mais velha ficou de joelhos outra vez e sentou-se sobre o quadril da loura. Alice deslizou as mãos por seus braços e coxas e, por mais que ainda se sentisse levemente acanhada de fazer isso, pensou que não havia nada que não pudesse fazer na presença de sua melhor amiga. Ela jamais a julgaria.

Isis começou a tentar tirar a manta que as separava, não demorando a receber a ajuda de Alice. Assim que se viram livres do tecido, a morena ergueu a seda da camisola outra vez, revelando as pernas, que naturalmente conquistaram toda a atenção da outra. Como um sinal para Alice se tranquilizar, colocou as mãos dela sobre o lugar que havia acariciado momentos antes, mas agora tocando diretamente sua pele. Isis apertou a mão da jovem ali, e esta não demorou a fazer isso sozinha, mas dessa vez com muito mais força.

Isis mordeu o lábio inferior e contraiu os músculos por um instante. O toque de Alice estava muito próximo de sua intimidade, e de repente os dedos dela deslizaram para a parte interna da coxa, o que só provocou a mentora ainda mais.

Enquanto isso, Isis decidiu partir direto ao ponto. Levou as mãos até as costas e começou a desabotoar a camisola. Seu olhar e o de Alice não se desviavam nem por um segundo. A morena abriu um, dois botões, e sentiu as mãos começarem a tremer no terceiro. Não era de seu feitio se sentir nervosa em momentos como aquele, mas tudo parecia se encaixar tão perfeitamente com Alice que tinha medo de estragar o clima. Engoliu em seco, respirou fundo e desabotoou o terceiro, depois o quarto e enfim o quinto.

A jovem, notando que a indumentária da morena ainda a cobria, ergueu o tronco, sentando-se e ficando a breves centímetros de seu rosto. Isis engoliu em seco outra vez, enquanto Alice umedeceu os lábios. Lentamente, como se o tempo estivesse sob seu controle, a mais nova levou ambas as mãos até os ombros da outra e deslizou as alças da camisola para baixo. Foi quando seus olhos quebraram contato, pois outra parte do corpo de sua amada chamava mais atenção.

O volume dos seios da fidalga fez a boca de Alice salivar no mesmo segundo. Lembrou-se da noite no celeiro e de todo o desejo que as cercava e continuaria cercando até que afogassem suas vontades, até que arranjassem uma forma de acabar com aquele peso entre as pernas, aquele líquido quente que as umedecia aos poucos e a eterna tensão de seus corpos.

Alice voltou a observá-la nos olhos, e naquele momento, mais do que nunca, Isis segurava-se para não confessar tudo o que havia dentro de seu coração. Não era mais sobre pele na pele. Todo o seu desejo estava concentrado em algo muito mais além. Todo o seu desejo concentrava-se num conjunto de coisas que a fazia sonhar acordada o dia todo.

— O que foi? — sussurrou Alice. — Você está diferente.

Ofegante, Isis piscou algumas vezes. Levou uma das mãos até o cabelo da donzela e acariciou uma das mechas até a ponta. Para que não precisasse responder à pergunta com alguma mentira ou omissão, apenas puxou o rosto dela para perto e voltou a beijá-la. Agora com mais calma, cuidado e todo o amor que transbordava dentro de si. Alice abraçou-a com força e inspirou fundo, adorando sentir seu aroma com total liberdade e intensidade. Em seguida, suas mãos escorregaram por todo o corpo da morena e retornaram às coxas grossas. Apertou-as duas, três vezes, cada uma mais forte que a anterior, até ouvir um gemido baixo da mulher em seu colo. Não demorou a ser envolvida por uma nova onda de coragem e deslizou as mãos para uma parte mais baixa. Sem pensar, agarrou seu traseiro e a ouviu suspirar de novo, além de apertar-se contra o colo de sua melhor amiga — ou melhor amante. Alice apalpou-a com a valentia que nem ela mesma sabia que tinha. Realmente, quando estava com Isis, tornava-se outra pessoa, e, quando estava *na cama* com Isis, tal fato revelava-se inegável.

Rapidamente sua atividade favorita tornou-se conhecer cada centímetro do corpo quente que se esfregava no dela. Alice não conseguia segurar as próprias mãos. Quanto mais a acariciava, mais vontade tinha de continuar, e ansiava por mais e mais liberdade, tanto que, algum tempo depois, segurou a barra da camisola, enrolou-a e interrompeu o beijo por um instante, apenas para tirar a roupa da fidalga e deixá-la quase nua. Somente a roupa íntima impedia sua total liberdade.

— Sua vez — pediu Isis.

Alice travou por um momento. Não sabia se queria fazer aquilo, mas sabia que queria sugar os mamilos da madame e voltar a ouvir seus gemidos.

— Você não quer? — murmurou Isis em tom manhoso, beijando seu pescoço.

Alice suspirou e os pelos se eriçaram na presença dos lábios desejosos.

— Ah, Isis... — lamuriou de volta. — O que estamos fazendo?

Nos amando, ela pensou em responder. Mas não poderia.

— Estou lhe entregando as respostas, como prometi.

— Mas quais são as perguntas?

Isis elevou o rosto para observá-la outra vez. Segurou a mão da pupila e a colocou sobre seu seio.

— Você sabe quais são.

Voltando a se arrepiar, Alice soube exatamente o que ela queria dizer, mas preferiu fingir para si mesma que não. Não queria ter de enfrentar suas questões e retornar ao mundo real, porque o mundo real a jogava no meio de leões obcecados por dote, virgindade e pela *boa, perfeita e agradável* vontade de Deus. Era o tipo de coisa pelo qual não tinha interesse algum. Viver aquela noite, com Isis lhe apresentando um mundo completamente novo, parecia mil vezes melhor.

Ela queria. E muito. Mas jamais ficara nua na frente de qualquer outra pessoa que não fosse a própria mãe, e ainda assim sentia-se envergonhada. No entanto, revelar-se à morena soava muito mais agradável do que fazer isso para um homem — por mais carinhoso que fosse, não a faria se sentir tão certa quanto Isis era capaz de fazer.

Alice pôs-se de joelhos, ergueu a barra da própria camisola, puxou todo o tecido para cima e o passou pela cabeça. Estavam de igual para igual. Ambas em completo estado de vulnerabilidade e desejo.

A morena a estudou, absorta. Alice estava tão excitada quanto ela. Isis mordeu o lábio inferior, ao passo que seus olhos não conseguiam se desviar dos pequenos seios de mamilos rosados e já totalmente endurecidos. A cintura fina parecia chamar suas mãos para agarrá-la, e os fios louros e longos dos cabelos de Alice escorregando para a frente a tornavam ainda mais atraente e sensual. Isis poderia descrevê-la como a escultura de um anjo. Quem a visse logo reconheceria a ternura e a graciosidade em cada um de seus traços, porém apenas quem a conhecesse de verdade poderia saber que, se de fato fosse algum tipo de anjo, seria um fugitivo do inferno, já que Alice não esperou mais um segundo sequer, puxou o pescoço da madame e a beijou.

Queria dizer que estava tudo bem, que Isis poderia tocá-la quanto quisesse, que não fugiria mais. Queria dizer que a desejava por inteiro, que pretendia beijá-la pelo resto da noite e sugar seus seios volumosos ao mesmo tempo. Queria morder sua barriga e marcar seu pescoço. Queria continuar de onde haviam parado no celeiro. Se tudo tivesse dado certo, teria tocado a morena muito profundamente, e, naquela noite, daria qualquer coisa para fazer o mesmo. Sem paciência para esperar mais, deslizou a ponta dos dedos desde o ombro, passando por toda a extensão do corpo, até alcançar a barra da calcinha branca.

Ambas estavam com a respiração tão pesada que não seriam capazes de se comunicar claramente — também não precisavam. Isis tentou voltar a beijar sua boca, mas ao sentir os dedos de Alice adentrarem o interior das pernas — a única parte que ainda estava protegida — estremeceu por completo.

— Alice... — murmurou de lábios trêmulos.

A mais nova escorregou dois dedos por entre os grandes lábios e sua boca salivou, ainda que não soubesse explicar o motivo.

— Você... está tão molhada — notou em tom sôfrego.

— É o que acontece quando... quando...

— Eu sei. Também estou exatamente assim.

Os olhos de Isis cravaram-se nos dela.

— Quer sentir? — sugeriu a loura. Ainda que um lado de si estivesse completamente inseguro, o outro implorava pelo toque.

Isis não ousou esperar. Aproximou o próprio corpo e, ainda com a mão de Alice em sua intimidade, fez o mesmo. A loura arfou e gemeu baixinho.

— Oh, sim — apercebeu Isis. — Você também está completamente molhada.

— Você gosta?

— Eu amo.

Deslizou os dedos, espalhando o líquido de Alice por toda a sua extensão, e, por fim, tocou em seu clitóris. A loura gemeu novamente e passou a imitar os mesmos movimentos com os próprios dedos, fazendo a morena ofegar mais.

Enquanto se masturbavam, iniciaram um novo beijo, mas este fracionava-se de acordo com seu louco desejo. Dos lábios iam para o pescoço, mordiam a orelha, puxavam o cabelo ou apertavam o seio com a mão livre, depois voltavam a se beijar. Aproximaram-se mais, e os toques pareceram muito mais íntimos. A chuva continuava caindo do lado de fora, agora mais calma e livre, enquanto o som se misturava ao crepitar das velas e à agitação dos gemidos e longos suspiros das duas mulheres. Jamais estiveram tão próximas, e jamais se importaram menos com a opinião alheia do que naquele instante.

Os dedos tocavam uma e outra como se fossem uma só, e misturavam-se gradativamente, sentindo a união carnal tornar-se muito mais do que imaginaram. Suavam juntas, estremeciam e desesperavam-se em lascívia. Esperando partir para o próximo passo, Isis encaixou o dedo indicador na entrada da donzela — que por muito pouco deixaria de ser chamada dessa forma. Ela despertou e ergueu o quadril de leve.

— Confie em mim, meu bem — clamou a morena, ainda pensando nas respostas que queria entregar.

— Isis, eu não... Ainda vou me casar e...

— Não vai, não.

— Do que está falando?

Tiraram as mãos de suas respectivas intimidades e a madame segurou seu rosto.

— Você não quer se casar, e não vai. Não precisa. Viva comigo o que eu sei que quer viver, Alice.

De respiração pesada e corpo tenso, tamanha a adrenalina e o desejo, a jovem sabia que não havia mais muito o que pensar. Um alívio a esvaziou. No fim das contas, a decisão era dela e de sua disposição para enfrentar as consequências de não ter um casamento, mas ouvir de alguém em quem tanto confiava que não seria mais obrigada a se casar provocava em si uma segurança repentina, uma súbita certeza de que estava tudo bem e que, se não estivesse, em breve ficaria.

Afastou-se dela e se deitou, trazendo-a consigo. Isis encaixou-se entre suas pernas e beijou os seios com devoção e carinho repetidas vezes. Abaixou o rosto vagarosamente, traçando um caminho úmido com a língua, o que fez Alice arquear as costas e sentir-se ainda mais molhada.

Chegando a sua intimidade, a mais velha tratou logo de deslizar a calcinha de Alice pelas pernas e jogá-la longe, mal dando tempo para a loura pensar no que estava acontecendo. Em seguida, abaixou-se outra vez. Beijou-a no ventre, na beira da virilha, desceu mais e mais, muito devagar, até levar a boca aos grandes lábios daquela que gostaria que fosse sua mulher. Talvez não conseguisse fazer dela totalmente sua pelo resto da vida, mas conseguiria naquela noite.

Afundou a língua, e Alice sentiu o corpo todo vibrar. Seu clitóris foi envolvido por completo, fazendo-a quase gritar. Agarrou o lençol e o puxou assim que sentiu os próximos movimentos. Seu corpo já estava em tal estado de entrega e concupiscência que o mais breve toque de Isis a faria derreter.

Era a primeira vez que tinha o prazer de viver aquela sensação, e perguntou-se em silêncio o motivo de jamais terem feito aquilo antes. Seus olhos reviravam e seus lábios eram freneticamente mordidos. Tentava gritar o nome de Isis, mas não sobrava fôlego. Suas pernas arrastavam-se em angústia, a barriga subia e descia por conta da respiração desesperada, e enquanto isso Isis se divertia e se deliciava sentindo Alice desmontar em sua boca e enlouquecer, tamanho fervor.

O apetite da dona da casa era tanto que se preocupava apenas em fazer com que Alice jamais esquecesse aquela noite — e nem sua melhor amiga, que estava perdidamente apaixonada por ela.

Aproveitando-se da visão de pura lubricidade, a madame chupou o indicador e escorregou-o no sexo da loura. Alice engoliu em seco, ainda efervescente. Estava louca para saber o que iria acontecer. Isis encaixou o dedo, como havia feito antes, e observou-a com atenção, certificando-se de que tinha sua permissão. A jovem abaixou os olhos, encarando-a de volta. Não queria pensar em seus deveres e obrigações, apenas em quanto desejava aquela mulher.

— Está tudo bem — respondeu fracamente. — Me entregue as respostas.

Isis jamais precisaria ouvir duas vezes. Com cuidado e muito devagar, penetrou o indicador.

Alice ameaçou fechar as pernas, sentindo seu interior queimar. Respirou fundo, tentando se acalmar, por mais difícil que fosse. Antes de voltar a se mover dentro de seu corpo, Isis a encheu de beijos molhados. Segundos depois, girou o dedo com lentidão, abrindo-a para si. Os gemidos retornavam conforme Alice ia se acostumando com o espaço invadido. Um momento depois, Isis penetrou mais um dedo, movendo-o vagarosamente. Apesar da sensação nova, Alice preferia quando a amada fazia aquilo e beijava sua intimidade ao mesmo tempo. Logo acariciou o rosto da morena e o puxou para que voltasse a estimular seu clitóris.

Não precisou de muito tempo até que seus músculos internos não mais suportassem. O corpo todo tremia tanto que pensou que entraria em colapso. De repente, apenas gemer alto e puxar os lençóis com força não era mais suficiente. Isis percebeu e acelerou os movimentos. Estava atingindo seu objetivo. Foi uma questão de segundos até que Alice se desse por rendida de uma vez por todas. Depois de tanta angústia — em sua melhor forma —, sentiu como se tivesse voado até o ponto mais alto do céu e então caísse, sendo segurada pelas nuvens. Seus olhos se fecharam em exaustão, e não soube dizer se em algum outro momento de sua vida esteve tão ofegante. Sentia-se renovada e em paz. Sentia-se no lugar certo e sabia que não iria querer sair dele outra vez. Quando abriu os olhos, a morena estava novamente sentada em seu colo, igualmente ofegante e muito orgulhosa, feliz por vê-la daquele jeito, por ter sentido seu sabor e ter lhe apresentado a culminância do orgasmo.

— E então? — perguntou Isis em tom divertido, umedecendo os lábios e ainda sentindo o sabor da amante. — Como foi?

Alice riu de leve, jamais tão plena.

— Está brincando?

— Claro que não. Quero saber se fui boa o suficiente para você.

Rindo outra vez, Alice voltou a acariciar sua coxa, sentindo o desejo de antes retornar. Mas, dessa vez, ela queria fazer outra coisa. Com a ponta dos dedos, acarinhou o centro das pernas da madame.

— Eu quero sentir você também.

Isis notou os batimentos cardíacos acelerarem, o que piorou ao ver Alice deslizando para baixo. Em segundos, ela estava com o rosto sob a intimidade da morena e puxou suas coxas para que se sentasse em sua boca.

Isis gemeu e fechou os olhos, movimentando-se morosa. Melhor do que ter a boca de Alice Bell Air a inebriando por inteiro era reconhecer que o desejo desesperado era absoluto e recíproco.

A cada minuto que passava, a loura conhecia um pouco mais de si. Jamais, em toda a sua existência, se vira tão ousada e faminta como naquela noite, diante do corpo nu da madame. Com ela, tornava-se outra, e adorava essa nova personalidade.

Não havia o que fazer nem como negar. Amava cada toque, cada segundo ao seu lado, como fosse ou onde fosse. Não importava. Se Isis fosse o sol, ela seria o céu azul para abraçá-la; se fosse a lua, seria as estrelas para lhe fazer companhia; se fosse um pássaro, seria a árvore para que junto dela repousasse; e, se fosse o amor, seria o coração para guardá-la em segurança.

Sim, Isis d'Ávila Almeida definitivamente havia lhe entregado todas as respostas que prometera.

Impresso no Brasil pelo Sistema Cameron da Divisão Gráfica da
DISTRIBUIDORA RECORD DE SERVIÇOS DE IMPRENSA S.A.